「了解。神王位様。宜しくお願いします」
「うん。さぁ、押っ始めるわよ！」

シュウヤ・カガリ
異世界に転移した元ニート青年で、
師・アキレスの教えを受けた槍使い。
各種スキルや入手アイテムも
駆使して、気ままに冒険する。
ロロ
シュウヤの相棒にして
偉大なる神獣。
普段は黒猫の姿を取るが、
変形自在。
BLACK CAT

リコ・マドリコス
「八槍神王第七位」の槍使い。魔槍を操る女エルフの強者。
ミスティ・ギュスターブ
魔導人形ウォーガノフやゴーレムを扱う女魔法使い。シュウヤとは旧知の仲。
STRANGER &

よし――撃ってみよう。引き金を押し込む。
――銃口から放たれる太い光条線と独特な射出音。
ビームが当たった大銅貨は一瞬で溶け、地面を融解させた。

槍使いと、黒猫。

STRANGER & BLACK CAT

14

author
健康

illustration
市丸きすけ

口絵・本文イラスト　市丸きすけ

迷宮都市ペルネーテ

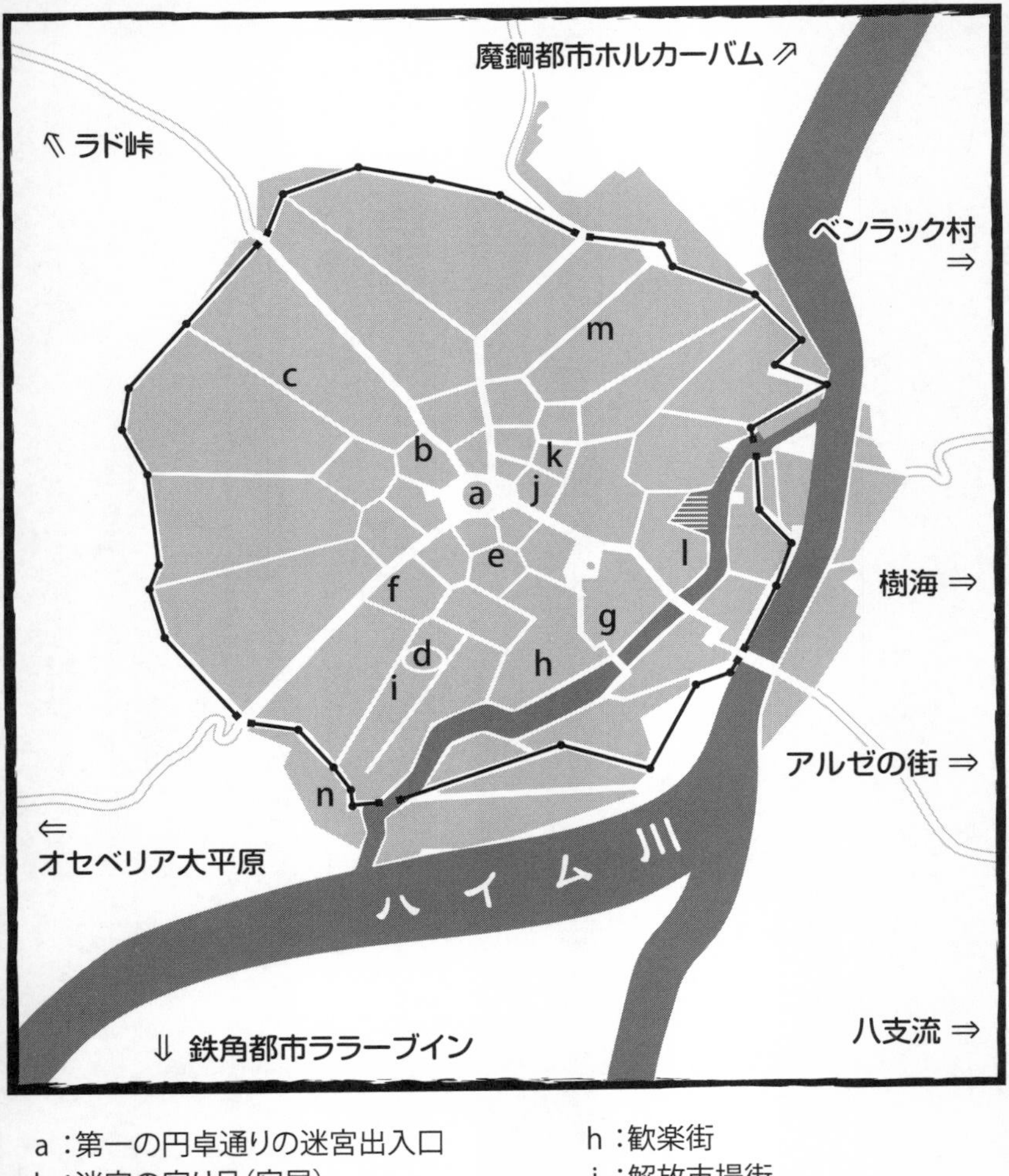

a ：第一の円卓通りの迷宮出入口
b ：迷宮の宿り月（宿屋）
c ：魔法街
d ：闘技場
e ：宗教街
f ：武術街
g ：カザネの占い館
h ：歓楽街
i ：解放市場街
j ：役所
k ：白の九大騎士の詰め所
l ：倉庫街
m：貴族街
n ：墓地

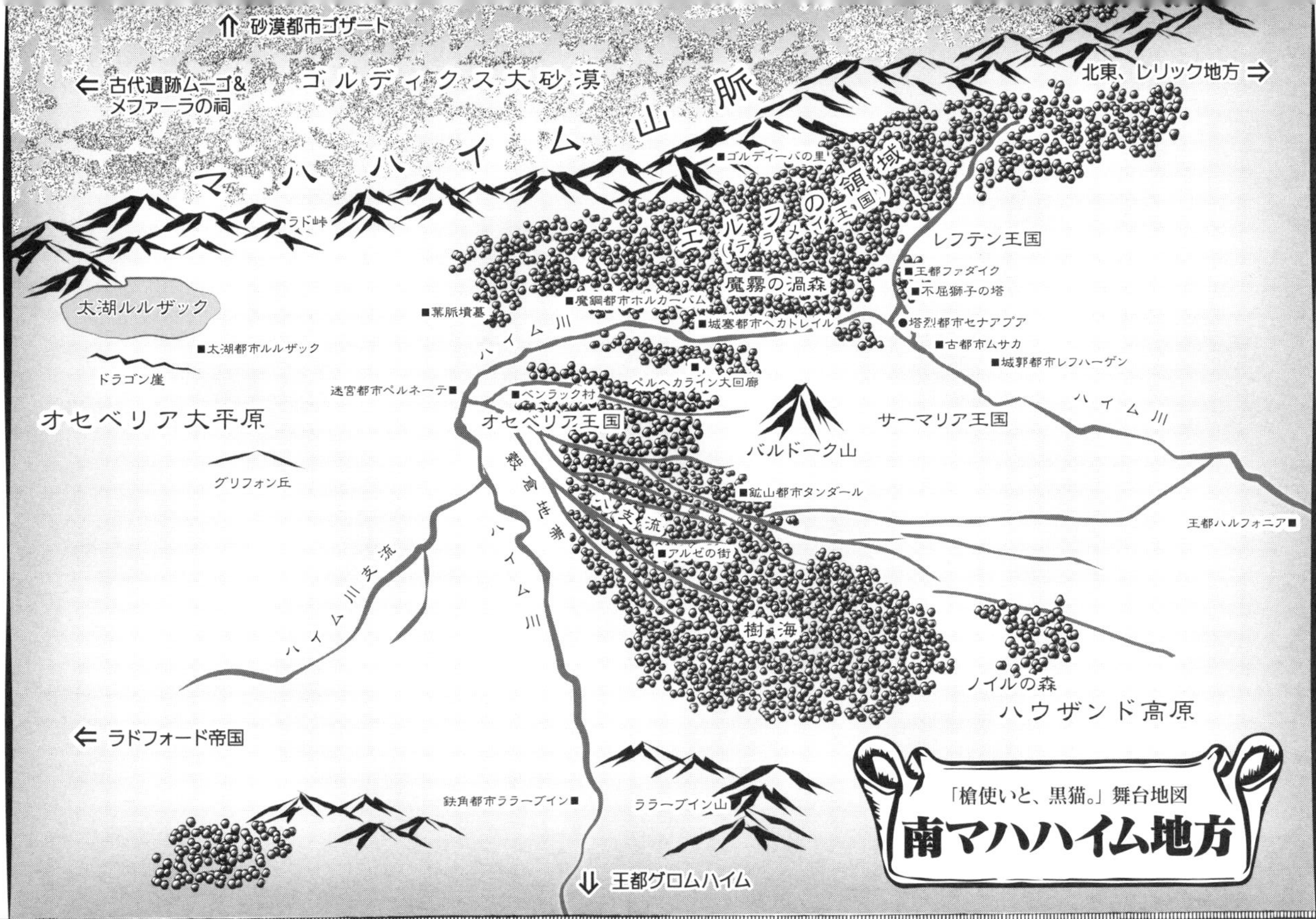
「槍使いと、黒猫。」舞台地図
南マハハイム地方
⇑ 砂漠都市ゴザート
← 古代遺跡ムーゴ&
メファーラの祠
ゴルディクス大砂漠
北東、レリック地方 ⇒
マハハイム山脈
■ゴルディーバの里
エルフの領域
（テラメイ王国）
ラド峠
レフテン王国
■王都ファダイク
■不屈獅子の塔
魔霧の渦森
■魔鋼都市ホルカーバム
■葉脈墳墓
■城塞都市ヘカトレイル
●塔烈都市セナアプア
■古都市ムサカ
■城郭都市レフハーゲン
太湖ルルザック
■太湖都市ルルザック
ハイム川
ドラゴン崖
■ペルヘカライン大回廊
迷宮都市ペルネーテ■
■ベンラック村
オセベリア大平原
オセベリア王国
サーマリア王国
バルドーク山
穀倉地帯
グリフォン丘
■鉱山都市タンダール
支流
王都ハルフォニア■
ハイム川支流
■アルゼの街
樹海
ノイルの森
ハウザンド高原
← ラドフォード帝国
鉄角都市ララーブイン■
ララーブイン山
⇓ 王都グロムハイム

第百六十一章「アイテムボックスの恩恵と相棒の肉球」

荒神《こうじん》カーズドロウと巨大《きよだい》なドラゴンは圧倒的《あっとうてき》な存在感だった。

しかし、ヒュアトスも哀《あわ》れだな。自ら用意していた切り札の荒神カーズドロウに倒《たお》されてしまうとは、すると、レベッカが細い手を翳《かざ》して、

「帰る前にヒュアトスのお宝をゲットよ！」

そう言いながら、荒神カーズドロウが封《ふう》じられていた特殊《とくしゅ》金庫を覗《のぞ》いた。

「金庫の中身は血塗《ちまみ》れなだけ？」

「血は俺《おれ》が吸っておこう――」

「うん。ありがとう」

血を抜《ぬ》いた特殊金庫の中にレベッカは入った。

「中には何もない……荒神カーズドロウだけがお宝だったたってこと？」

残念そうなレベッカ。俺はユイに視線を向けて、

「ヒュアトスは、この金庫に大金をかけたと語っていたが、侯爵《こうしゃく》だ。他にも隠《かく》し金庫はあ

るだろう。ユイ、元【暗部の右手】の意見を聞こうか」

「うん。隠し金庫はあるはずだけど、セーフハウスも無数に存在するから、見つけるのは難しい。あ、単純に、この机の下とか？」

　ユイの視線に合わせて机の下を確認《かくにん》――怪《あや》しい箇所《かしょ》はない。

「ないようだ」

　レベッカは金庫から出た。特殊金庫の表面を触《さわ》りながら、

「無理そうね……」

「その特殊な金庫は魔力《まりょく》を失っているが、金剛樹《こんごうじゅ》のなら価値はある？」

「うん。あるけど、さすがに大きすぎてアイテムボックスには入らない」

「隠し金庫を探す時間はあまりない」

「ん、屋敷《やしき》の残骸《ざんがい》が外に散らばっている。衛兵隊が来るかも知れない」

「あぁ、侯爵が亡《な》くなったからな。サーマリアでは一大事。一波乱あるだろう。ということで、ドラゴンの卵を獲得《かくとく》したし、家に撤収《てっしゅう》しようか」

「うん。お宝は諦《あきら》める！」

「ん、戻《もど》る」

「マイロードのお屋敷ですな」

「鏡のゲートで帰還《きかん》！」

ユイの言葉に頷《うなず》きつつ二十四面体《トラペゾヘドロン》を取り出して起動。瞬《またた》く間《ま》に二十四面体《トラペゾヘドロン》は光のゲートとなった。

「さて、潜《もぐ》るぞ——」

ドラゴンの卵を持ちつつ、皆《みな》と一緒《いっしょ》にゲートを潜った。

一瞬《いっしゅん》でペルネーテの寝室《しんしつ》に帰還。皆、笑顔《えがお》だ。

「ユイとカルード以外は、休憩《きゅうけい》。自由行動ってことで」

「ん」

「了解《りょうかい》〜体の汗《あせ》を流したかったけど、血の儀式《ぎしき》でバスタブを使うのよね？」

「そうだ。ユイとカルードには処女刃《しょじょば》を使った血の儀式がある」

「ん、儀式は大切。〈血魔力〉の成長に繋《つな》がる」

「ユイとカルードさん、がんばってね。痛いけど、光魔《こうま》ルシヴァルの一族の洗礼って思えばいい」

「うん」

「はい」

ユイとカルードは気合いが入ったような面構《つらがま》えだ。

レベッカは二人の様子を見て満足そうに頷《うなず》いた。そのレベッカが、

「エヴァ、中庭にある大きい盥《たらい》で一緒に水浴びをしない？」

「ん、分かった」

エヴァとレベッカは仲がいい。

「にゃぁ」

黒猫《ロロ》も参加か？　二人と一緒にトコトコと歩く。

そんな相棒はエヴァを見上げていた。太腿《ふともも》に乗りたいとか？

「では、わたしはリビングにて、〈瞑想《めいそう》〉を行います」

「わたしもレベッカたちと一緒に水浴びをしてきます」

「おう、楽しんでこい」

「「はい!!」」

ヘルメとヴィーネもリビングに向かう。さて角に、このドラゴンの卵を……置いた。

そこからメイド長イザベルに経緯《けいい》を説明。二階には使用人を寄越《よこ》さないように。

と、厳命。ユイとカルード用の薄着《うすぎ》の服を用意してから、

「ユイ、カルード、二階だ。かもーん」

腕《うで》を振《ふ》りつつ二階のバスタブに案内。バスタブの中に二人が入った。

早速《さっそく》処女刃を渡《わた》す――。そして、さすがに親子だから、裸《はだか》は恥《は》ずかしいだろうと考えて、薄着の服を着てもらった。

「二《に》の腕に処女刃の腕輪《うでわ》を嵌《はめ》るのね……」

「ここですな……」

「おう。刃が腕の内部に食い込むから、当然かなり痛い。血も流れる。ま、がんばれ」

「うん」

「はい」

二人は処女刃を使って〈血魔力〉の初歩を学ぶ。血の儀式が始まった。

が、二人は痛いはずだが……あまり表情に変化がない。

互《たが》いに笑って剣術《けんじゅつ》の話をしつつ処女刃のスイッチを連続的に押《お》していた。

反《そ》った魔刀と直刀の角度の差で実行するコンマ何秒の時間差を利用した袈裟《けさ》斬りの話をしていった。痛みを覚える〈血魔力〉の儀式だが、さすがに痛みに慣れている二人か。儀式を無難にこなすユイとカルードは、夜になるのと、ほぼ同時に〈血魔力〉を覚醒《かくせい》させることに成功。時間が掛《か》かったが、〈血道第一・開門〉を覚えた。

「おめでとう。〈血魔力〉の初歩だ。そして、血文字も可能となる」

「うん」

「はい、〈血道第一・開門〉……血の操作ですね」

ユイは微笑《ほほえ》み、カルードは血を吸い取りながら語る。

「光魔ルシヴァルの〈血魔力〉の用途《ようと》はかなり広い。今まで普通《ふつう》に使えていたスキルも幅《はば》が拡《ひろ》がる。個人の戦闘《せんとう》スタイルも大幅《おおはば》に変化するだろう。成長すれば、〈血道第二・開門〉へと進化するはずだ。また、成長によってカルードとユイそれぞれ独自の〈血魔力〉を覚えるかもな。更《さら》に、〈血魔力〉を起因とした先祖のRNAとDNAが関係した進化を起こすかも知れない」

「はい、難しいことは分かりかねますが、フローグマンの家系に関することでわたしたちも成長するかも知れないということですね」

「そうだ」

「〈血魔力〉はシュウヤのように発展の可能性があるってことか。楽しみ……」

成長を実感しているユイ。嬉《うれ》しそうな表情を見ると、俺も嬉しい。

そのユイは俺を見ながら、血文字を作る。

『……大好き』

と、血文字が浮《う》かんだから、俺も血文字で、

『俺もだ』

「マイロード……我《わ》が娘《むすめ》とは結婚《けっこん》を？」

「父さん、余計なことを言わないの――」

「そう言うが、今血文字で、イチャついていたではないか」

「いいの！　皆もやっていたから、わたしもやりたかったのよ」

「ふむ……」

するど、カルードも、

『イエス、マイロード……我が最高の君主……』

カルードさんも渋《しぶ》い表情で血文字を作る。

「ありがとう。そろそろ食事にしようか。二人は血しか飲んでないだろう？」

「はい」

「うん、お腹《なか》が減った～」

「メイドたちに言えば何か作ってくれる。冷蔵庫もあるし、作り置きもあるだろう」

「冷蔵庫……迷宮《めいきゅう》都市で出現するマジックアイテムの一つ」

「知っていたか」

「そりゃ、知っているって。一応は貴族の端《はし》くれよ？　実は、憧《あこが》れ的な物だったけれど」

「ユイ、すまん。当時のわたしの稼《かせ》ぎでは……」

「父さん、過去は過去。今更《いまさら》よ」

親子の愛情を見せているユイとカルードを連れて一階のリビングに戻った。

皆は、まだ寝《ね》ているようだ。リビングにはメイドたちがいる。

そんなリビングの端には、常闇《とこやみ》の水精霊《せいれい》ヘルメがいた。

ヘルメは胡坐《あぐら》の姿勢で宙に浮いて〈瞑想〉を実行中。

狐《きつね》の耳が可愛《かわい》い副メイド長のクリチワに向けて、

「クリチワ、食事を食べようと思うが、まだ残っているか？」

「はい、あります。今ご用意致《いた》します」

「ありがとう」

食事が運ばれてきた。

「これは、見たことがある魚だ」

「にゃん」

足下《あしもと》から黒猫《ロロ》の甘《あま》えた声が響《ひび》いた。相棒もごはんかな。と、下を見た。

黒猫《ロロ》は専用の餌台《えさだい》に載《の》った皿に盛られた魚を食べている。

「ロロは今まで食べていなかったのか？」

クリチワに聞いた。クリチワは狐が持つような耳をピクピクと反応させつつ、

「いえ、先ほどまで、皆様《みなさま》と、ご一緒にたくさんのカソジックを食べられていました」

「そっか、ロロは食《く》いしん坊《ぼう》さんだな」

「カソジックかぁ。高級魚ってだけではないわ。調理の仕方も巧《うま》い。だから、ロロちゃんが嬉しそうに食べる気持ちは分かる。香《こう》ばしくて、本当に美味《おい》しい」

「ふむ。素晴《すば》らしい料理。魚の味付けと焼き方一つで、こうも味が変わるとは」

ユイとカルードも絶賛だ。そのユイが魚料理を食べつつ、

「カソジックを仕入れるなんて、シュウヤは高級店とも繋がりがあるの？」

「分からない。メイドに任せているから」

クリチワに視線を移す。そのクリチワが、

「高級店との繋がりはありません。そのカソジックは、港の小売業者からイザベルが命令を出して、使用人たちに仕入れさせました」

「へぇ、さすがはメイド長だな。それで、お金は足りているか？」

「はい、もう十二分に頂いております……」

クリチワは慎《つつ》ましく頭を下げて答えていた。

「そっか。ならいい」

「シュウヤは優秀《ゆうしゅう》なメイドを雇《やと》ったのね。ところで、わたしと父さんの部屋なんだけど」

「おう。自由に選んでくれて構わない」

「うん、わたしは一階」

ユイは素早《すば》く決めた。カルードは二階の部屋に決まった。

「じゃ、俺はやることがあるから。また明日な」

「了解。おやすみ」

「マイロード、身辺警護はお任せください」

「俺は大丈夫《だいじょうぶ》だ。それに、今日は色々とあっただろう？　ルシヴァルの力を得たといえ、まだ慣れていないはずだ。今はゆっくりと休むといい」

「……マイロードのお優《やさ》しさ、身に染《し》みる思いであります」

カルードは微笑む。

「いいから、父さんの部屋は二階でしょう？　少し話があるから行くわよ」

「分かった。では、失礼致します」

カルードも大袈裟《おおげさ》だな。さて、アイテムボックスに魔石を納めるか。

少し寝てからにしようか——素早く部屋に移動した。

寝台《しんだい》へと背中から走り幅跳《はばと》びを実行するようにダイブした。

そのまま寝台に寝転《ねころ》がる。固いが寝台の肌触《はだざわ》りはいい〜。

と横を向いて仰向《あおむ》けに変えた。天井《てんじょう》の模様を見てから目を瞑《つぶ》った。

すると、腹にどすんと可愛い体重が来た！　肉球の感触《かんしょく》だ。小さい相棒ちゃんだ。

「にゃぁ」

「ロロッ」

肉球を顔に当ててきた。

「肉球の匂《にお》いを嗅《か》いでほしいのか？」

「ンン、にゃぁ」

相棒は、俺の顎《あご》に両前足を置いてきた。

可愛い前足の肉球ちゃんで、俺の顎を叩《たた》くのか？

クリームパン的な肉球パンチを寄越すつもりか？

そう思ったが両前足の肉球で顎を押し始めるや指を拡げて閉じてきた。

その指先から出る爪《つめ》の感触も可愛い。

そんな小さい両前足で、俺の顎を必死に掴《つか》もうと、掌球《しょうきゅう》を連続的に、俺の顎へと押し当ててきた。あはは、甘ったれの猫《ねこ》ちゃんだ。

可愛すぎる。肉球のぷにぷにとした感触がたまらない。まったく！　そんな肉球を擁《よう》した相棒ちゃんは、暢気《のんき》に俺の顎を揉《も》みまくってくる。

そんなに揉んでも、俺の顎から乳は出ない。と、内心ボケても仕方ない。

この両前足の柔《やわ》らかい肉球を活《い》かした揉み拉《しだ》く行動は、母親の母乳を飲む時に使う生まれついての猫の習性だ。肉球判子アタックとも呼べるかも知れない。

四つの指球と一つの掌球の肉球。更に小人のような指球と、アピール度が高い毛根球。

前足の肉球の数は、合計すると七個存在する。そんな肉球ちゃんを見て、

「そんなことしてると！」

俺は我慢《がまん》できず肉球で指圧を繰《く》り返す黒猫《ロロ》を抱《だ》きしめた。

「この悪戯《いたずら》のちっこい足ぃぃぃ、たまらんなぁ」

両前足の肉球をゲット！　その肉球を指で押してのモミモミを実行――。

そのままロロディーヌの両前足を左右に拡げた。よーし、可愛い腹が見えた。

「体操お猫さんの刑《けい》に処する！」

「にゃぁぁぁ」

ふはは！　ふさふさの腹に顔を埋《うず》めた。

黒猫《ロロ》の可愛い腹の毛と肌《はだ》のやっこい感触を、顔で堪能《たんのう》していると、俺は耳朶《みみたぶ》を噛《か》まれた。

が、甘噛《あまが》みだ。

そんな黒猫《ロロ》を抱きしめつつ寝転がる。その寝台で、相棒を離《はな》した。

「ロロ、自由にしていいぞ。遊んでこい」

「にゃ」

黒猫《ロロ》は俺から離れず脇腹《わきばら》に肉球を押し当ててくる。

まったりムードの相棒か。その黒猫《ロロ》は、自らの首を俺の肘《ひじ》に乗せてきた。

目を細めてゆったりとしたまま見つめてくると、次第《しだい》に、その瞼《まぶた》を閉じて、俺の肘を枕《まくら》代わりにして眠《ねむ》り出した。喉元《のどもと》の毛の感触が可愛いな、このまま一緒に寝るか——。

そんな気持ちのまま、相棒の耳を指で挟《はさ》んだ。

その黒猫《ロロ》の耳を伸《の》ばすようなマッサージを行う。

耳のマッサージを受けた黒猫《ロロ》から心地《ここち》いいＢＧＭが響いてきた。

そのＢＧＭとは、可愛いゴロゴロとした喉音《こうおん》だ。

不思議と癒《い》やされる音でもある。俺にとってはいい子守歌《こもりうた》か……ありがとな相棒。

と、呟《つぶや》きながら目を瞑った。——朝方に起きた。相棒は見当たらない。

寝台に座《すわ》りつつアイテムボックスを弄《いじ》る。

アイテムボックスは腕時計《うでどけい》風のウェアラブルコンピュータだ。

時計は記されていないから、腕輪型と呼ぶべきかも知れない。

ま、腕時計型、腕輪型、どちらでもいいか。

その丸い硝子《ガラス》のディスプレイから真上に四角い立体的なメニュー画面が浮かぶ。

その立体的に表示されるメニューを指で操作した。

アイテムボックスから魔石と大魔石を大量に取り出す。

金箱を出現させた際に登場したモンスターたちから、獲得した中魔石と大魔石のエレニウムストーンを入れるとしよう。まずは――。

立体的に表示されているメニューにある◆のマークを指で押した。

◆エレニウム総蓄量：１６０

必要なエレニウムストーン：２００：未完了《みかんりょう》。
報酬《ほうしゅう》：格納庫＋25：ディメンションスキャン機能搭載《とうさい》。
必要なエレニウムストーン大：５：未完了。
報酬：格納庫＋30：フォド・ワン・カリーム・ガンセット解放。
必要なエレニウムストーン大：10：未完了。
報酬：格納庫＋35：フォド・ワン・カリーム・ユニフォーム解放。
？：？：？：？：？　？：？：？：？：？　？：？：？：？：？

立体的なウィンドウの右側に文字が羅列《られつ》表示された。
ウィンドウの左側にも文字が表示されている。

◆ここにエレニウムストーンを入れてください。

この『エレニウムストーンを入れてください』。と表示されている◆のマークに、大量の中魔石を指定の数だけ入れた。

必要なエレニウムストーン：完了《かんりょう》。
報酬：格納庫＋25：ディメンションスキャン機能解放。

その立体的なメニュー画面が消えるやアイテムボックスの腕時計風のディスプレイが輝《かがや》きを放ちつつ魔力粒子《まりょくりゅうし》も真上に迸《ほとばし》った。更に輝いた硝子面の中心からテンセグリティ構造の重力に逆らったような小型水晶《すいしょう》の　塊《かたまり》が伸びて出現。

その小型水晶から虹色《にじいろ》のレーザーが魔力粒子に向けて放射された。

魔力粒子と反応した虹色レーザーは共鳴を起こしたようにテンセグリティ構造の立体簡易地図をアイテムボックスの真上に造り上げた。

この立体簡易地図は俺たちの部屋の地図か。これがディメンションスキャン。

テンセグリティっぽいホログラム地図でもあるが、ウェアラブルコンピュータに備わる立体的簡易地図《ミニマップ》とも呼べるかな。

テンセグリティ構造の小型水晶の塊に、指が触《ふ》れたら硝子面のディスプレイの中に収斂《しゅうれん》しつつ消えた。同時にアイテムボックスの真上に展開していた近未来的な立体簡易地図も消えた――よし、残っている中魔石をすべて、このアイテムボックスの中へと入れるとしよう――エレニウムストーンの数を確認。

◆：エレニウム総蓄量：４７０

必要なエレニウムストーン大：5：未完了。
報酬：格納庫＋30：フォド・ワン・カリーム・ガンセット解放。
必要なエレニウムストーン大：10：未完了。
報酬：格納庫＋35：フォド・ワン・カリーム・ユニフォーム解放。
必要なエレニウムストーン大：50：未完了。
報酬：格納庫＋50：フォド・ワン・ガトランス・システム解放。
？？？？？　？？？？？？　？？？？？？

フォド・ワン・カリーム・ガンセットは分かるが、フォド・ワン・ガトランス・システム解放とは何だろう。まぁ納めれば分かること。
◆のマークに大魔石を順番に入れるとしようか。

必要なエレニウムストーン大：完了。
報酬：格納庫＋30：フォド・ワン・カリーム・ガンセット解放。

必要なエレニウムストーン大：完了。
報酬：格納庫＋35：フォド・ワン・カリーム・ユニフォーム解放。
必要なエレニウムストーン大：完了。
報酬：格納庫＋50：フォド・ワン・ガトランス・システム解放。

光だ。先ほどの虹色ではなく普通の光。

アイテムボックスから無数の光の粒子《りゅうし》が幾《いく》つも迸りつつ、宙の三つに集結する。一つ目の光の粒子は、一瞬でピストルをかたどった。

ビームガンか。ビームガンの表面には、幾《き》何《か》学《がく》模様が至る所に細かく刻まれている。

鋼鉄製のベレッタM92とマグナムにも微《かす》かに似たノズルが長い未来的な銃《じゅう》。

そして、二つ目の光の粒子が集まったところのビームライフルもまた未来的。

長い銃身被筒《じゅうしんひつつ》は、やや透《す》けた部分が多い。銃口は銃身被筒と同じ幅。

銃身の根元の外装に二脚架《きゃくか》代わりの月か虎《とら》を模した金具もあった。

リアサイトの形は三日月だが、光学照準器っぽい機能がありそうな印象。

そして、コッキングレバーを内包していそうな大きめの銃底。

グリップも金属。銃身以外にもスケルトンの部品は多い。

ビームライフルの機関部が覗けるのは面白《おもしろ》い。

バーファースプリングにフィードトレイ的な金属がクリスタルと融合《ゆうごう》している。

フィードカバー風？　金属の耐熱《たいねつ》板と熱効率が良さそうな外装もスケルトンと一体化した状態で見え隠れしていた。エネルギー変換《へんかん》を高めそうなクリスタル素子がコイルを形成しつつスチールボルトキャリアと一体化しているようだ。

鋼《はがね》のチェンバーらしき螺旋状《らせんじよう》の細かな金属が、クリスタル素子で形成した電子基板と融合していた。スケルトンと金属の融合が異常にカッコイイ。

現実の銃に喩《たと》えることは難しいが、M16A4か？　とにかく未来的。

パラジウム系の透けた金属と魔力を有した金属が融合した未知の素材で作られたビームライフル。普通の銃でも通用する見た目ではあるが、中身は完全に俺の知る科学力では作れる代物《しろもの》ではないだろう。トリガーの一部と外装金属の一部には、魔力を吸い込む吸引孔《こう》のような溝《みぞ》がある。吸引ではなく噴射《ふんしや》？

もしかして、アイテムボックスから出す度《たび》に形状が変化するとか？

ま、頗《すこぶ》る渋いビームライフルだ。

フォド・ワン・カリーム・ガンセットか。

だから、フォドワン・ビームライフルが正式名なのかな。

次の、光る粒子が集結した三カ所目には……。

銃を収める帯ベルトと一体化した『フラットサイダーパドルヒップ』と、黒色の戦闘服《せんとうふく》のユニフォームが浮いていた。

すると、その三つのアイテムを出現させたアイテムボックスから、黄緑色のレーザーが照射された――フォログラム文字も同時に真上に浮かぶ。

薄《うす》い黄緑色で少し古いコンピュータグラフィックと直《す》ぐに分かる文字の色合いだ。


――《フォド・ワン・ガトランス》起動――

――《フォド・ワン・カリーム・サポートシステムver.7》を検知。

――遺産神経《レガシーナーブ》を検知。

――《フォド・ワン・ガトランス・システム》へと統合されます。


フォド・ワン・カリーム・サポートシステムはカリームを解放されて統合されたようだ。

カリームがガトランスに変わったが、効果は分からない。進化したと分かるが……。

そこで、格納庫を確認。

◆：人型マーク　：格納：記録

アイテムインベントリ：60／260

アイテムを仕舞《しま》える数はちゃんと増えている。

次いでにアイテムボックスから大銅貨を取り出し、それを床《ゆか》に置いた。

そして、ビームガンを握《にぎ》って銃口を大銅貨に向けて引き金を押した。

銃口から光線が迸り、光線は大銅貨を突《つ》き抜けた。

床にも傷が……しかし、近未来的なビームガンだ。

先程《さきほど》の遺産神経《レガシーナーブ》も統合と表示があったから、もしかして――。

右目の横の十字の形をした金属のアタッチメントを指の腹で触り、カレウドスコープを起動した。すると、視界にある品物やあらゆるオブジェクトを、フレーム的な細かな線が強調するように縁取《ふちど》った。更に、ミニマップが視界の右上に登場した。

銃との連携《れんけい》システムだと分かる。スコープとエネルギー弾《だん》数も強調表示された。

マップを意識したらミニマップが拡大した。立体簡易地図も強調表示。ヘッドマウントディスプレイ的。これは凄《すご》い便利だ。

エネルギー弾数は五百二十九と表示されていた。

エレニウム総蓄量の数か。銃を構えると、ホログラフィックサイトの光学照準器のレティクルの線が大きくなった。再度、穴が空いた大銅貨に狙《ねら》いを定める――。

と、標的の大銅貨に、その光学照準器が固定された。

試《ため》しに、少し照準を外して撃《う》つ――自動的に補正されたようだ。

大銅貨にビームが直撃《ちょくげき》。簡易アシストか。弾数も一つ減っていた。魔石が弾《たま》か。

そうなると、あまり連打はできない。ビームライフルも試したいが、これは外で試したほうがいいだろう。寝台にビームガンを投げた――。

アイテムボックスのメニューの◆を押してエレニウム総蓄量を表示させる。

◆：エレニウム総蓄量：528

必要なエレニウムストーン大：100：未完了。

報酬：格納庫＋60：ガトランスフォーム解放。

必要なエレニウムストーン大：３００：未完了。

報酬：格納庫＋70：ムラサメ解放。

必要なエレニウムストーン大：１０００：未完了。

報酬：格納庫＋１００：小型オービタル解放。

？？？？？？　？？？？？？　？？？？？？


弾はやはり総蓄量か。

新しく追加されたガトランスフォーム、ムラサメ、小型オービタルは気になった。

ガトランスフォームは新しい服だと思うし、ムラサメは武器だろうか。

集めてすべてを解放したい。しかし、魔石の量が……さすがに多いから大変だ。

次は黒い戦闘服のコスチュームを着よう。装備を脱《ぬ》いで着てみたが……。

あまりこれといった変化はない。銃を持ちつつ構えながらカレウドスコープを起動したり解除したりしても、何の効果もない。ただの戦闘服だった。

が、特殊な繊維《せんい》と分かる黒い光沢《こうたく》がカッコイイ。コート系の外套《がいとう》。

厚めの繊維でかなり頑丈《がんじょう》そうだが、かなり柔らかい。

普段着《ふだんぎ》、寝間着《ねまき》、室内用にするか。

小型のビームガンは放置で、このビームライフルを中庭で試すとしようか。

「ご主人様、おはようございます。それは、いったい何なのです？」

「にゃおん」

廊下《ろうか》からヴィーネと黒猫《ロロ》が寝室に入ってきた。

「おはよう。これはアイテムボックスから手に入れたアイテム。アイテムボックスは普通じゃない。迷宮で手に入れた魔石。エレニウムストーンを、アイテムボックスに表記されている指定数の分だけ、このアイテムボックスに納めて吸収させると、特別な報酬として、色々な宇宙文明の品のアイテムを、このアイテムボックスから手に入れることができる」

「鉄の長杖《ながつえ》と、衣服もですか？」

頷いて、頭部を少し傾《かたむ》けつつ、

「そうだ。あと、右目の横のアタッチメントもそうだ」

ヴィーネに、右目の横にある十字金属を見せた。

「アイテムが入手可能なアイテムボックスとは、不思議です」

「――にゃっ」

黒猫《ロロ》は俺の肩《かた》に来ると、アタッチメントに鼻を近付けて匂いを嗅いでいた。

「ロロ、別に匂いはないだろ？　あまり触るなよ」

予想では、別種の知的生命体による宇宙軍的なシステムだと思うが……。

「ヴィーネ。この長杖はビームライフル。または銃。銃だったら、小さい鋼鉄の弾丸《だんがん》を射出する武器となる」

「びーむらいふる。じゅう、ですか。弓矢の一種なのでしょうか」

「似た系統だ。杖《つえ》のマジックアイテム。少し違《ちが》うが、礫《つぶて》を飛ばす道具と思えばいい」

宇宙文明の品だが、ま、今はこれでいいか。

「マジックアイテムなら納得《なつとく》です」

「このライフルを試すから、中庭に行こうか」

「はい、わたしも見学を！」

「おう」

「にゃ」

相棒は俺の肩と耳朶を叩くと長い尻尾《しっぽ》の先っぽで首を擽《くすぐ》ってきた。ゾクッとした。相棒め――と、俺が顔を寄せると相棒の瞳《ひとみ》が丸くなっていた。

瞳孔《どうこう》が散大中。俺《おれ》の耳朶と肩を叩いて興奮したようだ。

まったく、俺の耳朶は餃子《ギョーザ》の玩具《おもちゃ》じゃないんだがな。と、笑いながら、相棒の鼻先を指で小突《こづ》くと、「にゃおおお～」と興奮した相棒は俺の指を追い掛けて跳躍《ちようやく》。

そのまま何処《どこ》かに向けて走り出した。実に猫らしい天邪鬼《あまのじやく》さだ。

俺はヴィーネを連れて廊下を歩いてリビングに向かう。

相棒は廊下の先で木製の独楽《こま》玩具《おもちや》をクリームパンの肉球パンチを繰り出して遊んでいた。

「ンンン――」

と、なんとも言えない声を出している。「ふふ、楽しそうですね」「あぁ」と、そのまま
俺たちは笑いつつリビングに向かった。すると、リビングにいたレベッカが、

「シュウヤ、その服と杖は新しいアイテム？」

「そうだ。実験する」

「へぇ」

「ん、気になる」

「わたしも」

レベッカとエヴァは頷き合うと、歩み寄ってきた。

「閣下、わたしも行きます」

「長杖で訓練？　棒術も風槍《ふうやり》流ってことかな」

「マイロードのご出陣《しゆつじん》！　わたしもついていきます」

ヘルメ、ユイ、カルードもついてくる。

「まぁ、皆様……何か行うのですか？」

結局、メイドを含《ふく》めて全員が中庭に移動。戦闘奴隷《せんとうどれい》たちも集まってきた。

「ご主人様、迷宮に挑《いど》まれるのですか？　わたしもがんばります」

「主《あるじ》、我は迷宮に潜りたい」

虎獣人《ラゼール》のママニと蛇人族《ラミア》のビアが熱く語る。

二人の体から汗が流れていた。

「ご主人様、ボクの剣術を見て欲《ほ》しい……」

「わたしはもっとお話が……」

小柄獣人《ノイルランナー》のサザーとエルフのフー。二人は頬《ほお》が赤い。

「迷宮には挑まない。サザーの剣を見てフーと話をしてもいい。が、今は実験を行う。あとでな」

「「はいっ」」

「にゃっ」

肩の黒猫《ロロ》も反応して下に降りて、尻尾を立てながら奴隷たちに近寄った。

黒猫《ロロ》はサザーに向けて触手《しょくしゅ》を伸ばすと、サザーの髪《かみ》と耳を触《さわ》る。

小柄《こがら》のサザーを触手で労《いたわ》るってよりは遊んでいるように見えた。

相棒はサザーが好きなようだな。獣人《じゅうじん》の匂いとサザーの毛並みかな。

「あぅ～。ロロ様だめですー」

サザーは逃《に》げ出した。直ぐに黒猫《ロロ》が追う。

「ンン――」

喉《のど》を鳴らすと黒猫《ロロ》はサザーを捕《つか》まえた。

そのサザーの頬をペロペロと舐《な》めてから、触手と両前足を離す相棒。

サザーは直ぐに逃走《とうそう》。また捕まっては逃げると、再び相棒は追いかけた。

サザーは再度捕まった。黒猫《ロロ》はサザーの頭部の匂いをふがふがと嗅ぐ。

すると、また逃げたサザー。が直ぐに相棒がサザーを捕まえる。

新しい遊びを開発する相棒だ。サザーも分かっているのか、途中《とちゅう》から楽しそうに走って
笑っていた。絵になる。が、相棒は調子に乗ったのか、

「きゃ、ご主人様～助けて～。ボクの貞操《ていそう》がぁ、ロロ様にうばわれちゃう！」

猫が子犬と戯《たわむ》れているようで、面白い。が、注意しておくか。

「ロロ、嫌《いや》がっているから優しくしてあげなさい」

「にゃあ」

聞き分けのいい黒猫《ロロ》は触手を引っ込める。と、サザーの小さい足をぺろっと舐めてから、サザーの小さい足に、自身の頭部を擦《す》りつけていた。

「ふふ、ロロ様もご主人様も優しいです」

「にゃ」

黒猫《ロロ》はいつもの猫顔だが、笑った？

髭《ひげ》の膨《ふく》らみが可愛い。さて、実験だ――。

また大銅貨をアイテムボックスから取り出してから、硬貨《こうか》を地面に置いて距離《きょり》を取った。

カレウドスコープを起動して長口径のビームライフルを構えた瞬間《しゅんかん》――。

ビームライフルの後部から出た細い金属管が右目の卍《まんじ》の形をしたアタッチメントの金属と合体――視界が変わった。パラメーターの数値が上下。

俺の目の動きと繋《つな》がった。大銅貨に狙いを定めると、カレウドスコープの視界がズームアップ。よし――撃ってみよう。引き金を押し込む。

――銃口から放たれる太い光条線と独特な射出音。

ビームが当たった大銅貨は一瞬《いっしゅん》で溶《と》け、地面を融解《ゆうかい》させた。

「おぉぉぉ」

「ご主人様は司祭級の光魔法《まほう》も操《あやつ》れるようだ」

「また、新しい魔法？」

「ん、マジックアイテムと連動している？」

皆《みな》はそれぞれビームライフルの感想を呟いていた。そんなことは無視して、視界に表示される情報を分析《ぶんせき》だ。今度は弾が二つなくなっていた。

これはライフルだからか？　威力《いりょく》が大きいから消費も大きいようだ。

だがしかし、魔石《ませき》を消費するから暫《しばら》くは封印《ふういん》だな。

どちらにせよ、アイテムボックスに魔石を大量に納めるには、大魔石は必須《ひっす》。

大商人から魔石を直《じか》に買い取るか？　冒険者《ぼうけんしゃ》ギルドへと魔石の収集依頼《いらい》を出すのもいいか。集めるのは大変だ。それか戦闘奴隷たちに迷宮の中に潜《もぐ》ってもらうのもありか。

俺たちが別行動をしている時、彼女《かのじょ》らをここで遊ばせておくのはもったいない。

戦闘奴隷たちの修行《しゅぎょう》を兼《か》ねた魔石稼ぎをがんばってもらおうか。

「……ご主人様？」

虎獣人《ラゼール》のママニが視線を向ける俺を見て首を傾《かし》げる。

「なぁ、ママニたちだけで迷宮に挑んでも、大丈夫か？」

「装備が整いましたし、五階層なら余裕《よゆう》ですね」

ママニは厳しい顔色だったが、目はやる気に満ちていた。

「我がいるから平気だ！　八階層も経験済みが多いのだからな。ただ、主と一緒《いっしょ》がよかったぞ！」

ビアはいつもと同じで蛇《へび》のような長い舌を伸ばして語る。

「……ボクもビアの周りで動き回って、ご主人様からもらい受けた魔法剣《まほうけん》でばったばったとモンスターを倒《たお》してみせます！」

「はい。五階層なら余裕だと思われます。ただ、ご主人様のパーティが行うようなモンスター殲滅《せんめつ》速度には遠く及《およ》ばないと思います」

黒猫《ロロ》を胸に抱っこしているサザーとフーは笑顔《えがお》で、そう話す。

小さいサザーが猫を抱っこしている姿は、何かくるもんがある。

「よし、それなら、お前たちだけで中魔石を集めてくれ。大型は無理して集めないでいいから、命を大事にだ」

「はいっ」

「分かりました」

「我はやるぞ」

「ボク、がんばります」

ママニたちの気合いの入った表情を見て思い出した。アイテムボックスを操作。

「ママニ、プレゼントがあった。サジュの矢だ。数は有限だが、この矢を喰《く》らわせた相手に暗闇《くらやみ》効果をもたらす矢だ。危なかったら自由に使え」

黒光りする矢束を渡《わた》す。ママニは敬礼してから、

「はいっ、ありがとうございます。では、準備をして参ります」

と、威勢の良い言葉の後、身を翻《ひるがえ》す。奴隷たちも準備を始めた。

俺もやることは多数ある。邪神《じゃしん》の手駒《てごま》と迷宮《めいきゅう》にいる邪獣《じゃじゅう》を倒すとしよう。

ザガ&ボン&ルビアに会って土産《みやげ》を渡す。第二王子にマジックアイテムを売るのもある。

家に来ていた講師のミスティにも会いたい。

名前を変えたミアにも……【梟《ふくろう》の牙《きば》】が全滅《ぜんめつ》した情報はもう知れ渡っているはず。

俺とは関《かか》わらず、人知れずどこかで暮らしているのかも知れない。

元気ならそれだけでいいんだがな。そんなことを考えながら……。

ビームライフルをアイテムボックスに仕舞った。

卍に変形したアタッチメントをタッチ――普通《ふつう》の視界に戻《もど》す。

「戦闘奴隷たちだけで、迷宮に潜らせるの?」

「あぁ。強者《きょうしゃ》たちでもあるから大丈夫だろう。そして、俺たちはやることがある」

「そう……邪神の手駒?　を倒すのね」

「他にもあるが、そのつもりだ」

レベッカとそんな会話をしていると、大門が開いた。

そこには見知った顔がいた。頭にバンダナを巻いたミスティだ。

ミスティは手を振《ふ》って近付いてくる。

「よう。この前、家に来てくれたようだな」

「うん。今日は会えてよかった」

「生徒たちのパーティはどうなったんだ？」

「解散してきたわ。今日はそのことでお願いしにきたの……」

ミスティは遠慮《えんりよ》がちに話す。

「パーティか」

「うん。シュウヤのパーティに入れて欲しい。魔導人形《ウォーガノフ》の簡易型ゴーレムなら一瞬で組み立てが出来るし、知っての通り、金属に関しての知識なら自信があるから」

「いいぞ。皆に紹介《しようかい》しよう、俺の仲間&眷属《けんぞく》で女たちだ。手前にいるのは、レベッカ」

右手を伸ばし紹介した。

「こんにちは。レベッカ・イブヒンです。選ばれし眷属の〈筆頭従者長〉の一人よ」

「魔導車椅子《まどうくるまいす》に座っているのは、エヴァ」

「ん、よろしく、エヴァです。同じく〈筆頭従者長《選ばれし眷属》〉」

「左が、ヴィーネと精霊《せいれい》ヘルメ。常闇《とこやみ》の水精霊が正式か」

「ご主人様の〈筆頭従者長〉の一人、ヴィーネであります」

「閣下の水でもあるヘルメですよ」

精霊と聞いて、ミスティは目を見張り、片膝《かたひざ》を地面に突けて頭を下げていた。

「精霊様……生まれて初めて、人としての形と意識を持つ精霊様を拝見しました……」

「いい態度です。閣下に失礼がなきよう……」

長い睫毛《まつげ》を有したヘルメは顎をあげてミスティを見下ろしつつ語る。

水の羽衣《はごろも》のような衣装と地肌《じはだ》の群青色《ぐんじょういろ》と黝色《ゆうしょく》のコントラストが映《は》える綺麗《きれい》な皮膚《ひふ》を連続的にウェーブさせていた。一瞬、水の女神《めがみ》に見えるほどの綺麗さと迫力《はくりょく》。

Sっ気が強まると、水の女王か、氷の女王的な雰囲気《ふんいき》を醸《かも》し出すヘルメさんだ。

「は、はい」

「それで、その隣《となり》にいるのがユイとその父であるカルードだ」

「ユイです。シュウヤの選ばれし眷属の〈筆頭従者長〉が一人。よろしく」

「カルードと申します。わたしもマイロードの選ばれし眷属の〈従者長〉です」

ミスティは恐縮《きょうしゅく》したように頭を少し上げてから口を動かしていく。

「……皆さま方《がた》は、シュウヤの部下なのですね……」

「うん、愛している人」

「ん、仲間でもありシュウヤの恋人《こいびと》」

「ご主人様の永遠の恋人であり、部下であります」

「仲間であり、恋人、愛人？　大好きな人っ」

「閣下は至高の御方《おかた》」

「マイロードは偉大《いだい》なマスターロード」

皆の言葉に面を食《く》らうミスティ。

「で、こんなメンバーだが、ミスティはいいのか？」

「……正直、驚《おどろ》いたけど、貴方《あなた》のことだし、何とでも考えられる。そして……他に女がいても、わたしの気持ちは変わらないわ……糞《くそ》、糞、糞ッ」

ミスティは、頬に赤い斑点《はんてん》を作りつつ小さい声で、いつもの癖《くせ》の言葉を放つ。

「なるほど、なるほど……なるほど、な？　シュウヤは、また、他に女を……」

レベッカは、だれかのギャグをパクった？

「ん、シュウヤが望むならいい」

「閣下の下僕《げぼく》、配下が増えるのは素晴《すば》らしきこと」

ヘルメが下僕、配下とか言っている。

「……まだ配下とかは決まってないから……パーティを組むだけだよ」

気まずい表情を浮《う》かべてミスティを見た。

「配下……シュウヤの配下になら喜んでなるわ……わたしの心を変えてくれた人だもん。そして、再会したのは何かの運命だと思うし」

まじかよ。

「まぁ、そう事を急ぐこともないだろう」

「ううん。それとも、元盗賊《とうぞく》、元貴族、魔導人形《ウォーガノフ》作りが趣味《しゅみ》な女なんて、眼中にないのかしら……」

「なわけない。綺麗な女は好きだ。俺も魔導人形《ウォーガノフ》には非常に興味がある。だが、俺の配下になるのはパーティを組んで迷宮に挑んでからでも遅《おそ》くはないだろ？」

「そうだけど、うん。分かった。それで迷宮に挑むのはいつ？」

今日は邪神の駒《こま》のパクスを討《う》つ。いなかったらザガのところに挨拶《あいさつ》に行くから……。

「……三日後、辺りでどうだ？」

「いいわ。朝の時間、この家へ来ればいい？」

「それでいい」

「了解《りょうかい》。それじゃ、皆さん、三日後、また来ますので、その時にまた、お願いします」

「はーい」

「ん」

レベッカとエヴァは笑顔で頷《うなず》く。ユイとヴィーネは表情は変えずに、

「三日後」

「はい」

「「……」」

と、発言。カルードとヘルメは黙《だま》っていた。ミスティは背中を見せて大門から去った。

「さて、俺たちは邪神の手駒を討つか」

「冒険者パクス・ラグレドア。迷宮に潜っている可能性が高いと思うけど」

「そうだな。いなかったら、ザガたちの場所に向かうことにしようか」

「ザガ？」

「ドワーフの友。尊敬できる偉大な鍛冶屋《かじや》。弟の名はボン。俺の魔槍杖《まそうづえ》と鎧《よろい》の制作者でもある。世話になったところだ。ルビアって名の女の子の世話もしている」

ザガの職人顔とボンの真ん丸顔を思《おも》い浮かべた。

「シュウヤの紫色《むらさきいろ》の装備を！　凄い！　会いたいかも」

「ん、シュウヤの友で、尊敬しているドワーフたち……わたし、凄く会いたい」

レベッカとエヴァは真剣《しんけん》だ。ヴィーネは既《すで》に会っている。黙って頷いていた。

「分かったが、とりあえずはパクスの家だ」

「ん、了解。邪神の使徒と対決――」

「よーし！　サーマリアの【暗部の右手】の幹部と兵士との戦いで、蒼炎弾《そうえんだん》の扱《あつか》いもこなれてきたからね！　楽しみ。あとエヴァとの連携が面白くなってきた」

「ん、あの時のレベッカ、かっこよかった。蒼炎弾の連打、じゅばーんって、凄かった」

エヴァがレベッカの活躍《かつやく》に影響《えいきょう》を受けたらしい。

ヒュアトスの屋敷《やしき》か。あの正面口の戦いは……強烈《きょうれつ》だったのかも知れない。

常闇の水精霊ヘルメとヴィーネが、俺の横で片膝を地に突けて、

「――閣下、わたしの水の出番ですね」

「――ご主人様、準備はできています」

そう発言すると、レベッカは片手で拳《こぶし》を作ると、前腕《ぜんわん》を少し上げつつニコッと微笑《ほほえ》む。

「邪神の使徒か。わたしも行ける」

「マイロード、ご指示を」

ユイとカルードも気合いが入ったような面《つら》だ。やる気を示す。

「ん、ロロちゃんがもう変身している」

黒猫《ロロ》も気合いが入ったか。

黒馬に近い神獣《しんじゅう》ロロディーヌに変身。

相棒は触手を俺とヴィーネに絡《から》ませると、背中に乗せてきた。しかし、他は乗せていない。

「……ロロちゃん。わたしは乗せてくれないの？」

「ん、ロロちゃん、ヴィーネだけを乗せている……」

「ロロちゃんにも好みがあるのかもね……」

ユイはそう言いながら艶《あで》やかな黒毛を撫《な》でている。が……その瞳は笑ってはいない。

ユイは、俺に正面から抱《だ》き着くヴィーネのことを睨《にら》んでいた。

「ロロ様はわたしの匂《にお》いを好きと、前に気持ちを伝えてくれました。きっと、ご主人様の御傍《おそば》に控《ひか》えるのは、わたしが一番だとロロ様が判断して下さったのだ！　ふふ」

ヴィーネは興奮しているのか、素《す》で話す。

「調子に乗っていますね。閣下、ヴィーネを水に埋《う》めるご許可を……」

「わたしが許すわ」

「ん、わたしも」

「あ、もちろん、わたしも」

ヴィーネ対ヘルメ、レベッカ、エヴァ、ユイの構図。

唯一《ゆいいつ》の男眷属であるカルードに助けを求めるように、尊敬の眼差《まなざ》しを送る。

「……」

カルードは、この緊張感《きんちょうかん》のある、殺伐《さつばつ》した空気感を受けて緊張していた。目が泳いで、冷《ひ》や汗《あせ》を浮かべている。直ぐに頭部を伏《ふ》せて逸《そ》らしてきた。くっ、頼《たよ》りない野郎《やろう》だ。

「ご主人様、皆がわたしを虐《いじ》めてきます……」

ヴィーネはしれっと俺に抱きつきながらそんなことを言ってくる。

「ヴィーネの強《したた》かさがムカつく！」

「ん、でもロロちゃんが選んだ。わたしは魔導車椅子だし……」

「閣下、ご許可を」

「そんな許可、出すわけないだろう。喧嘩《けんか》はするな。ロロ、えり好みしていないで乗せてやれ」

「にゃお」

馬っぽいロロディーヌは少し大きくなった。

レベッカ、ユイ、最後に魔導車椅子ごとエヴァを乗せてあげていく。

「ロロ様……わたしは……」

「にゃ？　にゃあん」

ロロディーヌは神獣としての顔を精霊ヘルメに向けると、ヘルメを乗せないお詫《わ》びのつもりか、ヘルメの顔を、大きな舌でペロッと舐めていた。

「きゃぁ」

「ヘルメ、俺の目に来ればいいじゃないか」

「はい。そうします」

瞬時《しゅんじ》に液体になったヘルメは、その液体から水飛沫《みずしぶき》を発しつつ俺の左目に収まった。

カルードを乗せていないが、ま、男ってこともあるとは思う。

それとも相棒なりに〈従者長〉として、家族順位を付けたか？　そのカルードに、

「カルード、付いて来い」

「はい！　マイロード！」

カルードに触手の一部を持たせた神獣ロロディーヌ。

共に歩いて大門に向かう。相棒的にカルードを〈従者〉と思っているのかも知れない。

その相棒は一対《いっつい》の触手を手のように扱うと、大門を開けた。路地に出た。

手のように扱った触手ではあるが、触手の先端《せんたん》はまん丸いお豆形だ。

裏側に肉球が付いているだけ。

爪《つめ》的な骨剣を出すことは可能だが、出していなかった。

だから、あの黒いお豆の触手には、特別な吸引力が備わっているのかも知れない。

そんな思考をしつつ……パクス・ラグレドアの屋敷に向けて通りを進んだ。

邪神シテアトップ曰《いわ》く、邪神ヒュリオクスの手駒らしいが……。

——ま、約束通り討伐《とうばつ》してやろう。

「はい、ロロディーヌ様！　にくと、あめだまに、ぽぽんがほしいのですね！」

「カルード、気にせず、通りを進むぞ」

「え、あ、はい」

ロロディーヌは触手でカルードに気持ちを伝えていたようだ。

欲しいと伝えた『ぽぽん』が謎《なぞ》だが、まぁいいか。

ベネットからの情報通りに倉庫街を進む。剝《む》き出た柱と梁《はり》と筋交《すじか》いが、漆喰《しっくい》や煉瓦《れんが》の素材の外壁《がいへき》と重なって独特の縞《しま》模様の外観を持つ建物が多い。チューダー様式のような家か。そんな倉庫街を観光気分で進むとパクス・ラグレドアの大屋敷《おおやしき》を発見。情報通り、娼館《しょうかん》が隣だった。すると、暗くなった。その暗がりは崩《くず》れるように消失。陽《ひ》を隠《かく》したのはムクドリのような鳥の群れか。通りに影《かげ》が幾《いく》つも走る。皆は、その鳥の群れのことは気にせず、

「あそこがパクスの家」

「エヴァとレベッカは、ここで待機」

「了解」

「ん」

俺はユイとカルードに顔を向け、

「ユイとカルードは左右の隣の店を調べろ。見る限り、屋根は地続きだから、標的の屋敷

に侵入《しんにゅう》できるルートがあるはずだ」

「はっ、マイロード」

「分かった」

カルードとユイは頷いた。俺はヴィーネを見て、

「ヴィーネは裏だ。俺とロロは正面から侵入する。動きがあったら血文字で連絡《れんらく》しろ」

「はい、ご主人様」

エヴァとレベッカを残して、皆、散っていく。

「ロロ、行くぞ」

「にゃ」

正面から神獣ロロディーヌは、その膂力《りょりょく》を見せるように跳躍を行った。

玄関《げんかん》の壁《かべ》を飛び越《こ》えた。中庭に着地。そのままパクスの屋敷の内部に侵入を開始。

――魔察眼と掌握察《しょうあくさつ》で周囲を確認《かくにん》。大きい屋敷だが、気配がない。

メイドや使用人も雇《やと》っていないのか。黒馬か黒獅子《くろじし》に近い姿のロロディーヌから降りた。

〈隠身《ハイド》〉を発動しつつ左右を把握《はあく》。

玄関から続いているだろう砂利《じゃり》が敷《し》き詰《つ》められた空間が左にある。

俺は中庭を直進。その中庭から屋敷内《やしきない》へと続く扉《とびら》の一つをそうっと開けた。

慎重《しんちょう》に、大胆《だいたん》に、堂々と——侵入だ。
相棒はいつもの黒猫の姿に戻ると——定位置の肩に乗った。
その黒猫《ロロ》の可愛《かわい》い体重を感じつつ……周囲の探索《たんさく》を続けた。
通路は普通か。大部屋の扉を幾つかそうっと開けた。
開けた部屋の内部は埃《ほこり》まみれ。家具は異常に少ない。
パクスは迷宮に籠《こ》もっている？　すると……歪《いびつ》な銅像を発見。
怪《あや》しい銅像の足下《あしもと》に、怪しい階段も発見した。
足音を立てないように、そっと階段を下りた——。
え？　足は滑《すべ》らないが——滑るようなリアクションを取った。
階段の床が血だ。血が床から湧《わ》いている？　それとも誰《だれ》かがここで殺されたのか。
そして、階段の横には、薄緑《うすみどり》色の不気味な光が灯《とも》るランプが並んでいる。
……血と緑色が合わさって不気味さが増していた。
血に触《ふ》れたら靴《くつ》が蒸発するような毒でもあるんじゃないか？
そんな不安を覚えたが靴底《くつぞこ》は無事。壁に沿って湾曲《わんきょく》している血の階段を下りていった。
下から魔素の気配を感じる。
『閣下、この地下は狭間《ヴェイル》が薄《うす》くなっています』

『……そうだな』

一応、皆へ『怪しい地下に向かう、血で濡《ぬ》れた階段を下りている』と血文字で送っておいた。ヴィーネからは、

『裏門は特に動きはありません』

ユイからは、

『左の部屋に侵入。特に異常はなし』

カルードからは、

『右から侵入しましたが、異常なしであります』

エヴァは、

『正面通りは誰もいない、シュウヤ、気を付けて』

レベッカは、

『暇《ひま》。地下には怪物《かいぶつ》がいると予想！　危なかったらすぐに言うのよ？』

そんな返事が来た。肩に乗せた黒猫《ロロ》を連れて血の階段を下りていくと——。胸ベルトのポケットが動いた。動いた物を取り出した。

それは緑色に輝《かがや》いているホルカーの欠片《かけら》だ。ホルカーの欠片は震《ふる》えていた。

植物の女神サデュラ様と大地の神ガイア様にとって、邪神の使徒は、魔界《まかい》の神の使徒と

同じ汚《けが》れという認識《にんしき》か。その震えた木片《もくへん》をベルトのポケットに仕舞《しま》って、湾曲した階段を下りていった。おぞましさを感じる緑色の霧《きり》が濃《こ》くなった。

地下の底にはドライアイス的な緑色の霧が漂《ただよ》っているが、あの緑色の霧が毒だったとしても、俺は光魔ルシヴァルだ。ある程度は耐《た》えるだろう。

階段を下りきって、緑色の霧が地下空間に足を踏《ふ》み入れた――。

じゅあっという蒸発音は足からは鳴らない。

良かった。霧で足は見えないが毒ではないようだ。

床《ゆか》がぬるっと滑った。また血か。魔竜王《まりゅうおう》のブーツをあげて、足の裏を確認。

やはり、血。その瞬間、生ぬるい風が俺を襲《おそ》う。思わず周囲を確認した。

ブルッと背筋が凍《こお》ったが大丈夫《だいじょうぶ》。前と右に広い空間が拡《ひろ》がっているだけで、何かが襲い掛《か》かってくる気配はない。ビクビクしながら緑の霧を払《はら》うように進む。

すると、鼠色《ねずみいろ》の肋骨《ろっこつ》を主筋とした骨製の扉が見えてくる。

左右には、燭台《しょくだい》があった。燭台が灯すのは緑の炎《ほのお》。同じ緑色の炎だが、床の緑色の霧が薄く見えた。更《さら》に、その骨製の扉の前には、八個の水晶《すいしょう》の髑髏《どくろ》が不規則に動いて宙を行き交《か》っている。あの水晶の髑髏の造形はオーパーツってノリだ。何かの門番だろうか。

水晶の眼窩《がんか》には青白い炎が灯っていた。

あの水晶の髑髏は、一種の自律思考型の小型兵器《ドローン》か。

近付けば反応して即攻撃《そくこうげき》してくるタイプかな。が、水晶の髑髏は今の俺に気付いていない。センサー的な、掌握察の性能はあまり高くないようだ。限定的な空間のみを守るアイテム。俺が〈暗者適応〉と〈隠身《ハイド》〉を実行中ってこともあるか。

そして、あの水晶の髑髏が守る骨製の扉は一つだけ。

『閣下、わたしも外に出ましょうか?』

常闇の水精霊ヘルメが視界に現れ進言してきた。

『いや、あの髑髏は俺が仕留める』

『分かりました』

ヘルメは頭部を下げつつ視界から消えた。扉の先からは強大な魔素の反応が一つ。

更に、普通の魔素の反応が複数ある。あの水晶の髑髏を仕留めて、さっさと扉の先に進むとしよう。魔槍杖バルドークを右手に召喚《しょうかん》――。

「ロロ、俺がやるから様子見だ。降りて待機していろ」

「ンン、にゃ」

黒猫《ロロ》は跳躍。血塗《ちまみ》れた床に四肢《しし》をつけた。

足をつけると、血濡《ぬ》れた足を口に運んで、その足の裏を舐《な》めた。

更に、もう片方の前足も口に運ぶ。両前足を交互《こうご》に舐めた。

足を舐める度に、反対の片足は血濡れた床に付くから意味がない。

黒猫《ロロ》は、その舐める行為《こうい》を何回も繰《く》り返した後、ずでんと血塗れた床へとお尻《しり》をつけた。

そのまま後《うし》ろ脚《あし》を斜《なな》め上に上げて、太腿《ふともも》の毛も舐め始めた。

お尻付近の毛が床の血で濡れてしまう。その濡れた毛も気になるのか、太腿と腹の毛を舐め出しては尻も舐めていった。ついでにバレリーナ的に伸《の》ばした後ろ脚の毛も舐めて、一生懸命《いっしょうけんめい》な毛繕《けづくろ》いは止まらない。可愛い姿だが、見ていたら切りがない。

さっさと水晶の髑髏を倒そうか。

水晶の髑髏が、警邏《けいら》中の——骨の扉の前空間へと前進——。

同時に〈光条の鎖槍《シャインチエーンランス》〉を五つ発動。

続けて、上級の《連氷蛇矢《フリーズスネークアロー》》を発動した。

五つの〈光条の鎖槍《シャインチエーンランス》〉は水晶の髑髏を貫《つらぬ》き破壊《はかい》。

しかし、上級魔法の《連氷蛇矢《フリーズスネークアロー》》は、水晶の髑髏の眼窩に衝突《しょうとつ》する前で溶けて消えた。

俺の魔力《まりょく》は減退したからレジストをされたか。

残り三つの水晶の髑髏は順繰《じゅんぐ》りに眼窩の青白い炎を輝かせた。

更に「カツカツカツカツカツカツ」と歯を打ち鳴らしつつ嗤《わら》ったような音を響《ひび》かせて吶喊《とっかん》し

てきた――速い。

　更に、三つの水晶の髑髏は、口の舌を水晶の剣に変化させた。

　魔槍杖バルドークの紅斧刃《べにおのば》の角度を変えて、微《かす》かな金属音が、魔槍杖バルドークの柄《え》から響く中――逸早《いちはや》く迫《せま》った水晶の髑髏目掛《めが》けて、その魔槍杖バルドークを振るい上げた。

　紅斧刃が、水晶の髑髏の舌の剣ごと、水晶の髑髏を両断。

　――よっしゃ。しかし、まだ二つ！　その水晶の髑髏は左右に分かれた――。

　俺を挟《はさ》むように攻撃《こうげき》するつもりか。

　その左右の水晶の髑髏が寄せるタイミングを計る。

　ここだ――と、魔槍杖バルドークを振るような仕種《しぐさ》から、その魔槍杖を消去しつつ、血塗れた床へと膝《ひざ》を突《つ》く勢いで屈《かが》んだ――。

　左右の二つの水晶の髑髏の舌の剣を避《さ》けることに成功。

　そして、俺を挟もうとした、その二つの水晶の髑髏は、水晶の舌の剣と剣が見事に衝突してはぐわりと跳《は》ね上がった。

「高性能な衛兵だが、そこまでだな――」

　そう発言しつつ両手首の〈鎖の因子《くさり》〉のマークから二つの〈鎖〉を宙に射出――。

　その二つ〈鎖〉は、二つ水晶の髑髏を貫いて破壊した。

「ンン、にゃ――」
黒豹《くろひょう》のロロディーヌの声が響いた。毛繕いはもう止《や》めたらしい。
その相棒は、体勢を屈めて、前方に跳《と》ぶ。同時に細い前足が伸びた。
その足が捉《とら》えたのは、水晶の髑髏の欠片だった。
前足の肉球パンチで叩《たた》かれた硝子《ガラス》の欠片は、遠くに飛ぶ。
「ンンン――」
一人で興奮した黒豹ロロディーヌ。また跳ぶように、自分が飛ばした欠片を追う。
またも素早《すばや》い前足のパンチを繰り出す。
硝子の破片《はへん》にクリームパンの肉球パンチを衝突させるや硝子の破片を遠くに飛ばす。
相棒は、その硝子を追い掛けた。アイスホッケー風の遊びをやり始めた。
さて、あの骨の扉の先に向かうか。皆にも連絡を――。
『骨の扉の門番だった水晶の髑髏を撃破《げきは》。骨の扉の先に、パクスの魔素の反応がある』
と、皆に血文字でメッセージを送った。
『ご主人様、向かいます』
ヴィーネからすぐに返事がくる。
『わたしも中央に向かう』

『マイロード、向かいますぞ』

上の階の皆も来るようだ。

『シュウヤ、わたしたちはどうする？』

『ん、ここは暇』

二人には悪いが、表を見張っていてもらうかな。

『今はそこで見張りを頼《たの》むが、各々《おのおの》の判断で俺《おれ》たちの戦いに参加してくれ』

と、レベッカとエヴァにはメッセージを送る。

『了解』

『ん、分かった』

そこに階段を下りてくる音が聞こえてきた。ヴィーネ、ユイ、カルードだ。

「ご主人様」

「シュウヤ」

「マイロード、お待たせしました」

皆、武器を抜《ぬ》いて準備はできている。その皆に向け、

「ここは狭間《ヴェイル》が薄い。何が出るやらだ。気を付けて対処しようか」

「はい！」

「うん。任せて、アゼロス&ヴァサージで倒す」

「わたしも魔剣《まけん》ヒュゾイにて、敵を粉砕《ふんさい》してみせましょう」

黒豹のロロディーヌもアイスホッケーの遊びを止めてくれた。

「──にゃおぉ」

足下に来たロロディーヌ。その頭部を撫《な》でた。

各自の構えを見た。各自気合いが入った面《つら》だ。

俺は頷いてから、厳《いか》つい骨の扉に向かった。

ロロディーヌは、その骨の扉に両前足を乗せるや、骨の扉の表面を鋭《するど》い爪で掻《か》いた。相棒的に『ここを開けろにゃ、開けろにゃ~』と催促《さいそく》しているのだろう。

その可愛い様子を見てほっこり。

「皆、扉を開ける。注意しろ」

「「はい!」」

そのまま厳つい骨の扉を押《お》した。──重い。

重低音が響き渡る。早速《さっそく》部屋の空間から血の臭《にお》いが鼻孔《びこう》を突いた。

前方は大広間だ。緑の炎を灯す燭台が均等に並ぶ。

金色の絨毯《じゅうたん》が奥《おく》へと続いていた。

幸い攻撃は来ない……が、緑の霧が立ち込めていた。

そんな緑の霧が少し晴れた奥に、背もたれ付きの豪華《ごうか》な椅子《いす》に座《すわ》る人物がいた。

頭蓋骨《ずがいこつ》の兜《かぶと》を被《かぶ》る大柄《おおがら》の人物か。魔槍《まそう》を肩《かた》に抱《かか》えている。

王侯《おうこう》貴族たちが居《い》座《すわ》るような謁見室《えっけんしつ》と似ている。

あの頭蓋骨の兜を被る大柄の人物がパクスだとして、パクスは海賊《かいぞく》の王様気分なのか？

「ガルルルルゥ……」

足下の相棒が吼《ほ》えた。

その頼もしいロロディーヌは、大きめの黒豹と化している。

俺は、左腕《ひだりうで》と脇《わき》で魔槍杖の柄を支えつつ、その頼もしい相棒の胸元《むなもと》を右手で撫でた。

玉座に居座るパクスを睨みながら、

「相棒、少し前に出るぞ」

「にゃごぉ」

頷いた黒豹ロロディーヌと少し前に出た。

頭蓋骨の兜を被るパクスが座る椅子の背後には蟲《むし》の彫刻《ちょうこく》が目立つ。邪神ニクルスの印か？　そのパクスは椅子に腰掛《こしか》けたまま髑髏の杯《さかずき》を斜め下に傾《かたむ》ける。髑髏の杯から血を零《こぼ》して、はらばった裸《はだか》の女たちに血を掛けていた。

はらばった女たちは嬉《うれ》しそうに頭から血を浴びている。

あの女性たちはパクスの奴隷《どれい》か？　と、その裸の女を凝視《ぎょうし》。その女たちは後頭部と背骨に肩甲骨《けんこうこつ》が異常に出っ張っている。痩《や》せているわけではない。

甲殻《こうかく》の外骨格風の出っ張り骨が、皮膚の内側から盛り上がっていた。

背骨の節目節目から紅色の魔力を発している。

血を再度求めるような女たちの指先から、触手《しょくしゅ》のような細かな管が生えていた。

カレウドスコープで確認するまでもない。蟲と一体化したモンスターだ。

『頭蓋骨の兜を被る人物がパクスですね、閣下、わたしも外へ出ます』

『おう、頼む』

『はい』

ヘルメが左目から出た。すると頭蓋骨の兜、パクスらしい人物が、

「侵入者《しんにゅうしゃ》か。レプリカだったとはいえ、迷宮で手に入れた、あの魔界八将水晶髑髏《すいしょうどくろ》を倒せる者など、そうはいないはずなのだが……」

そう喋《しゃべ》ると、魔槍を肩に担《かつ》いだまま立ち上がった。

重量感のある黒甲冑《くろかっちゅう》がきしむ音が響いた。

そのパクスらしき人物は、這《は》いつくばる女たちを乱暴に蹴《け》り飛ばした。

のっしのっしと迫力を持った歩き方で近付いてきた。
カレウドスコープをタッチして身構えた。すると、大柄の男が、
「お前たちは何者だ？　我《わ》が屋敷に不法侵入するとは、闇《やみ》ギルドの手合いの者か？」
青白くフレーム表示された視界にいるパクスを縁取《ふちど》る線を意識——。
スキャンを実行——足の形がオカシイ。
内臓も変化というか骨格がぐちゃぐちゃだ。完全に人族ではない。
そして、頭部は蟲の構造で完全に蟲と一体化した状態だった。
そんな頭部の口では湿《しめ》り気《け》を帯びたイカ触手が蠢《うごめ》いていた。

？？？？？高生命体exee8?##
脳波：異常
身体：異常
性別：雄《おす》？？
総筋力値：４７９
エレニウム総合値：２２１０２
武器：あり

数値からして完全に異常と分かる。中身はどうあれ、俺の光魔《こうま》ルシヴァルと同じく……新種族と呼ぶべき存在なのかもな。

「似たようなもんだ。お前の名前は、パクスで間違《まちが》いないな?」

「その通り、パクスだ。あの闇ギルド【大鳥《おおとり》の鼻《はな》】共たちか?」

「大鳥の鼻とは知らないが……」

「ほざくな。しかし、わざわざタンダールの娼館の奴隷を選んだというのに、それがシッコイ原因を作ることになるとはな」

「何を語っている」

「この都市で強引《ごういん》に奴隷を奪《うば》えばよかったのか? 否《いな》、ヒュリオクス様からは内密にしろとのご命令だった」

強引に一人で語り納得《なっとく》するパクス。

そのパクスは、鉱山都市タンダールで闇ギルドと争いがあったらしい。

「……その頭蓋骨の兜は外せないのか?」

「五月蠅《うるさ》い。下らん人族共が……我が屋敷に侵入したことを後悔《こうかい》させてやろう」

両手剣《けん》のような幅広《はばひろ》な刃先《はさき》を持つ特殊《とくしゅ》な魔槍を構えた大柄のパクス。

刃《やいば》はオレンジ色に輝いて、炎のように揺《ゆ》らめいている。すると、パクスの左右から、「ヒエリオオオオ――――、おマエラ、コロスッ――――」

と、蟲と人が合わさったクリーチャーと化した女たちだ。

蟲女たちは奇声《きせい》をあげて走り寄ってきた。それらの蟲女たちの腕《うで》は骨剣と化した。

「ロロと眷属《けんぞく》たち、雑魚《ざこ》は任せた」

「「はいっ」」

「にゃごあ～」

黒豹のロロディーヌが数本の触手骨剣を蟲女たちに喰《く》らわせる。蟲女の胴体《どうたい》を貫く触手骨剣は強力だ。ロロディーヌは緑の炎が灯る燭台を吹《ふ》き飛ばしつつ右に移動。

他の蟲女たちがロロディーヌを追った。

「ロロ様」

ヴィーネは心配そうに叫《さけ》ぶと、蟲女たちの背中を蛇刀剣《じゃとうけん》で切り伏せる。

直《す》ぐに右側へと走った。ヘルメも全身から水飛沫を発して、

「わたしも行きます――――」

と、円状の氷刃を腰《こし》の周りに生み出しつつロロとヴィーネの後を回転しつつ追いかけて

いった。その華麗《かれい》な氷魔法《まほう》を腰の周囲に発生させたヘルメに近付いた蟲女たちは、その円状の氷刃を浴びて体が一瞬《いっしゅん》で細切れにされていた。

ユイは赤絨毯の左から群がってきた蟲女の胸を魔刀で突き刺《さ》した。

続いて、魔刀の柄のナックルガード部分で突き刺した蟲女を殴《なぐ》り飛ばした。

「――蟲女たち、こっちよ！　血を喰らってやるから――」

そう叫ぶと、蟲女たちを大声で挑発《ちょうはつ》しつつ左側へと引き連れていった。

「――ユイ！」

目が血色に輝くカルードがユイと蟲女たちを追う。

カルードは頬に血管の筋が走っていた。吸血鬼《ヴァンパイア》の表情だ。

「――引き連れすぎだ」

そうユイを注意しつつ蟲女の頭部を二つ刎《は》ねる。カルードはユイに近付いた。

「我の眷属をあっさり切り捨てる者たちか。我の知る……影使いは……いないが、闇ギルド【大鳥の鼻】の幹部共か――」

パクスは俺たちを、闇ギルド【大鳥の鼻】のメンバーだと考えているようだ。

その喋り途中《とちゅう》で、大柄に似合わぬ素早い動きから、オレンジの刃の魔槍を突き出してきた。俄《にわか》に魔槍杖バルドークを持ち上げて反応。

紅斧刃で胸に迫ったオレンジ刃先を弾《はじ》いた。
お返し——魔槍杖バルドークの紅矛《べにほこ》でパクスの胸元を狙《ねら》った。
が、パクスは右手の甲《こう》で紅矛を受けた。パクスの甲から火花が散った。
パクスは、そのまま横へと魔槍杖の紅矛を押すように弾いてきた。
「我の動きについてこられるうえに、反撃《はんげき》か……」
さすがに強い。
「いいから、来いよ、お前も元は槍使《やり》いなのだろう?」
俺の軽い挑発にパクスは、
「ふっ——」
嗤い声を発して、青龍偃月刀《せいりゅうえんげつとう》のようなオレンジ刃を振《ふ》るい回す。
柄と腕がブレる速度——フェイクを交えつつの薙《な》ぎ払いか——。
俺は魔槍杖の紅斧刃を寝《ね》かせつつ、パクスと同じ軌道《きどう》で魔槍杖を払い上げる。
魔槍のオレンジ刃を宙空で迎《むか》えた魔槍杖バルドークの紅斧刃が衝突。
オレンジとレッドの激しい閃光《せんこう》が魔力火花となって散る。
柄から伝わる振動《しんどう》が激しい。パクスは少し退いた。
そのパクスは、震えた自身の腕を凝視。そして、オレンジ色の刃が目立つ魔槍を眺《なが》めてから、俺に視線を寄越《よこ》す。

「ふはは、お前、闇ギルドの人材ではないだろう！」

そう発言。頭蓋骨の兜を揺らしつつ笑っていた。

同時にパクスは右手と左手を交互に動かしてフェイク。

俺は動じず、魔槍杖バルドークの柄を握《にぎ》り直すと、

「行くぞ、槍使い――」

パクスは前進。そのままオレンジ刃が目立つ魔槍を振り下げてきた――。

オレンジの刃で俺の頭部ごと体を叩くつもりか。

咄嗟《とっさ》に、足の〈魔闘術《まとうじゅつ》〉を強めて速度を一段階引き上げた。

魔槍杖の柄の根元を持ちつつ――風を孕《はら》むオレンジの刃を避けると同時に魔槍杖バルドークを突き出した。パクスの前腕の籠手《こて》ごと、中身の蟲の腕を紅矛が貫いた。

「ぐぉ――」

魔槍杖バルドークの穂先《ほさき》の紅矛によって、パクスは太ましい蟲の腕は焼けた。

皮膚《ひふ》はただれ肉と骨が溶《と》けて燃えている。効いたのか、痛みの声をあげるパクス。

が、腕の周りから、にゅるりと触手が傷を覆《おお》うや、その腕は再生した。

真新しい蟲の腕となった。パクスは槍のスキルと思われるモーションから――。

「お返しだ」

と言い放って魔槍を振るった。オレンジ刃が空間を裂《さ》いて見えた。

その薙ぎ払いを魔槍杖バルドークの柄の上部で受けた。受けたオレンジ刃から炎が迸《ほとばし》って炎を浴びる、熱いし痛いし髪《かみ》の毛《け》が焦《こ》げるし重いが、力なら力だ――。

俺は強引に魔槍杖バルドークを押してオレンジ刃を返した。

「――ふむ、力がある！　風槍流の他に豪槍流《ごうそう》も学んでいるようだな――」

そうパクスは発言すると、引いていた魔槍で突いてきた。オレンジ刃の〈刺突《しとつ》〉風の突《つ》き技《わざ》が迫った。その突き技を僅《わず》かなバックステップで避けた。

「風槍流の歩法か！」

「そうだよ――」

パクスは追撃《ついげき》に槍を振るってきた。パクスの扱う技術は高いが対応はできる。魔槍杖バルドークを出して、オレンジ刃の薙ぎ払いを紅矛で受けた。その魔槍杖バルドークを素早く反転させる。魔槍杖の柄でパクスの魔槍を回しつつ外に弾くと同時にコンパクトな振り幅《はば》の紅斧刃で――その魔槍を握るパクスの指を狙った。

「――小賢《こざか》しい！」

パクスは魔槍を上げつつ握り手を引いて、紅斧刃の斬撃を防いだ。

「ぬおらぁぁぁ――」

再び、力強い魔槍を振るってくるパクス――。

迫力《はくりょく》ある魔槍の軌道だ。思わず、アンタは関羽《かんう》かよ！

と思いつつ横に跳んだ。紙一重《かみひとえ》でオレンジ刃を避けた。

そして、背中の筋肉を意識しつつパクスの左側に回り、その回転の勢いを魔槍杖《まそうづえ》に乗せた〈豪閃〉を繰り出した。宙に炎の軌跡《きせき》を描《えが》く紅斧刃の〈豪閃〉だ。

パクスは魔槍を傾けて〈豪閃〉をオレンジ刃で受けた。

紅斧刃の〈豪閃〉の威力《いりょく》を減退させるように魔槍を傾けつつ回転させる。

薙刀《なぎなた》系のオレンジ刃を盾代《たて》わりにしたまま、パクスは横回転。

俺の紅斧刃の〈豪閃〉を往《い》なしてきた。

その回転させている間を狙う。下段《げ》蹴りを繰り出した。

パクスは跳躍《ちょうやく》して、俺の蹴りを避ける。が、好機だ――。

浮《う》かぶパクスの胴体目掛《どうたいめが》けて魔槍杖を突き出した。が、パクスの魔槍の柄に紅矛は防がれた「いい攻撃だったが――」余裕《よゆう》のパクスは魔槍の柄を持ち上げる――。

石突《いしづき》で、俺の顎《あご》を狙ってきた――急ぎ爪先《つまさき》半回転の避け技を実行。

『風槍流』のステップワークで石突を避けた。

「疾《はや》いな――」

と、パクスは発言。返事はしない。俺は横回転から、その機動力を魔槍杖に乗せた竜魔《りゅうま》石《せき》の石突をパクスの側頭部に向かわせた――竜魔石の一撃《いちげき》が頭蓋骨にクリーンヒット。

バチコン！　と鮮烈《せんれつ》な音が響いた。パクスの頭蓋骨の兜を破壊。

「ぐぁ――」

パクスは仰《の》け反《ぞ》りつつ吹き飛ぶと、背もたれつきの椅子に衝突した。

椅子は重いパクスに耐えかねて破壊される。パクスはそのまま彫刻の壁に、大の字で衝突した。するとパクスが衝突した柱が崩壊《ほうかい》し壁も崩れ落ちた。

パクスは瓦礫《がれき》に巻き込まれて埋もれた。竜魔石の一撃の感触《かんしょく》は確かだが……パクスはこんなもんではないだろうな。そう思った瞬間《しゅんかん》、案の定。

瓦礫の中から触手の腕が突き出た。パクスと思われる触手生物が立ち上がってくる。

「……」

頭蓋骨の兜だった一部は頭部に突き刺さって残っていた。その頭部から血が流れているが、頭部の半分はひしゃげて潰《つぶ》れた状態。歪な顔に変化している。

やはり、カレウドスコープで見た通り……パクスの顔は完全に人族ではなかった。

欠けた甲羅《こうら》か、歪な卵のような顔。

沈《しず》んだ眼窩と思われる暗い部分には、オレンジの光が一つ灯っていた。

肩は触手の一部が変形しポール形に、腕先は完全なる触手。

鎧《よろい》は窪《くぼ》み潰れていたが、自らの触手が飛び出るや、鎧は破裂《はれつ》。その鎧があった中身が露《ろ》出《しゅつ》。内臓が生きた触手のように密集した軟体《なんたい》生物となっていた。二つの人族の足もあるが、タコやイカのような無数の触手足が重なりスカートのように左右へ伸びている。

「……人族の身でありながら、我にここまで傷をつけたことは褒《ほ》めてやろう」

俺も人族じゃないんだが、まぁいい。こいつはそれを見抜《みぬ》けないということだ。

「前口上なぞ、どうでもいいからさっさと来いよ」

その瞬間、パクスの全身から無数の触手が俺に伸びてきた。

〈脳脊魔速《切り札》〉はまだ使わない。

――血魔力〈血道第三・開門〉

〈血液加速《ブラッディアクセル》〉を発動。

速度を増した俺は、前後にステップワークを行い、跳ねるような高速移動を繰り返しながら同時に無数の触手を魔槍杖で切り刻む。

「ヌォォォォ――ちょこまかとっ」

細かな前後移動をすることにより、的を絞《しぼ》らせない。

避けて、避けて、斬《き》り続けているが……受け身に回るのは、この辺でしまいだ。

遠距離《えんきょり》なら遠距離で——踊《おど》るように触手を避けた。

続いて片手の側転から体を捻《ひね》る。回転跳躍を実行——。

その宙から迫る一つの触手を魔槍杖で薙ぎ払った。

そして、左右に伸ばした両手の手首から〈鎖〉を射出——。

二つの〈鎖〉は俺を追跡《ついせき》してくる無数の触手を貫いた。

更にパクスの本体に直進する〈鎖〉——パクスは逃《に》げようと後退するが〈鎖〉はパクスの下腹部を捕《と》らえて貫いた。「ぎゃぁあ——」と悲鳴をあげた。

その直後、《氷弾《フリーズブレット》》を発動。

続けて《氷矢《フリーズアロー》》の魔法を連射発動。

更に〈光条の鎖槍《シャインチエーンランス》〉を五つ連続で発動させる。

ティアドロップ形の《氷弾《フリーズブレット》》はパクスに衝突したが、触手に吸収された。《氷矢《フリーズアロー》》も股間《こかん》の触手に衝突して消える。

だが、〈光条の鎖槍《シャインチエーンランス》〉の一つは甲羅の肩を貫いた。

二つ目の〈光条の鎖槍《シャインチエーンランス》〉はパクスの首に刺さる。

三つ目の〈光条の鎖槍《シャインチエーンランス》〉は足に刺さった。

四つ目の〈光条の鎖槍《シャインチェーンランス》〉は胴体に突き刺さる。

最後の五つ目の〈光条の鎖槍《シャインチェーンランス》〉はパクスの頭部に刺さって、卵の形をした殻《から》を破壊した。

「グォォォォォッ――」

そして、パクスに刺さった〈光条の鎖槍《シャインチェーンランス》〉の後部が分裂《ぶんれつ》しつつ光の網《あみ》となるや、パクスの触手の中に浸透《しんとう》していった。

が、さすがは邪神《じゃしん》の使徒か。途中で光の網は止まる。

光の網でパクスを肉片《にくへん》にすることはできなかった。

「グ、ドルドル、負グヌ、ボゥ・デ・ラ・シュビ……」

何だ？　パクスの触手体は呪文《じゅもん》のように魔力のある文言を呟《つぶや》く。

刹那《せつな》、新たな触手を内側から生み出した。

俺の〈光条の鎖槍《シャインチェーンランス》〉でもある表面を覆う光の網を内側から強引に裂いて破った。更に〈鎖〉をパクスの触手体は越えてきた。

――マジか。無数の触手類が蠢いている。

パクスは自身の新しい顔らしき物を再生させて作り上げると、

「やるではないか……」

と、酷薄《こくはく》な笑《え》みを浮かべつつ、そう喋りかけてくる。

胴体と足も真新しい触手体だ。更には周囲に立ち込めていた霧が、そのパクスに集合。パクスの中へと流入している？　そのパクスは、

「我は認識を改める。邪神ヒュリオクス様の恩恵《おんけい》を使わされるとは！　お前を、脅威《きょうい》カテゴリーSと認定《にんてい》しよう」

新たなパクスか、新パクス触手体と名付けるか？

俺も認識を改めよう。遅《おそ》まきながら完全に理解した。

こいつは今までの敵と違《ちが》うと。伸びていた〈鎖〉を消失させる。

新パクス触手体は、周囲に漂う緑色の霧から魔力を与《あた》えられるかのように、すべての緑色の霧を吸い込むと、全身に魔力を満たしては、魔力を放出しつつ、

「邪神様の前だ、頭が高い！　ひれ伏《ふ》せ‼」

緑の魔力の刃が迫る。床を這うように突き進《すす》んできた魔力の刃——。

俺は〈導想魔手《どうそうましゅ》〉を発動。その〈導想魔手〉を蹴って跳躍——。

魔力の刃を避けた。

「甘《あま》いわ！」

新パクス触手体は叫ぶと、魔力の刃を巨大《きょだい》な竜巻状《たつまき》に変化させた。

一気に竜巻の魔力に巻き込まれた。〈導想魔手〉を盾に回すが意味がない——。

〈鎖〉で盾を作ろうとしたが間に合わず――。

緑の稲光《いなびかり》を発生させるほどの旋風《せんぷう》の魔刃《まば》を全身に喰らう。

イリアスの外套《がいとう》と魔竜王の鎧で、多数の紫《むらさき》の火花が散ったが、無数の魔力の刃が、全身を突き抜けた。頭部、首、胸、右腕《みぎうで》、足に攻撃を喰らう。体が斬り刻まれた。

光魔ルシヴァルらしく体は再生。

が、再び切られて再生する。また首を半ばまで切断された。

俺の血が激しく舞《ま》う。その度に再生を繰り返す。

「――ぬあああァァ」

――痛すぎる。紫の火花と共に、竜巻の魔力の刃を受けた。

傷を受けての出血を繰り返す。螺旋状《らせんじょう》の渦《うず》の血が大量に混ざった。

俺は血塗《ちまみ》れになりながら、落ちるように着地。後方に速《すみ》やかに跳躍――間合いを確保。

魔力の刃の竜巻が通り抜けたところは……多数の刃の痕《あと》と俺の血肉が残っていた。

「あれで仕留められないだと……が、これならば……我が全魔力を捧《ささ》げる！　偉大《いだい》なる邪神ヒュリオクスアカデミーの軍団！　出合えぇい――」

新パクス触手体は、膨《ふく》らんだ魔力を体内から爆発《ばくはつ》させるように放出した。

その刹那、空間が湾曲《わんきょく》。無数の蟲の大軍が一瞬にして空間から現れだす。

——蟲の群れは凄《すさ》まじい速度で、砂嵐《すなあらし》の如《ごと》く、奇怪《きかい》な声を発生させながら蠢き、俺に襲い掛かってきた。防ぎようのない速度、範囲《はんい》。形が歪《いびつ》な蟲たちは俺を喰らう。

顔、腕、など、鎧と外套がない場所に喰らいついてきた。

——いてぇぇぇぇ。顔が食われ、鼻が食われ、唇《くちびる》が食われ、目が食われ、視界が奪われるが、すぐに再生を繰り返す。痛み過ぎて感覚がマヒしてきた。

生身のまま食われるとか、常人なら狂《くる》うだろう。

だがしかし、俺は違う、口に入ってきた蟲を噛《か》み砕きながら、

「これにタンパク質はあるのか？　アハハハハ——」

「怪《あや》しすぎる。食われながら笑うだと？」

パクスには答えず。自らの傷から出血している血を利用する。

そのまま〈血鎖《ちぐさり》の饗宴《きょうえん》〉を発動——。

元からエロ狂《混沌》いな俺には通じない。

無数の蟲なら、無数の血鎖が相手をしてやろう。〈血鎖の饗宴〉を操作——。

体から出たミクロの血鎖が、俺に纏《まと》わり付いて喰らう蟲たちを貫いた。

一瞬で、俺の〈血鎖の饗宴《血鎖》〉の群れは、俺を喰らう蟲たちを逆に貪《むさぼ》った。

「血鎖たちよ……喰らいつけ、喰らいつけ。因果応報、痛みには痛みを、目には目を、歯

には歯を、生きたまま地獄《じごく》を味わわせてやれ」

血鎖の群れは、狂風《きょうふう》となりて、蟲の群れを越《こ》えて、新パクス触手体を突き抜けつつ、そのすべてを喰らうように新パクス触手体を侵食《しんしょく》する。

が、異常に再生が速い新パクス触手体の体だ。無数の血鎖の攻撃を受け続けながらも再生していった。更に、オレンジの光を灯《とも》す新パクス触手体の眼球が煌《きら》めいた。

軟体っぽい本体も点滅《てんめつ》。

「お、お前は、な、なに者なのだ。我が、我が……」

動揺《どうよう》の点滅だったのか。緑の血が大量に滴《したた》り落ちている新パクス触手体は、やっと、俺の存在が普通《ふつう》ではないことが分かったらしい。すると、

「シュウヤはシュウヤよ――」

レベッカの声だ。降りてきたか。

そのレベッカは蒼炎弾《そうえんだん》をパクスへと〈投擲《とうてき》〉――。

〈血鎖の饗宴〉の血鎖の群れに喰われ続けていた新パクス触手体と蒼炎弾が衝突。

「ガァアァアァッ、アツィイ」

――蒼炎弾は新パクス触手体の胴体を突き抜けた。

新パクス触手体の胴体に風穴が発生。

蒼《あお》い炎《ほのお》で穴を縁取りつつ新パクス触手体の体を蒼く燃やしていった。

新パクス触手体は燃えているが、胴体の風穴は、瞬時《しゅんじ》に触手で埋《う》め尽《つ》くされて再生を果たす。「グァア、我の体ヲ……」と、新パクス触手体は不気味な声を発して、触手の反撃をレベッカに向けた。その触手をレベッカは蒼炎の鞭《むち》のような細い蒼炎で払《はら》い相殺《そうさい》。

――凄《すご》い、蒼炎の技術か。

レベッカは蒼炎を纏う両腕《りょううで》で宙に円を描いてから、両腕の動きと停めて構えた。

そんな両手の掌《てのひら》の上には、蒼炎弾が、数個漂《ただよ》っている。

カッコイイポージングだ。レベッカが元魔《ま》法使《ほうつか》いには見えない。

凄腕《すごうで》の拳法家《けんぽうか》が蒼い気功弾を生み出しているかのように見える。

「ん、邪神の使徒！」

エヴァの声だ。再生の速い新パクス触手体に緑の刃が無数に突き刺さった。

「グエエエ」

悲鳴をあげた新パクス触手体だが蒸気的な魔力を全身から放出させた。

その蒸気の魔力の効果でレベッカの蒼炎とエヴァの緑色の金属の刃を床《ゆか》に落としていた。

同時に体を構成する触手の再生を速めていた。

「ん、再生が凄く速い！　もう一度攻撃《こうげき》する！」

エヴァは再び紫色の魔力《〈念動力〉》で緑色の金属の刃を操作した。

その緑色の金属の刃は小魚が群れを作るベイト・ボールのような動きで、新パクス触手体へと向かう。無数の緑色の金属の刃が新パクス触手体に突き刺さると「ゲアァッァ」と悲鳴を発した。続いて、

「次はわたし――エヴァ！」

そう力強い声で指示を出したユイが新パクス触手体に近付いた。

エヴァは「ん、分かった――」と返事をしつつ新パクス触手体に〈念動力〉を向かわせると、その〈念動力〉で緑色の金属の刃を宙空へと退かせるように操作を行う。

ユイは「ナイス、エヴァっ子！」と褒めつつ片手持ちの魔刀を突き出した。

鋭い魔刀の切っ先はシュッと音を響かせて新パクス触手体に侵入《しんにゅう》。

「グエァ――」

新パクス触手体の悲鳴が響いた。ユイは、その魔刀を引いて斬り払いを実行――。

「グェァァァァァ」

真横に振られた魔刀は新パクス触手体の一部を切断。

「ゲエァァァァ」

ユイは斬り払い機動のまま制動もなく速やかにバックステップを実行して振り返った。

俺に笑顔《えがお》を見せて、

「――雑魚はすべて倒《たお》したから」

と、力強く語ってくれた。魅力的《みりょくてき》で、頼もしい女性に心が熱くなる。

その直後――。

「マイロード、敵を切り伏せました」

カルードの袈裟《けさ》斬りが新パクス触手体に決まる。そこに、

「最後はわたしがもらいます――」

ヴィーネだ。ヴィーネの放った光線の矢が、斬り刻まれていた新パクス触手体に突き刺さった。その刺さった光線の矢から緑色の蛇《へび》たちが新パクス触手体の内部に浸透した瞬間、新パクス触手体の体が膨れて閃光を放つと大爆発《だいばくはつ》。

触手的な肉が四散した。その飛散した触手の一部はネズミ的な蟲となった。

蟲は地面を這う。その蟲の尻尾《しっぽ》を捕《つか》まえて、間近で見た。すると、

「……オマエハ、カミのコマか?」

捕まえた小型の蟲が話しかけてきた。

クナやフーに寄生していたタイプとは異なるのか。

「違う。俺の意思でここに来た、それでお前は何だ? パクスではないだろう?」

「コマデハ、ナイノカ……我ハ、ヒュリオクス様ノ直属、ガッバルルーン」

「長いから、ガバールに変更《へんこう》。で、ガバール。お前は脳に寄生する蟲か？」

「何故《なぜ》、シッテイルッ」

「うるせぇ、潰すぞ」

小型の蟲の脚《あし》を数本、〈鎖《くさり》〉で消し飛ばした。

「……我ヲ、オドストハ……」

「お前の仲間は、後どれくらい、このペルネーテにいる？」

「観察タイプはムスウだ。数エタコトハ、ナイ」

「パクスのように、完全に蟲化した奴《やつ》は、他にいるか？」

「……」

「答えたら、逃がすかも知れないぞ」

「ホントウカ。居ル。ペルネーテノ外、旅ニデタ、命令ヲ無視スル、蟲ダケニ、マガイモノダ……」

何だと……そんな奴もいるのか。おもしれぇ世の中だ。

決してシャレが面白《おもしろ》いわけではない。ここを離《はな》れたのなら、ソイツは完全には乗っ取られていない可能性があるな。

「……他には、完全に蟲と化した人物はいないんだな？」

「イナイ」

脳に寄生された存在は複数いるが、パクスのように、人族の姿で派手に活動を続けている存在はいないようだ。さて、

「蟲よ、去らば――」

〈鎖〉で小型の蟲を貫《つらぬ》いた。

刹那、胸ベルトのポケットの中で振動していたホルカーの木片《もくへん》は大人しくなった。

「にゃお」

黒豹《くろひょう》姿のロロディーヌが姿を見せる。

蟲女たちの死体を複数の触手で突《つ》き刺したままだった。

「うはっ、ロロ……」

「ロロちゃん、強烈《きょうれつ》すぎるわ」

「わたしも手伝ったのですよっ」

ヘルメが手伝ったのか、道理で綺麗《きれい》に揃《そろ》っている訳だ。

「ん、何十体？」

「凄いっ、昔の青白虎《ガルバウンドタイガー》を捕まえて自慢《じまん》してきた時を思い出す」

「さすがはマイロードの神獣《しんじゅう》様です」

「ロロ様……自慢したいのですね」

ヴィーネが語るようにロロディーヌは蟲女の死骸《しがい》を俺《おれ》の前に落とした。

相棒は素早《すばや》く子猫《こねこ》の姿に変えると、褒めて褒めてと、頭部を向けてきた。

「……よくやったぞ、ロロ」

「にゃにゃにゃー」

嬉しそうに鳴くと、その場でくるくる回ってから、頭部を俺の足へと擦《す》りつけて、背中から右肩《みぎかた》に乗ってきた。

「……他にも蟲に寄生された人たちがいるようだけど、どうするの？」

レベッカは黒猫《ロロ》の小鼻へと指を伸《の》ばしながら聞いてくる。

「それは、さすがに見つけるのは難しいだろう。見つけたら、シャナにでも頼《たの》んで浄化《じょうか》してもらうとか？　完全に乗っ取られる前なら、シャナの歌が効くだろうし」

「シャナ？」

レベッカが眉《まゆ》をひそめて俺を睨《にら》む。

その顔には、また女なの？　と書かれてある印象だ。

「あぁ……歌い手でありながら冒険者《ぼうけんしゃ》をしている人物だよ」

「へぇ」

「ご主人様、もしや、シャナさんを仲間に迎えるのですか？」

「どうだろう。彼女《かのじょ》が望めば、喜んで迎えるが……」

「ん、また女……」

エヴァとレベッカは不満顔だ。

「シュウヤの場合は仕方ないわ。無双《むそう》の槍使いで、カッコいい。あの槍の動きを見たら忘れられないと思う」

ユイが真面目《まじめ》な顔で語るが、照れる。

「ん、同意」

「それはそうだけど、ライバルを増やしたくない」

「わたしだって、本当は独占《どくせん》したい。けど、久しぶりに愛している男と会ったら、貴女《あなた》たちの存在があったのよ？　わたしの気持ちが分かる？」

ユイは少し涙目《なみだめ》となって語ると、憂《うれ》いの顔で俺を見ては、眉頭をより高く上げて眉尻をさげる。切なさと悲しみを表すと、その顔を逸《そ》らしてしまった。

「……ごめんなさい」

「ん、ごめん」

レベッカとエヴァはユイに謝《あやま》っていた。何か、話しかけづらいが……説明するか。

「シャナの声は蟲《むし》に寄生されている人を治せる可能性があるんだ。実際、俺の高級戦闘奴《せんとうど》隷《れい》のフーが頭に寄生されていたが、シャナの歌声により、蟲が拒絶《きょぜつ》反応を起こしたのか、フーを解放して、蟲は表に出てきたからな」

「わたしもその戦いに参加していました」

「閣下、わたしも左目に宿りながら見ていました」

「そうだな」

「ふーん、そっか。歌声かぁ……」

レベッカは感心しながら語尾《ごび》を伸ばす。

「ん、歌で眷属を倒せるなんて凄い」

「わたしも魔界《まかい》の神であるベイカラの瞳《ひとみ》を持つから」

「メルやヴェロニカも大丈夫《だいじょうぶ》だったし、魔界セブドラ系は大丈夫だと思う」

「そう？　でも、邪神系の眷属に効く歌があるなんて不思議」

「人魚独自のスキルで海の神様か」

「そう。海神セピトーン。水神アクレシスの弟と言われる神界の神様よ？」

「関係はある」

邪神シテアトップがこのペルネーテには本人が意識せずとも、神、魔界、精霊《せいれい》、に関《かか》わりのある者たちが集まりやすいと話していた言葉を思い出した。

「さて、使徒は倒した。一旦《いったん》、家に戻《もど》ろうか。それとも、この家の探索《たんさく》をするか？」

皆《みな》にそう話をしつつも、俺はパクスが持っていた魔槍《まそう》を見つめていた。

オレンジ刃の薙刀系の魔槍。両手剣の刃のような幅広い穂先。

関羽が使っていたとされる青龍偃月刀に似ている。

もらうか。魔槍杖バルドークがあるから使用頻度《ひんど》は少なくなるかも知れないが……。

コレクション的に……。

「上の部屋の左にはなにもなかった」

「右にもなかったです」

「裏から侵入しましたが、特に何もなかったですね」

「そっか。それじゃ、一旦戻《いったんもど》ってからザガの家か王子の屋敷《やしき》だな」

「ん、了解《りょうかい》」

オレンジ刃の魔槍を拾う。その魔槍を数回振って柄《え》の感触を確かめた。

重さは魔槍杖バルドークとそう変わらない。いや、少し軽いか。

「その薙刀系の武器を使うの？」

「あぁ、実際に使うかも知れない。二槍流の開祖となるかも」

二槍流は冗談《じょうだん》だったが、ユイは真剣《しんけん》な表情を浮かべつつ、

「シュウヤならありえそう」

と、オレンジ刃を凝視《ぎょうし》しながら呟く。

「はは、二槍流は、さすがに冗談さ。普通の槍だけでも毎回のように上達している段階だからな……ま、左右に持って遊んでみるのもいいかも知れないが……」

「ユイに同意します。ご主人様なら二槍流、三槍流を、使いこなせるはずです」

「ん、腕がもう二つあったら四槍流も可能」

エヴァが両手から黒いトンファーを伸ばして語る。

「シュウヤの場合、四つも腕があったら、わたしたちの体が持たないわよ？」

「ん、レベッカ、いやらしい……」

「えぇ！　エヴァだって、顔を赤くして！」

そこから女同士の笑顔を交えた軽い口喧嘩《くちげんか》に発展。

俺は沈黙《ちんもく》。微笑《ほほえ》みを意識しつつオレンジ刃魔槍をアイテムボックスへと仕舞《しま》う。

二十四面体《トラペゾヘドロン》を取り出した。

その球体的な面を確認《かくにん》するように掌の中で弄《もてあそ》ぶように回す。

そして、家にある鏡の場所の一面を――正面に向けた。

親指で、その面の溝《みぞ》をなぞる——ゲートを起動。

「さーて、綺麗なお嬢《じよう》さん方、戻ろうぜい」

和《なご》ませるように話しながら、皆を抱《だ》きしめて、一緒《いつしよ》にゲートを潜《くぐ》り家へ戻る。

第百六十三章「桃色髪の八槍神王第七位」

次の日。

カルードは家で留守番をしてもらった。その他のメンバーでザガ&ボンの店を訪問。

早速《さっそく》、ボンと黒猫《ロロ》は謎《なぞ》な踊りを繰《く》り返す。

ドワーフ音頭《おんど》と猫狸音頭《ねこだぬき》って印象の不思議なメルヘン踊りを繰り返す。二人とも楽し気だ。そんな楽しそうなメルヘン空間に入ろうとしているルビアの姿もあった。

少女と謎なドワーフ。黒猫をお供に未知のメルヘン世界へ冒険《ぼうけん》の旅へと出る。

そんなおかしな妄想《もうそう》物語を想像しつつ――。

ザガに魔柔黒鋼《ソフトブラックスチール》の一部を差し出していた。

ミスティにも、この魔柔黒鋼《ソフトブラックスチール》をプレゼントしよう。

「これは迷宮《めいきゅう》産の魔柔黒鋼《ソフトブラックスチール》ではないか……くれるのか？」

「あぁ、俺が持っていてもしょうがない。お土産《みやげ》だよ」

「おぉ、太っ腹な男！　お前は俺を泣かせる気か！」

ザガは目に涙を溜《た》めながら威勢《いせい》良く語る。

「喜んでくれたなら、嬉《うれ》しい」

「おうよ、喜んでいるとも、ありがとう」

ザガは太い片腕《かたうで》で涙を拭《ぬぐ》うと頭を下げてきた。

「どういたしまして」

「嬉しいぞ……錬魔《れんま》鋼と銀魔鉱の繋《つな》ぎの素材に使えるレア金属……」

ザガは早速、仕事に使える素材同士の掛《か》け合わせを楽しんでいるようだ。

「それじゃ、次はボン」

「エンチャ？」

黒猫《ロロ》と遊ぶボンへ魔力《まりょく》を帯びた釣《つ》り竿《ざお》を差し出していた。

「エンチャントッ」

黒猫《ロロ》との謎踊《なぞおど》りを中断させたボンは、礼儀《れいぎ》よく頭を下げてから、釣り竿を受けとってくれた。そのままハグしてくれた。ボンは背が小さいが、可愛《かわい》らしい。

そして、ボンの純粋《じゅんすい》な感謝の気持ちは心が洗われるようで嬉しい。

その優《やさ》しいボンの背中を撫《な》でた。

ボンはハグに満足したのか、釣り竿を頭上に掲《かか》げて、

「エンチャ……」

何やら感動したようにエンチャ語を呟いた。

嬉しそうに、まん丸の目を輝《かがや》かせると、両手と両足を交互《こうご》に、いっち、に、さんし、と、上げて喜びをアピールする特異なるダンスを繰り返してきた。

これには黒猫《ロロ》が大反応。

一緒に後脚《あとあし》の片方を交互に上げるように跳躍ダンス。

肉球パンチを宙に向けて繰り出していた。面白い猫《ねこ》ダンス。

俺もダンスに釣られそうな魔力があった。

一緒に裸《はだか》になって異世界葉っぱ隊を結成か？

いかん、気を取り直して、ルビアを見る。

ルビアはボンの葉っぱ隊踊りを見ながら笑っていた。そのルビアに、

「……ルビアにはこれをプレゼントしよう」

と発言すると、ルビアはニコッと笑顔を作る。

そのまま俺の傍《そば》に走り寄ってきた。腕《うで》の振《ふ》り方《かた》が可愛い。

冒険者として活動中だが、まだ少女だと分かる。

その冒険者としてがんばるルビアに、銀糸のワンピースをプレゼント。

「わぁぁ……シュウヤ様、大切にします……ありがとう」

ルビアは俺があげた銀糸のワンピースを胸に抱く。ザガと同じく涙を瞳に溜めていた。

刹那……周りの空気感が変わる。

レベッカ、エヴァ、ヴィーネ、ユイの乾《かわ》いた笑顔と視線だ。

「こういう優しさはわたしたちには毒ね」

「ん、大毒」

「同意します。ご主人様が喜んでいるのも、胸にきますね」

「ルビアは嬉しそう。わたしも嬉しくなるけど……胸中は複雑ね」

ユイも胸に手を当てながら語っていた。俺は、

「そんな顔をするな、迷宮に潜ったらまたお宝を手に入れることができるだろ。その時にプレゼントしよう」

「ふふ、とってつけた言い方だけど、気を遣《つか》うところが、シュウヤらしい」

ユイはそう言うと、俺の片腕を掴《つか》んできた。

俺は笑みを浮かべてそのユイを見ると、ユイは笑顔のまま、俺の肩《かた》に頬《ほお》を寄せる。

レベッカ、エヴァ、ヴィーネも切なそうな表情を浮かべつつ、

「――それは当然、わたしたちも含《ふく》まれているのよね？」

「ん、シュウヤ？」

「ご主人様……」

と、発言しながら近寄ってきた。

『閣下、わたしは魔力が欲《ほ》しいです』

ヘルメも視界に浮かびながら呟いてきた。

『そういうと思った、ほらっ』

左目に宿る常闇《とこやみ》の水精霊ヘルメへ魔力をプレゼントしてあげた。

『あぁぅ、ありがとうございます』

視界から消えたヘルメは切なさを感じる声をあげていた。

そこで皆を見据《みす》えて、

「当然だ。皆にもプレゼントはしたい。宝物次第《しだい》だが」

「うんうん。その気持ちで十分よ！」

「ご主人様っ」

「ん、シュウヤ大好き――」

結局こうなる。全員に抱き着かれてしまった。

「シュウヤ様！」

ルビアも我慢《がまん》できなかったのか飛びついてくる。

「エンチャント！」

「にゃお」

ボンも黒猫《ロロ》も、遊びだと思ったようで、抱き着いてきた。

「なんだ、最近の遊びか？」

ザガは抱きついてこない。良かった。が、笑顔を見せていた。

「似たようなもんだ。皆、離れてくれ」

「シュウヤ様はもてるのですね……」

「そうなのよねぇ、あ、ルビアさん。わたしの名はレベッカ、シュウヤの恋人《こいびと》で、選ばれし眷属《けんぞく》の一人。〈筆頭従者長〉って役職みたいな眷属名があるの。よろしくね」

「えっ　恋人……眷属？　役職……あ、はい、宜《よろ》しくお願いします」

「ん、よろしく。同じく〈筆頭従者長《選ばれし眷属》〉の一人、シュウヤと愛を誓《ちか》い合った仲のエヴァ」

エヴァの愛という言葉にルビアは衝撃《しょうげき》を受けたのか、瞳に闇《やみ》が混じった。

「あうあっ、愛ですか……はい。宜しくお願いします。エヴァさん」

「わたしはユイ。〈筆頭従者長《選ばれし眷属》〉。シュウヤの初めての恋人！　愛し合っている仲です」

『それは聞き捨てなりません。わたしが……』

『ヘルメ、俺はちゃんと分かっている』

『はい』

ルビアはショックを受けたように顔が青ざめていた。

「そ、そんなに……」

「勿論《もちろん》、わたしもご主人様と夫婦《ふうふ》の契《ちぎ》りを結んだ、選ばれし眷属の〈筆頭従者長〉であります」

ヴィーネは勝ち誇《ほこ》った素振《そぶ》りで銀髪《ぎんぱつ》を揺《ゆ》らす。

細い顎《あご》を突き出しては、銀仮面越《ご》しにその視線を強める。

巨乳の前で両の腕を組む……争いの予感。

「はい……この間とは違うのですね。皆様《みなさま》はシュウヤ様の部下であり、家族に……」

ルビアの背後から、また、ゆらりと黒い影《かげ》が生まれでようとしていた。

「――ルビア、そんな暗い顔をするな。今日はお前とザガとボンに会いたかったんだ」

ルビアは俺の言葉を聞いて、笑顔を見せる。

「あ、はいっ、会いに来てくれたのは凄く嬉しいです」

と、元気な声を発すると、ルビアの背後から出た影は途中《とちゅう》で消えた。

「エンチャントッ」

ボン君もルビアを励《はげ》ますようにサムズアップ。

「にゃおん」

黒猫《ロロ》もボンの行動の真似《まね》をするように片足を上げて空パンチ。

「ふふ、可愛いっ、ロロちゃん、ボン君が好きなのね――」

ルビアは脚を屈《かが》めて、黒猫《ロロ》の頭を撫でている。

黒猫《ロロ》も嬉しいのか触手《しょくしゅ》と尻尾の先端《せんたん》をルビアの手に絡《から》めていた。

あ、家のことも教えておくか。

「ザガ、もう一つ報告がある。実は俺、家を買ったんだ」

「ほぉ、ついに買ったのか。どこにあるんだ？」

「武術街の中にある元道場。中庭がついた大屋《おおや》敷《しき》だ。ここからは意外に近い」

「おぉぉ、武術街の大屋敷を買ったのか。闘技場《とうぎじょう》にも近く、武芸者たちの街。俺の客にもそこの街に住む者が何人かいるぞ」

ザガは場所を知っているらしい。敷地《しきち》が広いから有名だったか。

「ザガとボンの腕前《うでまえ》は、もう広まっているようだな」

「がははは、仕事をしているうちにな、知らず知らずに客が増えてきた」

客が増えるのは頷《うなず》ける。腕が立つ冒険者や武芸者たちがザガとボンの仕事の腕を見れば、一発で気に入るはずだ。

「……それで俺の屋敷だが、今度、見に来るか？」

「おうよ。今度、ボンとルビアを連れて、仕事の合間に見に行くぜ」

「分かった。だが、忙《いそが》しくていなかったらごめん」

「かまわんさ」

ザガはニカッと歯を見せて笑う。

「それじゃ俺たちは他にも用があるから、そろそろ……」

「そうなのか？　二階にはルビアが買い溜《だ》めした旨《うま》い菓子《かし》パンとかいう新しい迷宮名物があるぞ」

菓子パン……俺が知る菓子パンだろうか……一瞬《いっしゅん》、見てみたい思いに揺らぐが、王子のとこでマジックアイテムを売らないと。

「済まんな、興味はあるが、それはまた今度」

「分かった」

「シュウヤ様、また来てください。わたしが冒険者の仕事をしていない時がいいですが」

「今日のようにタイミングが合えばいいけどな」

「はいっ」

ルビアは嬉しそうな顔だ。

「クランは順調なんだろ？」

「二階層を突破《とっぱ》しました。今は三階層で狩《か》りをしています」

「さすがは、癒《い》やしのルビアだ」

「その名を知っていたのですね……恥《は》ずかしい……」

「はは、そうか？　良い二つ名じゃないか、初めて聞いた時は誇らしかった」

「わたしが誇らしい……本当ですか？」

「あぁ、本当だとも」

「凄く、嬉しいです」

ルビアは自信を得たように顔をほころばせて、喜ぶ。

そして、俺があげた銀糸の服をしっかりと胸に抱きしめていた。

「んでは、本当に用があるから、ここまでだ」

「はいっ」

「エンチャントッ！」

「にゃおん、にゃ」

ばいばいっと手を振るボン君に黒猫《ロロ》が応《こた》える。

俺はザガ&ボン&ルビアの店を歩きながら〈筆頭従者長〉たちに顔を向けた。

「それじゃ王子のとこへ向かうぞ」

「ん、王子、王子様？」

エヴァは呟《つぶや》くと、疑問そうな顔色を浮《う》かべて、紫色の瞳を俺に向けてくる。

「それ本気なの？　初耳なんだけど」

「ご主人様、マジックアイテムをお売りに向かわれるのですね」

「ヴィーネは知っているのね……」

レベッカはヴィーネが知っていて、自分が知らないことが気にくわないのか、むすっとしかめっ面《つら》を浮かべている。

「王子、それは王族の王子様なのかしら……」

ユイもそわそわとした顔色に変化。

「そうだ。王族。このペルネーテを治めている。この間、俺のパトロンになった」

すると、レベッカが咳《せ》き込みつつ、

「え、向かうなら、もっと高級な服を着てくればよかった……」

と、自らの服を見て語る。だが、金髪《きんぱつ》を編んで留めるリボンが可愛いし、銀色の糸のワンピースに蛇革《へびがわ》の細い腰《こし》ベルトとスリット入りのスカートは似合う。

美人さんが際立《きわだ》っているんだがな。すると、ユイは、

「楽しみ。ヒュアトスの家なら知っているけど、王族の家には行ったことない！」

そう語ると、不安気な顔から、若干《じゃっかん》、興奮したように顔色を変化させた。

「ん、わたしも見たことない、舞踏会《ぶとうかい》、親睦会《しんぼくかい》には父が連れていってくれなかった」

エヴァは昔を思い出しているらしい。

少し顔を俯《うつむ》かせて、語尾は小さな声になっている。

「ご主人様は第二王子に気に入られたようでした」

ヴィーネは俺のことを誇るように話す。

「さぁ、そんなことはいいから向かうぞ」

腕を泳がせながら話す。ザガ&ボン&ルビアの店屋敷から外に出た。

皆で黒馬ロロディーヌに乗って、第二王子が住まう貴族街の東へ直進。

広い土地の王子邸《てい》に到着《とうちゃく》。そのまま門を跳躍《ちょうやく》――。

軽々と門を飛び越えての玄関口《げんかんぐち》に侵入。

青と赤の色が半々になったデザインの防具を身に着けた兵士たちが集まってきた。

彼《かれ》らに攻撃《こうげき》されそうになったが、

「名はシュウヤ・カガリだ、王子と契約《けいやく》した冒険者であるっ！」

俺が大声で挨拶《あいさつ》。騒然《そうぜん》となったが大騎士《だいきし》の一人ガルキエフが俺の声に反応して表に出てくると騒《さわ》ぎは収まった。

「なんと不思議な使い魔か。あの時の黒猫《くろねこ》ちゃんなのだな。素晴《すば》らしい。しかし、だ。可愛くも渋《しぶ》くもある黒馬に乗って王族の屋敷に堂々と正面から侵入する輩《やから》は、お前ぐらいなもんだぞ」

「すみません、つい、調子付いて入ってしまいました」

謝ってから、ガルキエフに王子へマジックアイテムを売りに来たことを会話しながら説明。そのままガルキエフに連れられて王子邸の中へ向かう。レムロナは仕事で忙しくて、いないそうだ。

この間と同じく謁見室《えっけんしつ》を通り、奥《おく》に進む。黒猫《ロロ》は肩に乗り待機。

皆は俺の後ろから緊張《きんちょう》した様子で付いてきていた。

「では、ここでお待ちを」

「はい」

ガルキエフは王子がいる部屋へ続く大《おお》きな扉《とびら》を開けて中へ入った。暫《しばら》くして戻ってくると、

「シュウヤ殿《どの》、後ろのメンバーの方々も王子が会うようです。どうぞこちらへ」

「はい」

皆、軽く会釈《えしゃく》をガルキエフに行ってから、王子の部屋に入った。

色々なマジックアイテムが並ぶ大部屋を通り、王子の寝室《しんしつ》に近付くと、その王子が現れる。急いで、敬い頭を下げた。

「――シュウヤか。後ろにいるのは仲間たちか？　部下か？　まぁいい、お宝を見つけたのだろう？　頭を上げて、早速、見せてみよっ」

少し興奮した口調だ。左右にいる侍女《じじょ》たちが急いで王子が着ている衣服を整えていた。

「はい、では」

俺は頭を上げると、アイテムボックスを操作。

迷宮の金箱に入っていた品物の、麦わら帽子《ぼうし》、小型冷蔵庫、デグロアックスの両手斧《おの》、ウォルドの魔法剣《まほうけん》などを机に並べた。

「これらの物です」

「ほぉ、冷蔵庫があるではないかっ！　斧と剣《けん》。色合い的にもそれ相応のマジックアイテムと見た。もう鑑定《かんてい》は済んでいるのか？」

「はい、両手斧はデグロアックス、レジェンド級。フランベルジュの名はウォルド。ユニーク級……」

鑑定の内容を説明していく。

「リズ、これらを鑑定しろ」

「はいっ」

背の小さい侍女の一人が、机の上にあるアイテム類を観察。

彼女は目に魔力を溜めて、ぶつぶつ独り言をいうと……、

「そこの冒険者が語ったことに嘘《うそ》、偽《いつわ》りはございません。かなりの質のアイテムばかりですよ！　呪《のろ》いは第二種ですが、触《さわ》っても特に害はありませんし、魔界の魔将デグロが魔界大戦時に愛用していたとされる代物《しろもの》。素晴らしい伝説級。筋力上昇《じょうしょう》効果は絶大です。良き冒険者と契約しましたね王子様！　値段はすべて合わせて、大白金貨三枚と白金貨五十枚ぐらいが妥当《だとう》かと」

「了解した、リズ、下がっていい」

「はいっ」

侍女は元気よく返事をして踵《きびす》を返していった。

「レジェンド級か。魔界に関する武具、気に入った。斧も含めてすべて買い取ろう。値段はリズが述べていた、大白金貨三枚と白金貨五十枚辺りでどうだ？」

一応、ヴィーネと仲間たちの顔を見る。

「ご主人様、相場的には高くもなく低くもなく丁度よい頃合《ころあ》いかと」

さすがはヴィーネ即答《そくとう》。

「ん、ヴィーネ詳《くわ》しい」

「……負けたわ、それぐらいだと予想はできたけど」

「わたしも知らない」

レベッカはお宝好きからか、ある程度は予想できていたが、ハッキリとは分からなかったようだ。

「ふむ、そこの銀髪従者は、中々優秀《ゆうしゅう》だな。高くも安くもない値段だ」

王子もマジックアイテムを集めているだけあって詳しい。

変に交渉《こうしょう》せず、恩を売るか。

「はい。閣下へこれらの品をお売りします」

「良し。ネイ、アル、金を用意して、この者たちへ進呈《しんてい》せよ」

王子は手を叩《たた》いて他の侍女たちを呼び寄せる。

「シュウヤ、また珍《めずら》しい物を手に入れられたら持ってくるのだぞ」

「ははっ」

王子は満足した笑顔《えがお》を見せて奥のベッドルームに戻った。すると、侍女さんがマフの上に金貨袋を載せながら登場。美人すぎる侍女さんたちは笑顔を浮かべて金貨袋を渡《わた》してくれた。鼻の下を伸ばしつつ金を受け取る。王子の部屋を後にした。

「はぁ……緊張した」

「うん、わたしも」

レベッカとユイは苦笑いしながら互《たが》いを見る。

「ん、王子の部屋は凄《すご》いお宝が並んでいた」

エヴァがレベッカのように語る。

「王子の趣味《しゅみ》らしい。パトロンとして、俺たちのパーティ以外にもクランがいるようだ」

「へぇ、でもよく第二王子とのコネが作れたわね？」

レベッカは両の手を広げるジェスチャーをしながら話す。俺は頷いた。

「とある重大な情報源を王子に託《たく》したからな。俺はオセベリア王国に貢献《こうけん》したことになる」

「ふ～ん。でも、わたしたちの知らないことが多すぎる」

「わたしのほうが分からない！」

レベッカの言葉に同意する形でユイが声を荒《あら》らげる。

「ま、移動しながらゆっくりと説明してやる。一旦、家に帰るぞ」

「ん」

「はい」

「うん」

「帰ろ帰ろー」

「にゃおん」

ゲートを使ってもいいが、ここは王子邸。派手な行動は控《ひか》えて、普通《ふつう》に玄関口から神獣ロロディーヌに乗る。早速相棒の触手手綱《しょくしゅたづな》が首に付着した。その手綱を掴んで――。ゆっくりとしたペースで大通りを進んだ。そこから、ユイたちに説明を開始。

占《うらな》い師《し》カザネの能力、大騎士レムロナ、サリル、裏帳簿《うらちょうぼ》、闇ギルドを潰《つぶ》し、ウォーターエレメントスタッフ、魚人海賊《かいぞく》、【月《つき》の残骸《ざんがい》】のボスになった経緯《けいい》の話をしていった。

そうして、家路についた。

「――マイロード、お帰りなさいませ」

カルードが大門の頂上から中庭に飛び降りて、出迎《でむか》えてくれた。

「留守番、ご苦労」

「マイロードの指示とあらば、当然のこと……」

渋い黒装束姿だから、一瞬、執事《しつじ》のように見えてしまった。

「それで、変わったことはあったか？」

「特にありません。強《し》いていえば、大門の上にて、剣を振るっていたわたしのことを、メイドたちが不思議そうに眺《なが》めていることぐらいでしょうか」

修行《しゅぎょう》か。カルードの装備中の長剣《ちょうけん》は注目していなかったが……。

魔力が漂《ただよ》う反《そ》った魔剣《まけん》だ。ユイの魔刀とは違《ちが》う。

ブロードソードとシャムシール系が合わさった魔剣の類《たぐい》だろう。

「分かった。自由にしていいぞ」

「はっ」

カルードはユイと挨拶。俺たちは中庭をそのまま歩いた。

中庭を先にレベッカが進むと、

「シュウヤ、エレメンタルウォータースタッフを見たい」

「水属性がないと扱《あつか》えないが」

「うん」

お宝好きのレベッカは好奇心《こうきしん》が刺激《しげき》されたようだ。

頭部を斜《なな》めに傾《かたむ》けつつ見上げてくる。双眸《そうぼう》に蒼炎《そうえん》が灯《とも》る。瞳が揺らいだ。

「それじゃご希望通り」

アイテムボックスを操作して、鍵杖《かぎづえ》の黄金の大杖を取り出した。

竜の飾《かざ》りが目立つ。エメラルドの宝石を竜の前足が掴むデザイン。芸術性が高い。

「わぁ～大きい宝石に竜！　これが海光都市の秘宝！　持っていい？」

「いいぞ」

レベッカに渡してあげた。

「綺麗《きれい》な宝石でうっとりしちゃう……」

「ん、レベッカ、わたしも持ちたい」

「あっ、うん――」

レベッカは、エヴァへと鍵杖を渡していた。

「ん、未知の金属。凄い魔力伝導率だと思う」

エヴァは金属に詳しいから触れれば、ある程度の魔力の伝導率が分かるらしい。

やはり、ミスティとは話が合うかも知れないな。

「魚人海賊たちは、このスタッフを、わたしたちが持っていることを知らないのよね？」

「そのはず。追跡《ついせき》装置とかあれば別だが、カザネか大騎士レムロナのようなスキルを持たなければ知らないだろう」

エヴァから鍵杖を返してもらった。アイテムボックスの中へと仕舞った。

そのまま皆で母屋《おもや》に戻る。各自、身軽な衣装に着替《きが》えて休憩《きゅうけい》タイムとなった。

俺《おれ》もシャツ一枚で、寝台《しんだい》にダイブ――すると、ヴィーネが寝台に腰掛《こしか》ける。

「ご主人様……」

ヴィーネは絹のワンピース一枚の薄着《うすぎ》だ。きゅっと細まった腰が悩《なや》ましい。

そんなヴィーネの右手の甲《こう》に掌《てのひら》を乗せてから、

「どうした？」

「ご主人様の傍にいたいのです――」

ヴィーネは俺の掌を返して握《にぎ》り返してくる。恋人握《こいびとにぎ》りとなった。

「はは、傍にいるじゃないか――」

と、ヴィーネの手を引っ張って「あっ――」と誘《さそ》う。

寝台で横になったヴィーネに、のし掛かってからヴィーネの唇《くちびる》を奪《うば》った。

優しく唇を動かしてヴィーネの唇を労《いたわ》る。ヴィーネも上唇と下唇で俺の下唇を挟《はさ》むと、
唾《つば》を含んだ舌を伸《の》ばしつつ俺の舌を吸い上げてきた。

ヴィーネの鼻息は荒い。そこからゆっくりと唇を離《はな》した。

ヴィーネの瞳《ひとみ》は潤《うる》む。半開きの唇から涎《よだれ》がこぼれていた。

「ふふ、ご主人様の優しい気持ちを感じた」

「俺もだ――」

直《す》ぐにワンピース越しでも分かる豊かな乳房《ちぶさ》を両手で揉《も》み拉《しだ》く。

「あぁ……ご主人様……そんなに揉んで……」

そこからワンピース越しに乳房へと頭部を埋《うず》めた。

「……ヴィーネ、乳首《ちくび》が硬《かた》いぞ？」

と、乳首を指で摘《つ》まむ。

「あん、ご主人様を感じているのだから、当然だ――」

頭部を左右に振ったヴィーネは俺の頭部を両手で押《お》さえ込む。

と、強引《ごういん》に自らの胸に俺の頭部を押し当ててきた。

俺も応《こた》えるようにヴィーネの背中に両手を回して、愛《いと》しい肩甲骨《けんこうこつ》と背骨を撫でた。

同時にワンピース越しに柔《やわ》らかい乳房を、顔のすべての神経で味わう。

硬い乳首だと直ぐに理解した。無手のおっぱい御業《みわざ》を得た気分となった。

「アア……」

胸元《むなもと》の生地《きじ》が俺の唾で濡《ぬ》れて、ヴィーネのぷっくりと膨《ふく》らんだ乳首が、余計に突起《とっき》しているようにも見えた。

「見ろ、これが、ヴィーネの硬い乳首だ」

「はぃ……恥ずかしい」

すると、そこに魔素の反応が、エヴァたちだ。

「ちょっと！」

「あぁ！」

「ん──」

エヴァ、レベッカ、ユイが、寝台に乱入してきた。

ヴィーネの体から剥《は》がされるように引き離された。

ついでに、身ぐるみも剥がされた。

すっぽんぽん。が、好きなようにはさせない。

一人一人が衣服を脱《ぬ》ぐ、その隙《すき》を突《つ》いた。

ユイの唇を奪いつつ左手と右手でエヴァの乳とレベッカの乳を刺激。

そのまま両手をクロスするように〈血魔力〉を発動──血魔力〈血道第三・開門〉。

〈血液加速《ブラッディアクセル》〉を発動。

素早《すばや》い所作で一人一人の感じやすい好みの場所を指と舌で刺激した。

そうした濃厚《のうこう》なエッチなことを楽しんでいると、自然と朝を迎《むか》えた。

そこに魔素の気配を廊下《ろうか》に感知。メイド長のイザベルか。

遠慮《えんりょ》しているようだ。その廊下から部屋の様子を窺《うかが》ってきたイザベルと視線が合う。

「いいぞ、入っても」

「は、はい」

イザベルは遠慮がちに部屋に走ってきた。

「――はぅ」

この反応は正しい。皆《みな》、恍惚《こうこつ》の表情のまま血を飲み合っているし、裸のままだ。

瞬時《しゅんじ》に、その血は、皆で吸収して消えたが。俺は立ち上がった。

「イザベル、驚《おどろ》かせてすまない」

一応、謝《あやま》っといた。

が、なぜか、イザベルは顔を赤くしたまま下半身をモジモジさせる。

俺の股間《こかん》を凝視《ぎょうし》していた。そして、

「い、いえ、ご主人様、あ、あの、立派な……」

素早くヴィーネが衣服で俺の股間を隠《かく》す。

が、チョモランマ状態は収まっていないから、まぁ仕方ない。生理現象だ。

そのまま、

「このスペシャル象さんのことは、気にせず、で、どうしたんだ？」

「あ、あぁ、え？　はい、えっと」

イザベルは混乱して呂律《ろれつ》が回っていない。

「はぅ――」

「シュウヤ！　隠した衣服を一物で落とさないの！　まったく器用な一物！　小憎《こにく》らしいんだから！　でも、タフで大きくて……素敵《すてき》」

「うん――」

「おぉぅ――」

俺は奇声《きせい》を発していた。いきなり、ユイに一物が奪われたからだ。

「はぅ……」

イザベルもまさか生の現場を見るとは思わなかったのか、頭部を微《かす》かに揺らして動揺《どうよう》してしまった。前後するユイの頭部が悩ましい。

鼻息を出しつつ笑《え》みを見せての上目遣《うわめづか》いを寄越《よこ》す。

そのまま俺の一物を凄《すさ》まじい勢いで吸って上げて食べてくる。

サオの部分の舐《な》め方が絶妙《ぜつみょう》だ。このままでは早々と。俺はユイの頭部を持ちつつ、

「ユイ、嬉しいが、離れてくれ」

ユイは頭部を振るって一物を離そうとしないから腰を引いた。

が、ユイも前進。両腕《りょううで》が尻《しり》に回ってしっかりと腰がホールドされた。

刹那《せつな》、ユイの舌から直《じか》に魔力を送り込まれる。また激しく一物を吸いつつ舌も絡むと、

「イク――」

と、ユイの口の中で果ててしまった。

俺のことを慕《した》うユイにも、気持ち良くなってもらいたい。

が、今は、ユイの小さい唇が咥《くわ》えている一物を強引に引いた。

そのまま一物は跳《は》ねる機動で持ち上がりチュポッ――と卑猥《ひわい》な音を響《ひび》かせた。

ユイは精液を飲み込む仕種《しぐさ》を取る。唇の端《はし》に垂れていた唾を人差し指で拭《ふ》いて、

「……うふ、でもまだ元気ね……」

と、ユイは悩ましい視線のまま立ち上がる。

「いいさ、ありがとうユイ。それで、イザベル。用事とは」

「お客様です。お客様が、すぐにここの主人を出しなさい！　と、その一点張りでして」

「名は？」

「武術連盟の使いである、リコ・マドリコスさんであります」

あぁ、前に来ていたというツンな女性か。

「分かった、会おうか」

「はい、中庭にて、お待ちいただいております」

俺は素早く衣装を整えた。イザベルは、血やエッチに関しては聞いてこなかった。さすがメイド長。しかし、時々、俺の双眸と股間を交互に見ていた。熱が帯びていることは分かるが、済まん。

「……皆、自由にしてていいからな、客と会ってくる」

「はいはーい」

「ん、分かった」

「はい、ご主人様」

「うん」

レベッカとヴィーネはまだ口元に血が残っている。

エヴァは、まだ寝台の上だ。うつ伏《ぶ》せの体勢のまま体に力が入らないようだ。一際《ひときわ》激しく優《やさ》しく抱《だ》いたせいか、連続的にイッてしまった。

今も、まだ恍惚とした表情を浮かべつつ、寝台の端から俺のことを見ている。

そんな眷属たちを自室に残して中庭に向かった。

中庭には薄桃色《うすももいろ》の髪《かみ》の女性が立っていた。薄桃色だと⁉

貴重なる髪だ。そんな薄桃色の髪を持つ女性を良く見ようと近付いた。

おでこの位置に揃《そろ》う前髪《まえがみ》が可愛《かわい》い。細い眉《まゆ》も桃色。

双眸の瞳はブルースカイを思わせる天青色。

横髪は長い耳の裏に通っていた。エルフか。

頬には少し桃色のソバカスがあり、その頬には、エルフ特有の、トンボのマークが刻まれていた。トンボのマークか……魔鋼《まこう》都市ホルカーバムを思い出す。

口紅が塗《ぬ》られた小さい唇が動いていた。短槍《たんそう》を持つ美人槍《やり》使い！

「貴方《あなた》が魔槍《まそう》使いのシュウヤ・カガリね。冒険者《ぼうけんしゃ》でありながら、闇を牛耳《ぎゅうじ》ると、噂《うわさ》の男！　槍の腕前が尋常《じんじょう》ではないと聞いている！」

女性は高飛車か？　槍を持った反対の腕《うで》を上げつつ、俺を指してきた。

エルフ女性の衣装は、ノースリーブで白色の丈《たけ》が長い下着。

指貫《ゆびぬき》の手袋《てぶくろ》を装備中。中指を頂点に手の甲を覆《おお》う絹製。

上服には真鍮《しんちゅう》製ボタンが胸元に付いた薄桃色と黒色の軽装防具。

臀部《でんぶ》から白色の下着が垂れていた。動きやすさを重視しているようだな。

細い太腿《ふともも》が悩ましい。横か背後から太腿を見れば、お尻の一部も見えるかも知れない。

ケシカラン。足はハイグリーブか。白と桃色が混ざった花柄《はながら》模様の象嵌《ぞうがん》が入った膝《ひざ》の上まで続いているハイグリーブ。

お洒落《しゃれ》だ。貴族の方だろうか？　背はレベッカより少し大きいぐらいか。

「ちょっと？　なに黙《だま》って、じろじろわたしを見ているの！　貴方、スケベな馬鹿《ばか》ァ？」

そうです。と、素直《すなお》に口から出そうになるが、自重。口を動かす。

「すみません、美しい女性だったもので……」

「な！　う、美しいだなんて！　貴方！　槍で勝負しなさい！」

頬《ほお》を染めるリコさん。

「なんで勝負に？」

「それは貴方が槍使いと聞いたから！　それにわたしは八槍神王第七位！　魔槍リコ・マドリコス様よ！　そんなわたしが、わざわざ、勝負をしようと言っているの！　門弟《もんてい》だって、いっぱいいるんだから！　だから勝負の内容によっては貴方もわたしの門弟にしてあげてもいいのよ？」

上から目線で一方的すぎる。美人でカワイイのに……。

「槍の勝負ですか、俺が勝ったらどうしますか？」

「え？　何を語っているのかしら〜ふふ、わたしは八槍神王の〝第七位〟なのよ？　やっぱり貴方、馬鹿ァ？」

少し睨《にら》みを利《き》かせて、

「馬鹿で結構。その八槍神王さんが負けた場合のことを話している」

「へぇ、自信がありそうね。それじゃ、もし、わたしが負けたら、貴方の言うことを、何でも聞いてあげるわ！　ふふふん」

何でもか……あの勝ち誇る顔を崩《くず》すように、いや、そんなことより、彼女《かのじょ》は神王位の上位者だ。その槍武術は見て学びたい。何事もラ・ケラーダ！

「黙りながら笑顔を見せて！　気持ち悪い！　その平たい顔からして、いやらしい！」

口が悪い女だ。三味線《しゃみせん》も弾《ひ》き方《かた》。というが、槍の弾き方を教えてやるか。

「ぎゃーぎゃーうるさい。さて、では、お望み通り、勝負をしましょう。リコさん」

「ふん、さんは要《い》らないわ。そして、貴方武器は？　槍を持ってきなさいよ」

俺は頷いてから外套《がいとう》を左右に開いた。右手の掌に、魔槍杖《まそうづえ》バルドークを出現させた。

「あ、〈武具召喚《しょうかん》〉？　へぇ、凄いスキルを持つのね！　戦いが楽しみだわ」

〈武具召喚〉か。そんなスキルはないが、秘術系のスキルとかあるのかな。

「それじゃ、中庭の石畳《いしだたみ》で勝負！　実力を見てあげるんだから！」

美人エルフのリコは、そう話しながらスタスタと歩いていく。

リコはまだ俺に勝つ気でいるらしい。槍には相当な自信があるようだ。

少し気合いを入れるか。

「了解《りょうかい》。神王位様。宜《よろ》しくお願いします」

「うん。さぁ、押っ始めるわよ！」

気合いの入るリコだ。俺は魔槍を肩《かた》にかけながらリコに近付いた。

リコは短槍を正眼に構えて、俺を待つ。短槍の刃先《はさき》は長い。

長剣が先についたようなタイプの短槍。その長剣穂先《ほさき》が、青白く輝《かがや》きを増した瞬間《しゅんかん》——

リコは前進を開始。短槍を伸ばして、正面から突いてきた。

「いきなりか——」

俺は体を捻《ひね》って半身の姿勢で後退。リコの短槍の青白い穂先を避《さ》けた。

同時に魔槍杖バルドークを下から振《ふ》るい上げた——リコの胸辺りへと紅斧刃《べにおのば》を向かわせる。リコは紅斧刃と魔槍杖バルドークを見て、笑顔を見せる。

魔脚《まきやく》で移動しつつ、俺が振り上げた紅斧刃を避けた。

そして、短槍のコンパクトさを活《い》かすように素早い反撃《はんげき》の突きを寄越してきた。

リコは魔力《まりよく》操作もスムーズ。動きが疾《はや》い——。

当然だが、〈魔闘術《まとうじゅつ》〉の質も高い。がっ、まだまだ、俺の域ではない。リコは、本気ではないのかも知れないが——俺は、即座《そくざ》に足に魔力を溜《た》めた。

そしして、魔脚を実行——風槍流歩法『風読み』で石畳を蹴《け》る。

リコが繰《く》り出した反撃の突きを最小の動作で避けつつ〈刺突《しとつ》〉を突き出した。

リコから余裕《よゆう》の顔が消えた。真剣《しんけん》な面持《おもも》ちのまま短槍の峰《みね》で――〈刺突〉の紅矛《べにほこ》を滑《すべ》らせつつ反撃の中段蹴《げ》りを繰り出した。俺は金属の不協音が響く中、後退して蹴りを避けた。

――器用な受けから反撃だ。さすがは八槍神王位第七位。

リコは少し腕が痺《しび》れたポーズを取る。追撃《ついげき》はしてこない。リコは後退した。

「――やるわね」

「リコもな、さすがは神王位だ」

尊敬の気持ちから素直に褒《ほ》めた。が、表情が険しくなるリコさん。

リコは腕先に魔力を集結させる。回復を促《うなが》していた。

そんなリコに向けて、魔脚で間合いを詰《つ》めた。そのまま中段蹴りを咬《か》ます。

「フン――」

リコは息を吐《は》きつつ、桃色髪《ももいろがみ》を靡《なび》かせるように横に跳《と》ぶ。

俺の蹴りを避けるや否《いな》や、リコの細い体と、やや遅《おく》れて腕がブレた。

青白い刃《は》もぶれたように加速する〈刺突〉系スキルを繰り出してきた。

ただの〈刺突〉ではないだろう。俺の腹に、その青白い穂先の刃が迫《せま》る。

急ぎ、魔槍杖の柄《え》を斜めに傾けつつ前に出して、俺は半歩後退――。

青白い刃と紅斧刃が衝突《しょうとつ》――紅斧刃を盾《たて》代わりにリコの青白い刃の突《つ》き技《わざ》を防いだ。

斑火花《まだら》が宙空に散って金属の不協和音が轟《とどろ》いた。

「わたしの〈白無穿《はくむせん》〉を防ぐ⁉」

リコの〈白無穿〉か。素晴らしい〈刺突〉系のスキル。

そして、重さのある一撃《いちげき》。確実に強者だ。

「強い……だけど――」

リコは表情を変える。視線を鋭《するど》くさせる間もなく〈刺突〉を繰り出す。

俺は避けた。が、次の〈刺突〉のモーションはさっきと違う。

鋭さを増したリコの〈白無穿〉か！　避けきれず、頬に傷を受けた。

続けて、外套と胴体《どうたい》に連続とした〈白無穿〉系の連続スキルを受ける。

体を守る外套から無数の紫《むらさき》の火花が散った。

短槍を活かす〈刺突〉を混ぜた突きスキルの連続か。さすがは神王位だ――。

「へぇ、素直に感心しちゃう。神王位上位でも、初見で、わたしの〈刺突〉と〈白無穿〉に〈即烈刺突《そくれつ》〉に対処した人物なんて数名しかいないのに、素晴らしい反応技術ね」

リコはそう言うが、受けて避けることに必死な俺だ。

そのリコは青白い刃の短槍を活かすように、攻防《こうぼう》が一体化した突きと払《はら》いの打撃《だげき》を繰り出してきた。そのリコは、交互《こうご》に片方の踵《かかと》と爪先《つまさき》を軸《じく》とする回転する動きも加えてきた。

風槍流と似た技術。素晴らしい、魅力的《みりょくてき》だ。いかん、と、床《ゆか》に足だけで円を描《えが》くような横回転する動きは魅力的すぎる――。

リコは体が回るごとに動きが加速したが、その加速したリコに反撃を狙《ねら》う。

リコは微笑《ほほえ》むと、短槍を八の字に動かしてきた。その短槍と衝突、いや、滑《なめ》らかに滑るように魔槍杖バルドークの〈刺突〉は横に押されて往《い》なされた。

――すげぇ。短槍を使った槍技術。なんていう技名なんだろう。

短槍が人の指か糸か、分からないが、実に短槍の扱いが巧《たく》みだ。

――再度、〈刺突〉と思われる突き技を防いだリコは、動きを不自然に停《と》めた。

その刹那、全身から魔力を噴出《ふんしゅつ》させる。一瞬《いっしゅん》、姿はまるっきり違うが、アキレス師匠《ししょう》を想起した。体の魔力を活性化させたリコは槍の穂先の青白い刃を、分裂《ぶんれつ》させた。

驚きだ。短槍が二つに増えた。その二つの青白い刃で、連続的な突き技を繰り出してくる。なんだそりゃ――魔槍杖で、宙にへの字を描く――。

リコが繰り出した連続とした〈刺突〉のようなスキルを、魔槍杖で何とか、弾《はじ》きつつ、体を捻って、避けた。数十と連続とした突き技を、何とか受けて避けた。

「シュウヤ、凄い！　でも、まだまだこれから！」

真剣なリコ。同時に楽しそうなリコの動きに、俺もテンションが上がる。

リコはそこから動きが加速した。右手が上がる、フェイクか。

リコは膝を深く曲げた瞬間、蹴りか？　いや——。

跳躍を行った。宙空で体を捻るリコ。その宙空から短槍を突き出してきた。

連続とした青白い刃が迫る。無数の青白い刃が——すげぇ、常人ならこんな技を喰《く》らったら死ぬぞ。そんなことを思いながら——。

闇《やみ》を纏《まと》った〈闇穿《あんせん》〉をリコに向けて繰り出した。

紅矛と紅斧刃と青白い刃が衝突。突き技の一部を防ぐことに成功。

同時に、突き出た魔槍杖バルドークの柄を活かす——。

二つの青白い刃の群れに向けて、魔槍杖バルドークの柄を微かに横回転させつつ突き出した。同時に、爪先を軸とした爪先回転を駆使《くし》して避けることを優先。

頭上、百八十度の方位から繰り出されてくる無数の突きスキルを、魔槍杖のすべての部位を使って弾いて受け流す努力をした。

俺自身も、爪先を軸に体を回して青白い刃を避けるが——。

頭の一部と頬が斬《き》られた。続いて、魔竜王《まりゅうおう》の鎧《よろい》と外套からも火花が散る。

右腕《みぎうで》も斬られた。血飛沫《ちしぶき》が飛ぶ——。

痛かったが、止まったか。雨霰《あめあられ》の青白い刃の必殺技《ひっさつわざ》を防ぎきった。

「——え？　鳳雨《ほうう》突牙《とつが》が……」
リコはそう呟《つぶや》きつつ——俺の後方に着地。
必殺技だと思う攻撃が防がれたことが、ショックだったようだ。
そのリコは、驚きの表情を浮《う》かべている。
リコは驚いているが俺も驚いているよ。真似《まね》はできそうもない。
尊敬を込めて……全身に魔力を展開。本気だがもっと気合いを入れる——。
魔槍杖バルドークの竜魔《りゅうま》石をリコが持つ短槍に振り当てた。
直ぐに魔槍杖の柄を握る右手でパンチを繰り出すように、穂先をリコに向かわせた。
紅斧刃がリコの持つ短槍を上方に弾いた——回転の連撃が成功。
リコは両手を上げて、体勢を崩した。バンザイ状態。胸を晒《さら》した。
このままリコの胸元の鎧を刺《さ》し貫《つらぬ》くこともできたが、間合いを詰める。
リコの踵を優しく足先で引っかけて転倒《てんとう》させた。
「きゃぁ——」
リコは腰《こし》を打ちつける。お尻を痛めたのか、短槍を手放してお尻を押さえる。
俺は、そのリコに乗った。マウントポジションのままリコの腕を足で押さえ込む。
完全なる俺の勝利となった。女の汗《あせ》のいい匂《にお》いがする。

「これで勝負ありだな。八槍神王位の第七位さん」

皮肉を込めて言ってやった。

「うううううう、あぁぁぁぁん――」

ええ？　リコの勝気な姿はどこへやら、大泣きで泣き出してしまう。

「――どうしたのです、ご主人様……」

「何々？　泣き声が聞こえ……」

「どうしたの？　あっ……」

「ん、シュウヤが女を押し倒《たお》した！」

「にゃおあーん」

〈筆頭従者長〉たちと黒猫《ロロ》も寄ってくる。

第百六十四章「俺の負けだ、じょ」

「うあああぁぁぁん、負けたぁぁぁぁぁぁ」

リコさんは泣き止《や》まない。そして、俺は馬乗り……。相棒も近く来ると「にゃお」と、『うるさいにゃ』といった感のある片足の肉球をリコさんの鼻へと押し付けていた。

「うぅぅ、肉球？　うぁぁぁぁん、くさいいいぃ、けど……いい匂いかも……」

その肉球の匂いは分かる。

「ご主人様、これが前にお話をされていた新しいプレイですか？」

ヴィーネはこういうプレイをしたいのか？　というか、違う。

「ふーん、違う女を、もう作ったの？　しかもその女の人……美人だし」

レベッカが頬を膨らませて話す。魔導車椅子《まどうくるまいす》に乗ったエヴァも、

「ん、シュウヤ、女を襲《おそ》っていたの？」

と顔を寄せつつ聞いてきた。

「なりゆきだ。この神王位のリコから強引に戦いを申し込まれてな。美人だし、槍の技に

は興味があるから戦った。で、この通りリコを倒したら、彼女は泣いてしまった」

そう説明しつつリコさんに腕を伸ばす。

「リコ。大丈夫《だいじょうぶ》ですか？」

「ぐす——負けたわ。約束は守る……」

リコは俺の手を握り起き上がる。頬を染めていた。

「あぁ、あれは冗談《じょうだん》ですから、気にしないでください」

黒猫《ロロ》は俺の真似をして触手《しょくしゅ》をリコに伸ばしていた。が、リコさんは無視。

「にゃお」

「駄目《だめ》よ！　わたしを負かしたのだから！　そして、槍で勝負した仲。もう、そんな他人行儀《ぎょうぎ》な口で話さないでちょうだい！」

リコは強気な態度に戻《もど》ると俺の手を叩くように離してくる。

それじゃ、ご希望通り……。

「リコ、お前は、あの約束をホントウに守る気があるのか？」

鼻の下を伸ばした調子で話してみた。

「ま、守るわよ」

リコは、両手で自らの胸を隠しつつ退《ひ》いている。

ノースリーブの服だから、胸が少し強調されていた。

だから、自然と、エロを意識したわけではないが……。

美乳のような、おっぱいさんには、どうしても視線が向かってしまう。

さて、武術連盟の方が気になるし、エロは止《や》めだ。

「襲いはしないから安心しろ。約束は、武術連盟が何なのかを教えてくれるだけでいい」

「本当に？　もう二度とこんなチャンスはないことよ？」

リコは蒼《あお》い澄《す》んだ瞳で俺を見つめてくる
「あぁ」

俺の簡潔な言葉を聞くとリコは可愛く微笑《びしょう》を浮かべる。

「そう、意外に優しいのね……分かったわ。武術連盟は八剣《はちけん》八槍の神王位を評定している武芸者たちの頂点を極《きわ》める組織。【迷宮《めいきゅう》都市ペルネーテ】、【鉱山都市タンダール】、【象神都市レジーピック】、【帝都《ていと》アセルダム】、【迷宮都市サザーデルリ】にある闘技場《とうぎじょう》で定期的に行われる神王位を巡《めぐ》る特別な個人試合を司《つかさど》っている組織よ。あと、帝国《ていこく》、王国が主催《しゅさい》する帝国天下一武術会と王国天下一武術会にも協力をしているわ」

前に、天下一武術会の名はヴィーネに教えてもらった。

「武術連盟か、その使いでリコはこの屋敷《やしき》に来たんだよな？」

「そう。貴方の噂を聞きつけた武術連盟のネモ会長から、加盟してくれないか？　と、近所に住むわたしが誘うように頼《たの》まれたの。最初は嫌《いや》だったけど、爺《じじ》には世話になったから了承《りょうしょう》して、ここに来たのよ」

「……加盟か。こう見えても、俺、忙《いそが》しいんだよなぁ……」

「え？　あれほどの実力を持っているのに、入らないの？　門弟も増えるわよ？」

リコは驚いたのか、一瞬、ブルースカイの瞳孔《どうこう》を散大させる。

俺は隣《となり》にいるヴィーネを見た。

ヴィーネは銀仮面越《ご》しだが、少し残念そうな表情を浮かべていると分かる。

そういえば、大会とかに出場して実力を世に示して欲《ほ》しい的な事を語っていたな……。

名誉欲《めいよよく》はないが……少しぐらいは出ることも考えるか。

「……最初は実力を疑っていたけれど、今は連盟に入ることを勧《すす》めるわ、神王位第七位を負かす魔槍の腕は本物。風槍流を基本としているとは分かるけど、そこから独自の発展を遂《と》げている独特の歩法といい、シュウヤは素晴《すば》らしい槍使いよ。師匠が見えた気がするけど、まさに、出藍《しゅつらん》の誉《ほま》れね」

青《あお》は藍《あい》より出《い》でて藍より青し。

桃色髪のリコは真剣な表情を浮かべて俺を褒めてきた。

美人に褒められるのは、良い気分。

だが、師匠より弟子《でし》の方が立派はない。アキレス師匠は偉大《いだい》な先生だ。

師匠の槍モーションを思い出しながら、

「……加盟は考えてもいいが、俺の基本は冒険者だ。他にも色々と裏、闇社会の仕事があるから……試合とかは定期的に出られるわけじゃない。それでも、大丈夫かな？」

「それは会長にいわないと分からない。けど、闇関係なら、加盟したらしたで、裏武術会からも声が掛《か》かりそうね……」

そんな怪《あや》しい組織もあるのか。

「……その会長とやらには会わないといけないのかな？」

「そう。直に会って話をした方がいいと思う」

「案内してくれるか？」

「うん」

俺はそこで、皆へ顔を向けた。

「ということになった。出かけてくるから、皆は留守番な。夜ぐらいには帰る予定だ」

「お任せください」

カルードは平然と片膝《かたひざ》を地に突けて素早く頭を下げている

「留守番……」

……が、選ばれし眷属《けんぞく》たちである彼女たちの全員が不満気な顔を浮かべていた。

ここには夜までには帰ってくる予定だし、心を鬼《おに》にする。

「用事なんだからしょうがないだろう……眷属といえど、お前たちを縛《しば》るつもりはない。自由に楽しめばいい、どんなことがあろうと眷属なのだからな？」

『ヘルメはそのまま目にいろ』

『はい』

常闇《とこやみ》の水精霊《せいれい》ヘルメと念話していると、俺の言葉を聞いた〈筆頭従者長〉たちは納得《なっとく》したのか、不満顔は消えていた。

「ご主人様、そうですね。わたしは市場街を探索《たんさく》し、市場調査をしてきます」

「それもそうね、じゃ、エヴァとどっか行くわ、ね？」

レベッカは腰に手を当て偉《えら》そうにしながら、隣にいるエヴァへ頭を斜めに傾けながら話しかけている。

「ん、レベッカと一緒《いっしょ》に、お菓子《かし》の美味《おい》しいお店に行く」

エヴァはレベッカの顔を見ては、頷《うなず》き、微笑しながら話す。

「それじゃ、わたしは父さんと剣術《けんじゅつ》の訓練を行うわ」

カルードはユイの言葉を聞いて立ち上がると、鋭い視線でユイを捉《とら》える。

「……ユイ、暗刀七天技の一通り慣らしていくぞ、暗号連系の確認《かくにん》もする」

「うん、分かってる」

ユイとカルードはさすがの親子。独自な剣術の合言葉があるらしい。

「凄《すご》い強そうな門弟たちね……」

リコは、ヴィーネ、ユイ、カルードの何気ない立ち姿の様子を見てそう呟いた。

神王位ならではの、暗殺術の腕を嗅《か》ぎ取ったか。さて、

「……ロロ、行くぞ」

「にゃおん」

黒猫《ロロ》の姿から馬獅子《うまじし》型へ変身するロロディーヌ。

触手を俺の腰に伸ばして乗せてくる。そして、リコの腰にも巻き付けていた。

「きゃ――」

リコはロロディーヌの背中に、俺の前に座《すわ》らせられると、リコの背中が密着した。桃色髪に項《うなじ》が見え隠れ。女独特のいい匂いが漂《ただよ》った。

「吃驚《びっくり》……」

「皆、最初はその反応だな。案内はできるか？」

「あ、うん、きゃぁぁ――」

リコの話途中《とちゅう》でロロディーヌが跳躍《ちょうやく》――。

力強い四肢《しし》で大門を踏《ふ》み台《だい》にして通りに降りていた。

「……もう少し、ゆっくりと進んでくれるとありがたいのだけど」

リコは文句をいうように振り向く。ブルースカイな瞳を向けてきた。

ひきしまった鼻、口が美しい。横の桃色の断髪《だんぱつ》は根元が少し濃《こ》い。

「ちょっと、聞いている?」

「あぁ、綺麗《きれい》な髪色だなと、見惚《ほ》れていた」

「ええ? もう、突然《とつぜん》なに! でも、ありがと……」

リコは顔を叛《そむ》けてから、俯《うつむ》くと、小さくお礼を言っていた。

「リコ、道案内を頼む」

「あ、うん」

リコは気を取り直して、手に持っている槍を伸ばして、相棒に指示を出す。

ロロディーヌは女性特有の可愛らしい声を聴《き》きながら、背中に乗るリコが怖《こわ》がらないように、速度はあまり出さずに通りを駆《か》けた。

相棒がリコの指示通りに到着《とうちゃく》した場所は闘技場から近い南の通りに面した場所だった。

鶯茶《うぐいすちゃ》の土壁《つちかべ》に囲われた扉《とびら》は檜《ひのき》のような高級木材で建てられた雰囲気《ふんいき》のある屋敷。

地味だが、隣にあるパン屋よりは大きい。

正面にはペルネーテ武術連盟と大きく木彫《きぼ》りされた看板が掲《かか》げられてある。

「着いた。ここがペルネーテ武術連盟の屋敷、爺のネモ会長が住んでいる」

「了解」

俺《おれ》が先に降りて、リコの手を握《にぎ》ってロロディーヌから下ろしてあげた。

「あ、ありがと」

「構わないさ、会長に会わせてくれ」

「うん、来て」

「了解」

黒猫《ロロ》を肩に乗せたままリコの背中越しに扉を見る。

リコは、その扉を開けて中に入る。俺たちも、そのリコに続いて屋敷の中に入った。

受付のような場所はない。モダン的なシンプルな机と椅子《いす》が並ぶ。

横にはウォーターサーバー的な魔機械が数個並ぶ。

その近くには数人の強者が存在感を示すように談笑《だんしょう》していた。

一人目は女性。周りには眼球？　が多数浮いていて、顔の上半分が包帯で覆われている。

大きな胸を覆う黒革《くろかわ》ブラジャーと一体化した両肩《りょうかた》に紐《ひも》で繋《つな》がる悩《なや》ましい衣服を着ていた。左手は紐が巻き付いて五本指は紐で括《くく》られている。一部の紐はひらひらと宙に舞《ま》っていた。そして、包帯が覆う右手。その掌《てのひら》の上には、大きな眼球が浮いていた。周りを飛ぶ眼球にも魔力が漂う。異質だ。

『閣下、あの女を含《ふく》めて、回りの方々は魔力量が不自然に抑《おさ》えられています。そして、閣下が気に入りそうな生意気な、大きい乳房《ちぶさ》を持つ女性の両手に巻き付いた紐は注意かと。紐には濃密《のうみつ》な魔力を感じます。更《さら》に、右手に漂う眼球は周囲の魔力を吸い込んでいるようです』

小型ヘルメが険しい表情を浮かべつつ念話を寄越す。なぜか、注射針を、女性の大きい乳房辺りへと突き刺すように突いていた。その面白《おもしろ》い行動にはツッコミは入れず、

『あぁ、〈魔闘術〉もかなりの高レベルだ。下手したら俺より〈魔闘術〉は上か?』

『閣下、それはないかと思われます』

ヘルメの声質がやけに低いので本当なのだろう。

二人目は鱗《うろこ》の皮膚《ひふ》を持つ白眼の双眸《そうぼう》を持つ男。

黒色の武術胴衣《どうい》のような胴衣を着ているが、その節々から怪しい水の泡《あわ》を出している。

水の泡か、かなり特殊《とくしゅ》なスキル持ちのようだ。

三人目は短髪《たんぱつ》のボーイッシュな髪で眉も細く綺麗な紺碧《こんぺき》の瞳《ひとみ》。口元を黒マスクで包み、全身を骨と黒革でできたコスチュームを装着していた。腹の下には六本の骨柄短剣《ほねづかたんけん》が付いている。見るからに暗殺者という恰好《かっこう》だ。

すると、視界の端に浮かぶ常闇の水精霊ヘルメが平泳ぎをしながら暗殺者に近寄り指先を向けた。その指先からは幻影の水飛沫が出ている。

『皆、かなりの強者ですね』

『だろうな……ヘルメ、視界から消えていいぞ』

『はい』

俺は隣を歩くリコへ話しかける。

「……リコ、あの方たちは？」

「武術連盟の蚕たち」

蚕。聞いたことがある。サーマリアで対決した凄腕《すごうで》の槍使いが話していた。

「蚕か……」

「連盟に直属した武闘《ぶとう》組織で、賞金首を追跡《ついせき》し捕《と》らえる。他にも闘技《とうぎ》関係の治安維持《いじ》と対裏武術会に対する組織でもある。元、神王位、元冒険者の凄腕の方々よ。さ、会長はこちらの部屋だから」

「了解」

隅《すみ》の角を曲がり滑らかな石が敷《し》き詰められた廊下《ろうか》をリコが先を歩いて進む。

リコは、突《つ》き当たりの大部屋の戸を横へと開いて入った。

その大部屋には数人の女性秘書らしき人がいた。机の奥《おく》の豪華《ごうか》な椅子に座っていた猫獣人《アンムル》が立ち上がると歩いてくる。

「おっ、リコじょ。戻ったじょか。後ろにいるのは……」

白毛に包まれた頭に鹿角《しかづの》を持ち髭《ひげ》を生やした、老猫獣人《アンムル》？

腕は四つだが、角持ちとは、見たことがない種族かも知れない。

「そうよ。シュウヤ・カガリを連れてきたわ、彼《かれ》は加盟は考えている。会長と話がしたいからというから、ここに連れてきたの」

紹介《しょうかい》された。一度頭を下げる。

肩にいる黒猫《ロロ》は落ちないように頭巾《ずきん》にしがみついていた。

「初めまして、シュウヤです。肩にいるの黒猫《くろねこ》はロロディーヌ。ロロです」

「にゃお」

「ふぉふぉふぉ、カワイイ黒猫《くろねこ》じょ。わしの名前はネモ、よろしくじょ」

じょ？　猫系な種族なだけあって、不思議な猫背《ねこぜ》の爺《じい》さんだ。

「よろしくお願いします。では、武術連盟に加盟をしようかと思うのですが、俺は冒険者と闇ギルドを運営している者でして、忙しく、試合にはあまり出られないと思いますが、それでも宜しいでしょうか」

老猫爺さんは、一つの細指で金マークを作る。

指マーク越しで俺を覗《のぞ》いては、黄色い瞳に濃密な魔力を一瞬集めた。

「噂は聞いておるじょ。わしは構わんじょ……しかし、お前さんわしより強いじょ？」

会長だけに、鑑定眼《かんていがん》があるのか？

「……槍には自信があります」

『閣下、この猫爺。わたしの存在を感じ取っているようです』

「ふぉふぉ、その左目といい、自信が漲《みなぎ》っておるじょ。強者だじょ。じょじょ～じょ！

ふむ！　今をもって加盟を認めるじょ！　神王位二百三十位からのスタートじょ！」

猫爺さんは部屋にいた秘書に目配せすると、秘書な人は書類に何かを書き始めていた。

俺の手続きらしい。左目のことを指摘《してき》してきたので、ヘルメのいう通りだ。

ただの四本腕を持つ猫爺ではないな。

「試合がしたければ闘技場に来いじょ、シュウヤに近い位、上位、下位、三十位以内の誰《だれ》かが相手をしてくれるじょ」

へぇ、そんなルールがあるんだ。

「その試合なのですが、命のやりとりを行うのですよね。相手を死なせても大丈夫なのですか？」

「構わんじょ、闘技者は全員がそのつもりじょ。試合が始まったら、卑怯《ひきょう》も何も関係ないじょ、己《おのれ》の才覚のみじょ、ふぉふぉふぉふぉふぉっ」

不思議なじょじょじょ爺さんだこと。

「分かりました。では、いつか闘技場で試合をするかも知れません。が、正直行かないかも知れません」

「行かない？　シュウヤの槍武術なら上位は確実なのに！　ま、貴方と八槍神王位を巡って争いたくはないから、別にいいけど」

リコがそう発言。桃色のソバカスの頬を人差し指でぽりぽりと掻《か》いていた。

そんなリコをジッと見ると、リコは恥《は》ずかしそうに視線を横に逸《そ》らした。

「上位か。個人的に槍技には興味がある。が、興行的な物には興味がない。遠い先、適当に試合をするかも知れない程度だ。本業を優先させる」

「本気なのね。はぁ……わたしを負かした相手がこうもやる気がない男だとは……」

「ふぉふぉふぉふぉ、リコじょが負けたじょか。やはり、強いじょな」

猫獣人爺さんは髭をいじりながら語る。

「すると、リコは定期的に試合をしているのか？」

「うん。八槍神王位の更なる上を目指してね」

「そか、一度、槍合《やりあ》った仲だ。素直に応援《おうえん》している」

「あ、うん、ありがと」

リコは頬を紅《あか》く染める。

「それじゃ、家に帰るよ。ネモ会長さん。失礼します」

「またもじょ」

「会長、またね」

肩に黒猫《ロロ》を乗せた状態でリコと共に会長部屋から廊下に出た。

「リコは門弟がいると話していたが何人ぐらいいるんだ？」

「百人と少し。わたしの槍《やり》を学びたい人は沢山《たくさん》いるのよ？　ふふん」

隣を歩くリコは、ドヤ顔をしながら笑顔《えがお》を見せる。

「へぇ、まぁリコの門弟になる奴《やつ》らの気持ちは分かるよ」

「あら、どんな気持ちなの？」

リコは期待を寄せるようにブルースカイな青瞳を俺に向ける。

「男の気持ちしか分からないが、たぶん、その綺麗な桃色髪と美人な顔を間近で見ていたいのだろう」

「何よっ！　槍の技が凄いとかじゃないのねっ！　ふんっ」

「はは、済まんな、だが、五割、六割は俺と同じことを思っているに違《ちが》いあるまいて」

「ふん、もういい、外に向かうから」

リコは容姿が褒められるのが苦手なようで顔を真っ赤にしながら、先を歩いて武術連盟の屋敷から外へ出た。外に出ると黒猫《ロロ》が跳躍しつつ黒豹《くろひょう》っぽい頭部を持った黒馬に姿を変えた。

「凄い……可愛《かわい》いとカッコよさを両立した素晴らしい猫なのね」

リコはそう語ると、神獣《しんじゅう》ロロディーヌのシャープな頭部を眺《なが》めていた。

「にゃおん、にゃ」

ロロディーヌは褒められて嬉《うれ》しいようだ。リコの頭部に自身の頬《ほお》を寄せてから、大きな舌でリコの小顔を食べるように、リコを舐《な》めていった。

「きゃあぁ」

リコは槍を手放して腰を抜《ぬ》かし地面に尻《しり》もちをついていた。

「大丈夫か？」

側に転がる短槍を拾いながら話した。

「う、うん、急だったから、きゃ――」

黒馬ロロディーヌが転んだリコに触手を絡《から》ませると背中に乗せて上げた。

「もう、ロロちゃん強引《ごういん》なんだから、ふふ」

リコは相棒の胴体を撫《な》でてあげている。

「ほら、大事な商売道具」

そんなリコに青白い剣刃《けんば》が目立つ短槍を手渡《てわた》した。

「うん。ありがと」

俺は頷きながら、ロロディーヌに向けて跳躍。リコの真後ろに乗り跨《また》がった。

ロロディーヌは常歩《ウォーク》でゆっくり進む。

「家、武術街なんだろ？　家まで送るよ」

「あ、うん。ありがとね、ふふ、シュウヤは優《やさ》しいのね」

「そりゃな。気に入った女には優しくするのが、俺の流儀《りゅうぎ》だ」

「ぷっ、そんなこと間近で言われたの生まれて初めてよ。調子が狂《くる》うわ……」

前に座るリコは途中から恥ずかしそうに頭部を俯《うつむ》かせている。

「にゃお」

「あうあっ――」

ロロディーヌが首上から触手を数本伸《の》ばして、リコの頬《ほお》へ当てていた。

気持ちを伝えたらしい。

「何？　不思議……気持ちが伝わってくる……」

暫《しばら》くすると、触手を離《はな》して、俺の首へ付着してきた。

「はしる、あそぶ、どっち、あそこ、あそぶ、かぜ、とぶ、あめんぼ、ままん　だって……」

「きっと、ここに来るときにリコが指示を出していたから、またリコが指示を出すと思って、聞いてきたんじゃないか？」

「ふふ、優秀《ゆうしゅう》なロロちゃんね、それじゃ真っすぐ通りを進んで頂戴《ちょうだい》」

「にゃおん」

相棒は可愛い声で鳴いて走り出した。速歩《トロット》ペースで通りを進んだ。

「――あはは、楽しい。ロロちゃん速い速い」

リコは笑っていた。速度に慣れてきたらしい。

が、相棒は手加減した速度だ。かなり遅《おそ》いペースだが、武術街の通りに戻った。

俺の屋敷は通り過ぎて、リコの屋敷の前に到着。

リコの屋敷の門は煉瓦《れんが》製。この辺の屋敷では珍《めずら》しい部類かも知れない。

門の上には風槍流マドリコス道場と掲げられた看板がある。

「師匠が魔獣《まじゆう》に乗っている！」

「まさか、魔獣使いに戦闘《せんとう》職業が進化を！」

「魔獣商会から買われたのか！」

「リコ師匠！　後ろに座っている男は？」

「お前たち黙《だま》りなさい！　この方はシュウヤさんよ。わたしを送って下さったの――」

リコはロロディーヌから降りた。桃色《ももいろ》の髪《かみ》が靡く。同時にスカート的なヒラヒラの布が舞った。太腿《ふともも》と白い布パンティを装着した尻が見えた。

パンティの形が、自然と海馬帯のシナプスに記憶《きおく》される。

チラリズムは魅力度《みりよくど》が高い。白パンティ委員会を立ち上げるべきか。

そんな一瞬で〈脳魔《のうま》脊髄《せきずい》革命〉の効果を利用して不埒《ふらち》なことを思考すると、

「シュウヤ、送ってくれてありがとう……」

リコがお礼を言ってきた。頬を朱色《しゆいろ》に染めている。

そして、視線を下げつつ内股《うちまた》をもじもじさせていた。

「ねね……シュウヤ」

「ん、なんだ？」

「槍のお稽古《けいこ》しよう？」

その瞬間《しゅんかん》、彼女《かのじょ》の周りに群がっていた門弟《もんてい》たちの顔色が変わる。

「了解《りょうかい》。夜までは長い」

そう話すと周りからの視線が更にキックなってくる。

「んだが、リコ。門弟たちの目付きが鋭くなったから止めとくか」

「えっ？」

リコは周囲を見て、門弟たちの視線を確認。

彼らはすぐに視線を逸《そ》らしていたが、丸分かりだった。

「ごめんなさい。わたしから稽古をお願いすることは滅多《めった》にないの、彼らは嫉妬《しっと》しているのよ。でも、わたしがシュウヤとお稽古したい……お願い。一度槍《やり》合った仲でしょ？」

門弟的に、他にも俺という男が許せないとかありそうだが。

「美人なリコに、そこまでお願いされたら了承しよう」

「ふふん。ありがとう」

リコは美人と言われて気を良くしたようだ。顎《あご》をくいっと動かしてから、唇《くちびる》の端《はし》を上げて、にこりと笑顔を見せる。

「なら、こちらに来て」

リコの屋敷の門は開いている。俺は頷いてから、黒馬ロロディーヌから降りた。
馬の姿だった相棒は黒猫《ロロ》に戻ると、俺の肩《かた》に乗ってくる。
そのままマドリコス道場の門を潜《くぐ》った。家は中央の奥にあるようだ。
低い階段を上ると、石畳《いしだたみ》の稽古場《けいこば》があった。
「ここでいいかしら?」
「了解。ロロ、離れて見ていてくれ」
「にゃおん」
俺から離れた相棒は、石畳の上を走ってから、石の段の上に跳《と》び乗った。
狭《せま》い壇《だん》の上だが、器用に振《ふ》り返って、エジプト座りのまま俺たちを凝視《ぎょうし》。
観察モードのロロディーヌは無垢《むく》な姿で、俺とリコの稽古を見守る態勢だ。
門弟たちは左右に広がった。
リコは短槍の柄《え》の握りを変えて、刃先《はさき》を俺に向けて構える。
俺も外套《がいとう》を左右に開きつつ紫色《むらさきいろ》の魔竜王《まりゅうおう》の鎧を晒した。
片手が握る魔槍杖《まそうづえ》を腰前に落としつつ、柄は両手握りに移行。
その紫色の柄を握る指を動かして、微妙《びみょう》に握り指の調整をしつつ——。
魔槍杖バルドークの穂先《ほさき》をリコに向けた。正眼《せいがん》に構える。

「ふふ――」

笑《え》みを浮かべた――リコが先に仕掛《しか》けてきた。

予想通りの突き軌道《きどう》。あえて魔槍杖で受けない。

両足の爪先《つまさき》に体重をかけた。石畳の上を、その足先の指だけの力で微《かす》かに跳《は》ねる。

トンッ――また爪先だけで石畳の上を跳ねた――トンットンットン――。

僅《わず》かな力のみの跳躍機動――トンットン――と、リズム良く体を左右に動かした。

リコの突き技《わざ》を、その僅かな跳躍機動の動きだけで避《さ》け続けた。

風槍流を軸《じく》とした爪先半回転と爪先回転の技術の応用。そして、昔対戦したオゼの動きを自分なりに研究して取り入れた動きだ。

「――速い」

リコがそう発言した。速いのは当然だろう。俺は人族ではない。種族は光魔《こうま》ルシヴァル。見た目は人だが、身体能力は常に進化を続ける。だがしかし、槍の技術だけを取ってみれば、確実にリコのほうが上。神王位第七位の実力を持つ強者のリコ。

種族はエルフだし、俺よりも長く生きている。

が、寿命《じゅみょう》がいくら永くても、定命の理《ことわり》の範囲《はんい》で生きている生物だ。

体の規格で見れば、最初から俺とは違うと思う。

〈脳脊魔速〉と〈血液加速《ブラッディアクセル》〉といったスキルは使わずとも、余裕《よゆう》な相手と認識《にんしき》。リコの槍武術の攻撃《こうげき》を避けつつ、リコの側面に回った。

リコの隙《すき》を数カ所見つけた。その隙を攻《せ》めるとしよう。

足の歩幅《ほはば》を微妙に変えて、わざと自らリズムを崩《くず》し、〈刺突《しとつ》〉を放つ。

リコは当然の如《ごと》く神王位だ。微妙なタイミング差を手元で反応して修正しつつ――俺の攻撃に対応。魔槍杖バルドークの穂先を、青白い刃《は》の上に乗せてきた。

そして、短槍を横に動かす。そのまま青白い刃の短槍に誘《さそ》われるように魔槍杖の〈刺突〉は難なく往《い》なされた。凄い繊細《せんさい》な槍技術だ。

――盗《ぬす》むべき技術だ。が、それが隙の一つ。

俺は横に弾《はじ》かれた魔槍杖を瞬時《しゅんじ》に消した。また掌に魔槍杖バルドークを呼び戻す――。

リコは、急に消えて出現した魔槍杖バルドークの挙動に手元が狂う。

俺は魔槍杖を下から振るった。動揺《どうよう》したリコの足を竜魔石《りゅうませき》で刈《か》った。

「――きゃぁ」

リコはすってんころりん。と勢いよく転倒して受け身も取れず。

頭部を石畳に強打していた。骨も折ったかも知れない。

急いでアイテムボックスを操作――。

回復ポーションを出しながら転がったリコに近付いた。

「――大丈夫か？　この瓶《回復ポーション》を今かけるから」

「よくも師匠《ししょう》を！」

「離れろ下郎《げろう》！」

「怪しい瓶《びん》を持つな！　インチキ野郎《やろう》！」

凄い剣幕《けんまく》を浮《う》かべた門弟たちが走り寄ってきた。

「うるさいな。今、リコを治療《ちりょう》するから、離れていろ、邪魔《じゃま》だ」

『閣下、わたしが』

『今はいい』

雑魚《ざこ》を無視。リコの足にポーションを振りかけた。傷は元に戻る。

ついでに上級の《水癒《ウォーター・キュア》》を念じて発動。

煌《きら》めいた水塊《すいかい》から細かい粒《つぶ》がリコに降り注いだ。

リコの全身が煌めいて、肌《はだ》の艶《つや》が増したように見える。そのリコが、

「あ、また負けたかぁ。あ、治療してくれたのね――ありがとう」

大丈夫だった。リコは腹筋を使うように元気良く立ち上がると、愛用の、青白い刃を持つ短槍も拾う。

「でも、わたしが二度も負けるとなると、八槍神王第四位のフィズ・ジェラルドが黙っていないかも知れない」

「上位の人か」

「うん、時々、修行《しゅぎょう》を兼《か》ねてこの武術街に来ることがあるの」

「その人が、俺に挑戦《ちょうせん》してくると？」

「たぶんね。強者《きょうしゃ》だと分かれば戦いたいと思う気持ちは分かるでしょ？」

「まぁな」

　すると、

「師匠！」

「師匠がどうして！」

「こんな紫騎士《むらさききし》なんかに！」

　門弟が騒《さわ》ぎ出した。リコがあっさりと負けて憤慨《ふんがい》したようだ。リコは、

「貴方《あなた》たち馬鹿《ばか》ァ？　今の勝負を見て、シュウヤがどれほどの腕《うで》を持つか分からない？　だとしたら、わたしの門弟として恥ずかしい。すぐに辞《や》めて欲しいぐらい恥ずかしい。結局はシュウヤが話していた通り、この容姿が目当てな馬鹿ばかりなのかしら……」

　リコは眉《まゆ》の間に失望をかげらせた。リコは師匠であるまえに、槍が好きか。その槍を用

いた勝負には、女も男も関係ない。純粋《じゅんすい》に槍技を伸ばしたいと思っているからこそ、槍にどんな想《おも》いを寄せて、リコとしての風槍流の技術を門弟たちに教えていたのか、その自分が教えていた門弟たちが、槍のことを理解していない、その悲しみ。

その顔色は、最初に見せていた誇《ほこ》らしげな表情とは違う。痛々しいほどだった。門弟を持ったことがないから分からないが、アキレス師匠には、今も尊敬を抱《いだ》いているし、その偉大な師匠からは槍武術を純粋に愛することを学んだ。俺も師匠からは武芸者の心を少しは受け継《つ》いではいると思う。そのことを改めて、リコから教えられた気がする。

門弟たちはリコの悲しげな表情を見て、バツが悪そうに視線を泳がせていた。

「リコ、門弟たちも反省はしているようだ。今回のことで彼らも成長するんじゃないか？」

「そうだといいんだけど」

「――師匠、すみませんでした」

「そして、凄腕の魔槍《まそう》使い様。無礼な態度と言葉をお許しください」

「「すみませんでした！」」

「気にするな。俺も槍使い。同じリコから学んだ仲間だ」

門弟たちは安堵《あんど》したような表情を浮かべると、丁寧《ていねい》に頭を下げてくる。

「ふふ。シュウヤ……和《なご》ませてくれて、ありがとうっ――」

なんと、リコが抱き着いてきた。

「おい、門弟が見ているぞ……」

「いい――」

リコは魔竜王《まりゅうおう》の鎧《よろい》へと自らの頬を当ててくる。

リコの背中を撫でてから、細い体を優しく抱きしめてあげた。

ヤヴァイ、ヤヴァイよ。心に囁《ささや》く悪魔《あくま》の声が、俺を口説こうと……内面の秤《はかり》の上に揺《ゆ》れる脳内裁判が始まろうとした瞬間、リコの声が響《ひび》いた。

「ふふんっ」

勝ち誇った声をあげるリコ。俺は同時に尻もちをついて、こけていた。

そう、リコに足をひっかけられて転ばされたのだ。

『閣下、すみません、忠告すべきでした』

『いや、しょうがない』

リコの手には短槍が握られて、刃先が俺の首に当てられている。

……女の武器か。これは卑怯だ。その時、あの猫爺の言葉を思い出す。

『卑怯も何も関係ないじょ、己の才覚のみじょ、ふぉふぉふぉふぉっ』

あはは、その通りだ。俺の負けだ、じょ。

リコは桃色《ももいろ》の髪を揺らしつつ、

「これで、わたしの一勝ねっ、ふふーんだ」

と、発言。地面に倒《たお》れる俺に向けて、細い腕を伸ばしてくる。

どんな手段だろうとリコの勝ちは勝ちだ。

幾《いく》らかは自尊心を取り戻《もど》しただろう。

「――あぁ、完敗だ。もろに弱点を突かれた」

彼女の手を握り立ち上がった。

「やった。でも、いつか真面目《まじめ》に戦ってシュウヤを倒すっ、負《ま》け越《こ》しはいやだからね」

夕日が桃色髪《ももいろがみ》に反射しているようで髪を美しく見せていた。

「はは、そうだな。挑戦は暇《ひま》だったなら受けよう。それじゃ、そろそろ帰る」

「……うん」

声といい、寂《さび》しげな色を隠《かく》せない。

桃色のソバカスが、また可愛い。

「どうした？　本格的に抱きしめてやろうか？」

おどけながら、そう聞くとリコは瞬《まばた》きを繰《く》り返し、

「馬鹿っ……」

短くそう呟《つぶや》いてから、恥ずかしそうに視線を逸らし、微笑《ほほえ》んだ。そして、

「ううん……玄関《げんかん》まで送るわ」

と言いながら、すぐに視線を寄越《よこ》す。

少し目が充血《じゅうけつ》している？　ぽーっとしたリコだ。

頬の桃色のソバカスが斑《まだら》に紅く染まっていた。

そのリコは何か話そうとしたが……。

小顔を左右へ振ると、気を取り直すように歩き出す。

女の子らしい行動でカワイイ。

「……ロロ、行くぞ」

「にゃ」

香箱《こうばこ》スタイルで眼《め》を瞑《つぶ》り寝《ね》ていた黒猫《ロロ》さんを呼ぶ。

リコの後ろ姿を見ながら、小走りで向かった。彼女の隣《となり》に付いて、歩く。

「シュウヤ、今日は楽しかった」

「俺もだ」

「……シュウヤ、モテるでしょ？」

突然そんなことを言ってきた。

「恋人《こいびと》、家族は多数いる」

「否定しないどころか、恋人が多数ですって？　ムカつくわっ、ふんっ」

「なんだよ。嘘《うそ》ついたところで仕方ないだろう」

「はいはいっ、あ、もう玄関についちゃったわ……」

彼女は一瞬《いっしゅん》、憂《うれ》い、寂しさを顔色に出しては、思案顔となった。

「寂しいのか？」

「……もうっ、本当に女慣れしているのね——」

リコは別れのハグをしてくる。

俺も細いウェストに手を回して抱きしめ《ハグ》を返した。

「暇な時に、また勝負しような？」

彼女の長耳へ優しく呟いてから、体を離す。

「……うんっ」

「にゃん」

黒猫《ロロ》も別れの挨拶《あいさつ》と同時に体を黒馬の姿に変身させた。

カッコイイ神獣系の黒馬だ。

「わ、頭部の形が、噂《うわさ》に聞く幻獣《げんじゅう》っぽさもあるし、素敵《すてき》ね。さすが神獣ちゃん！」

「にゃご〜」

と、自慢気《じまんげ》に鳴く神獣《ロロ》さんの鳴き声は猫系だから面白い。俺はリコに、

「それじゃ――」

そう挨拶しつつ神獣ロロディーヌの背中に跨《また》がり乗った。

「またね。シュウヤ」

リコの別れの言葉を背中越《ご》しに聞きながら神獣ロロディーヌは前進。

武術街の通りを普通《ふつう》には進まない相棒――爆速だ。

そして、いきなりの跳躍からの、あっという間に、俺の屋敷《やしき》の大門の上に到着。

そんな神獣ロロディーヌから降りた。

相棒は頭部を上向かせて「にゃあぁん、にゃおぉん」と『帰ったにゃ〜』といった意思を大きな声で示す。喉《のど》と胸元《むなもと》の黒毛がロロディーヌの声と連動してブルブルと震《ふる》えるように靡《なび》いていた。すると、降りた俺の腰《こし》を触手《しょくしゅ》で巻いて掴《つか》むと、自身の背中に乗せてきた。

そのまま力強い四肢《しし》の動きで屋根を蹴《け》って、中庭へと四つの脚《あし》で盛大な着地を敢行《かんこう》した。

あはは、と笑いつつ元気な相棒の背中を掌《てのひら》でマッサージ。

黒毛と地肌《じはだ》を入念にマッサージを受けた相棒は嬉しいのか、大きなゴロゴロとした喉音を響かせてくれた。一瞬で、まったりとした空気感となる。

するとく〈筆頭従者長〉たちが、中庭に来た。

「シュウヤ、お帰り～。お菓子《かし》を少し買ったわよ」

「ん、遅かった」

「ご主人様、近くの小さい市場を調べてきました」

「お帰り。訓練で父さんを何回か突き刺《さ》しちゃった」

ユイが、さり気なく怖《こわ》いことを。

その父のカルードは、ハハッと笑いながら、ユイの隣に立つと、俺に向けて、

「マイロード、お帰りなさいませ」

と、挨拶。俺はすぐに相棒のロロディーヌから足をあげつつ回転。石畳の上へ降り立った。彼女たちを見ながら、

「――お待たせ。武術連盟の会長さんと話をして、試合への参加が決まった。闘技場《とうぎじょう》に行けば神王位二百三十位からだが、いつでも試合ができるようだ」

「へぇー、ここ、元道場らしいけど、本格的に武術道場にでもするの？」

レベッカは元稽古場であったこの中庭の石畳を見まわしては、質問してくる。

「そんなつもりはない。ただ、挑戦できる立場を手に入れただけだ。いつか、挑戦するかも知れないし、しないかも知れない」

俺《おれ》がそう正直に話をすると、ヴィーネが視線を寄越す。

綺麗《きれい》な銀仮面と銀色の瞳を見た。

ヴィーネの炯々《けいけい》たる銀色の虹彩《こうさい》が彩《いろど》る瞳孔《どうこう》は、いつ見ても美しい。

俺がじっと見ると、微笑《びしょう》してくれた。彼女は俺の視線の意味を感じ取ったらしい。

「ご主人様……」

「ん、何を見つめ合っているの？」

「ちょっと、ヴィーネ？　シュウヤと今日変なことするのは禁止だからね」

文句大王レベッカがエヴァの指摘に乗っかり、指をさしながら語る。

「いいえ、わたしはご主人様と一緒《いっしょ》に寝ますっ」

「うぅ～あんなこと言ってる～。エヴァァ、なんか言ってやって」

「ん、ううん。わたしはシュウヤ──」

エヴァはレベッカを華麗《かれい》にスルー。金属製の足に変化させて素早《すばや》く近付いてくる。

踝《くるぶし》に付いた車輪が可愛い。天使の笑顔で俺に抱き着いてきた。

「ん、シュウヤの匂《にお》い。――ん？　他の女の匂いがする……」

リコとハグしたからな。エヴァの場合は、サトリがあるから、一瞬で分かったか。

〈筆頭従者長〉となった彼女たちは嗅覚《きゅうかく》もあがっているはず……。

ま、エヴァではなくても気付いたか。

「……何ですって？」

「ご主人様、女槍使いと槍合《やりあ》ったのですか？」

ヴィーネは洒落《しゃれ》のつもりか？

「あのリコさんと……」

「ふむ。マイロードは男の中の男だ。偉大《いだい》な男の前では、武芸者の女といえど、惹《ひ》かれるのは当然であります」

「父さん。でも、当たり前か……」

その様子を見ながら口を開いた。

「リコとは槍で稽古しただけだ。えっちなことは、まだ、していない」

「どうして、〝まだ〟の部分が必要なのかしら？」

レベッカは怒《いか》りを眉宇《びう》で現しつつ近寄ってくる。

そこに、ユイが魔脚《まきやく》で素早く間合いを詰《つ》めて、俺を守るように立つ。

「レベッカ、シュウヤを信用してあげたら？　仮にリコさんとえっちをしても、シュウヤはわたしたちを愛してくれるわよ。わたしには分かる。離れていても、あの時と同じように、優しくしてくれたし。女のことに関しては、昔から何一つ変わらない」

ユイは大人の発言をしてくれた。

「う、それはそうだけど……もやもやしちゃうの」

レベッカは素直《すなお》に女心を口にする。

「ん、他に女を作るのはいい。でも、今日の夜はシュウヤ……わたしとだけ。ね？」

エヴァは俺のことをキツク抱きしめながら、さり気なく呟く。

「エヴァだけで、ご主人様の夜を耐《た》えられる自信があるのですか？」

ヴィーネが指摘してくる。エヴァはヴィーネの言葉を聞くと、俺の顔を見上げて、唇から小さい舌を出し、

「……ん、無理かも」

可愛らしく笑顔を向けてくる。そのタイミングで、視界にヘルメが登場。

『ヘルメ、表に出るか？』

『はい、お任せください。彼女たちを導きましょう』

『おう』

左目から派手に常闇《とこやみ》の水精霊《せいれい》ヘルメが出る。

宙空に、美しい水の環《わ》を幾つも作りつつ女体《にょたい》の常闇の水精霊ヘルメさんが誕生。

肌艶《はだつや》がいつにも増して良さそうだ。そのヘルメは周囲に水を散らした。

「——きゃっ、冷たい」

「ん、精霊様」

ヘルメは体を浮かせつつ背中から闇色《やみいろ》と蒼色《あおいろ》のコントラストが綺麗な光を発していた。

後光的で、神々《こうごう》しい。その女神《めがみ》的なヘルメが、

「選ばれし眷属《けんぞく》たち。閣下から直《じか》に血を分け与《あた》えられた〈筆頭従者長〉の立場とて、調子に乗りすぎです。ユイの言葉通り、閣下は皆《みな》を愛しているのです。独占《どくせん》したい気持ちは分かります。しかし、これ以上……閣下を困らせるつもりでしたら、わたしが、皆を水で埋《う》めますが、宜《よろ》しいですか？」

水に埋めるって、溺《おぼ》れちゃうだろう。ま、皆、不死系だから無酸素だろうと呼吸は必要ないと思うが……ヘルメは、後光を発している背中から無数の水柱を放出する。

螺旋《らせん》した水柱は天を貫《つらぬ》く勢いだ。水の乱気流にも見える。

水の嵐《あらし》となって夕闇《ゆうやみ》を覆《おお》い尽《つ》くした。

「……」

ヤヴァイ。指向性をもった水嵐。あんなこともできるようになっているのか。

「精霊様、調子に乗っていました」

「精霊ヘルメ様、お怒りを鎮《しず》めてください」

ユイとレベッカは片膝《かたひざ》を地に突《つ》けて謝《あやま》っている。カルードも焦《あせ》ったように、

「お屋敷が！　精霊様、お怒りを鎮めてください。お祈《いの》りを捧《ささ》げますので！」

そう語ると、両膝を石畳に突けた。両手の指を合わせてお祈りを始める。

「ん、精霊様。もう独占はしません」

「精霊様、お怒りを鎮めてください。ご主人様が困ったような、お顔を……」

ヴィーネはさり気なく語る。さすがは優秀なヴィーネだ。

ヘルメの弱点を見抜《みぬ》いている。

「はう、閣下、困っていたのですか？」

ヘルメちゃんは動揺したのか、おっぱいから少し水を放出させていた。

「……少しやりすぎ、中庭が水浸《みずびた》しじゃないか」

「申し訳ありません。すぐに退かせます」

ヘルメは自らの体内に水を呼び戻した。その水の機動は、高速カメラが逆再生する勢い

だ。一瞬で、乾燥《かんそう》した空気となった。その時、ふと、思いつく。

ヘルメは乾燥機《かんそうき》として使えるのでは？　と。

「……閣下、完了《かんりょう》しました」

「おう。しかし、ヘルメ、水の精霊としても成長しているんじゃないか？」

「はいっ、閣下への想いがわたしを強くするのです」

ヘルメは嬉しそうに破顔した。

「想いか。ヘルメ、いつもありがとう。んじゃ、皆、気を取り直して母屋《おもや》に行こう」

「閣下……」

ヘルメは嬉しいようだ。皮膚《ひふ》の一部を絆創膏《ばんそうこう》的な形と葉っぱのような形に変化させて、それらを勢い良くウェーブさせた。面白《おもしろ》い。

そんなヘルメと笑顔でアイコンタクトしてから、腕を泳がせて母屋に向かった。

「はい、ご主人様」

「うん」

「いこいこ」

まったりムードになった〈筆頭従者長〉の彼女たちもついてくる。

家に入り、胸ベルトを外すと……そそくさと美人メイドたちが近寄ってくる。

クリチワ、アンナが、運んでくれた。

外套も脱《ぬ》がされて、鎧も外して、マネキンへかけてくれる。

今までは〝内裸《はだか》でも外錦《にしき》〟に近い状態だったが……。

家でもそれなりな恰好《かっこう》で過ごすことになりそうだ。

この王侯《おうこう》貴族感は……癖《くせ》になりそうだ。ま、この家だけだしな、楽しむとしよう。

「シュウヤ、嬉しそう。わたしも脱がせるの手伝ってあげようか？」

レベッカがリビングのテーブルに肘《ひじ》をつけながら、俺の様子を見ていたのか、笑顔を作りつつ語る。

「いや、これは彼女たちの仕事だから、奪《うば》ったら可哀想《かわいそう》だ」

「それもそっか」

メイドの二人へ手を出して――これは『俺が着る』と意思を示しながら、新品の黒い革《かわ》服《ふく》を着ていく。

「レベッカには、寝室《しんしつ》で、この革服を脱ぐ時に手伝ってもらうさ」

「あ、うん。もう、すけべ……」

「ん、レベッカ。わたしも交ざるからね」

「ご主人様の服は、わたしが脱がせます」

まーた、争いが始まった。無視して、イザベルに話しかける。

「イザベル、食事の用意を」

「はっ、畏《かしこ》まりました」

そうして、一家団欒《いっかだんらん》の食事タイムとなる。

美味《おい》しい食事だ。談笑《だんしょう》しつつ色々な話をしていった。

ヴィーネからの簡易的な市場調査の報告。植木の祭典があるとか。

更《さら》に、蟲《むし》を扱《あつか》う邪神《じゃしん》と使徒。迷宮《めいきゅう》の五階層にある邪獣《じゃじゅう》退治。

十天邪像《じゃぞう》に関する予想と闇ギルドの運営。

地下オークションにどんな物が出品されるかの予想。

【オセベリア王国】と【ラドフォード帝国《ていこく》】の戦争の行方《ゆくえ》。

迷宮に潜っている高級戦闘奴隷《せんとうどれい》たちの動向と、この間の金箱から手に入れた魔宝地図の鑑定《かんてい》をしてもらうかどうかを皆で話し合う。

レベッカは興奮した様子だった。

「鑑定してもらいに地図協会へ行くべきよ」

と力説する。続いて明日会うミスティとの出会いと経緯《けいい》を説明。

ユイは頷《うなず》いた。ミスティの兄ゾルと対決したことをよく知っている。

ゾルの奥《おく》さんのシータさん。薬を盛られて殺され掛《か》けた委細を告げた。

「ミスティの兄のゾルは俺が殺した。と、まだ告げていない。だから、正直に話そうかと考えている」

「うん。はっきりと伝えるべきだと思う」

「マイロード、真実を告げるべきかと愚考《ぐこう》します」

レベッカとカルードは伝えることに賛成か。

「ん、難しい……」

エヴァは保留。

「当事者としての意見として、ゾルとシータの奥さんがどんな最期《さいご》だったかは……親族だし、うん。伝えるべきだと思う。でも、わたしだって殺されそうになったんだから、シュウヤがゾルを殺したことは責められないよ」

「ユイに賛成です。ご主人様と対決し敗れて死んだ。真実を伝えるべきかと愚考します」

「閣下、もし正直にお話をしてミスティの気持ちが離れたら、貴重な戦力が……」

彼女たちの意見は様々だ。その意見を吟味《ぎんみ》。

賛成が多いから話をするべきと、判断が傾《かたむ》きつつあった。真実を告げて俺が楽になりたいのもある。なによりミスティは、わざわざ仲間になりたいと、申し出てくれた。

綺麗で貴重な女性だ。この間別れた時とは状況《じょうきょう》が違《ちが》う。

『馬には乗ってみよ、人には添うてみよ』の精神だ。やはり話そう。

「そうだな。やはり真実を伝えようと思う。彼女は兄を殺したい。と言っていたが、実は心配しているだけなのかも知れない。真実を知れば、俺を嫌《きら》って離《はな》れる可能性が高い。しかし、そうなったらそうなったで、仕方がない」

そして、彼女が望めば〈筆頭従者長〉か〈従者長〉の眷属に迎《むか》えるつもりだとも話した。

これにはレベッカが拒否《きょひ》反応を示す。

が、ユイ、エヴァ、ヴィーネ、ヘルメがなだらかな口調で説得側に回り事なきを得る。

次に、ヴェロニカとポルセンから聞いていた【王都グロムハイム】近辺を根城にしている高祖十二氏族《ヴァンパイアロード》の一つであるヴァルマスク家と【月の残骸《つきのざんがい》】のメンバーのヴェロニカの話題に移行。

更に、ヴェロニカが盗んだ白猫《マギット》。は荒神《こうじん》様だとも告げた。

ヴェロニカは俺の部下、仲間といえる存在。ヴァルマスク家とヴェロニカの争いに、俺たちが巻き込まれる可能性が高いことをも話す。

「果たして、閣下に対して戦いを挑《いど》むでしょうか。そのヴァルマスク家とやらは詳《くわ》しくは存じませんが、仮にも数百年、数千年と続く始祖の血脈たちでございましょう？　人の世に紛《まぎ》れて絶滅《ぜつめつ》を免《まぬが》れているのならば、かなり優秀《ゆうしゅう》な種族たちともいえます」

ヘルメの言う通りだ。

「確かに」

「はい、吸血鬼《きゅうけつき》一族の大切な宝である荒神様が盗まれたとはいえ、閣下が率いる【月の残骸】が、このペルネーテの闇社会の縄張《なわば》りの殆《ほと》どを得た情報は【盗賊《とうぞく》ギルド】が各地へと拡散しているはず。その情報だけでなく、闇と血のスキルを使うヴァルマスクの密偵《みってい》が、閣下のことを至高の存在だと、遠くからでも気付くかと思われます」

至高の存在が余計だが、気付いているのは正解だろう。吸血神ルグナド様の眷属でもある吸血鬼《ヴァンパイア》だ。

「他の吸血鬼がマイロードの敵ならば、追撃戦《ついげきせん》と殲滅戦《せんめつ》にゲリラ戦などの作戦立案はお任せを」

「父さん、やる気が凄《すご》い」

「武人は、犬とも言え畜生《ちくしょう》とも言え勝つことが重要なのだからな」

さすがはカルード。渋声《しぶごえ》で話す姿は、有名な戦国武将だ。

「ん、わたしたちも攻撃されちゃうの？」

「そうよ、エヴァ。血を吸われちゃうかも知れない」

「いや、シュウヤだけの物なのに……」

エヴァは頬《ほお》を赤らめて、紫《むらさき》の瞳《ひとみ》を俺に向けてきた。

俺と視線が合うと天使の微笑を浮かべてくる。くっ、カワイイ。

この天使なエヴァの血は、野郎なヴァンパイアに絶対に吸わせられないな。

イケメンなヴァンパイアがエヴァや、彼女《かのじょ》たちを襲《おそ》って血を吸う姿を想像したら、心臓が高鳴り……ヤヴァイ、違う性癖《せいへき》、いや、ちげぇ、怒りが沸々《ふつふつ》と湧《わ》き上がってきた。

カルードのいう作戦を用いて……ヴァルマスク家を根絶やしにするか。

または直接出向いて、ヴァンパイアの集団を支配下におくか？　俺の光魔ルシヴァルの血なら、吸血神ルグナドの始祖だろうと、かなりの効力がありそうだし。

「ご、ご主人様、め、目が充血し、目の周りに……筋が発生しておられますが……何か、お怒りにでも？」

ヴィーネがこわごわと震えながら口を動かしていた。自然と闇の部分が顔に出ていたらしい。指摘《してき》されないと分からないもんだ。ま、血が必要な種族の俺だ。光もあれば闇もある。血がなければ生きることができない闇の種族でもある。そんな思いで、

「済まん、エヴァが血を吸われるところを想像したら嫉妬《しっと》で怒りが抑《おさ》えられなくなった。だから、もし、ヴェロニカやお前たちにヴァルマスク家が喧嘩《けんか》を仕掛けてきたら、直に

吸血鬼《ヴァンパイア》の根城を襲撃《しゅうげき》して、支配下におこうかと考えていたところだ」

「ん、シュウヤ、ありがとう」

「あぁ、ずるい、わたしもヴァンパイアに血を吸われちゃう～」

レベッカはエヴァに嫉妬したのか、突然《とつぜん》そんなことを言い出しては、席を立つ。

顔を斜《なな》めに反らして首を晒《さら》しながら走り寄ってくるという、アホな行動を取る。

「わたしも～～素足《すあし》にぃ～牙《きば》がぁ～」

ユイは床《ゆか》で寝ている黒猫《ロロ》へ足先を伸《の》ばしていた。

「にゃ？」

黒猫《ロロ》はコミュニケーションの一環《いっかん》だと判断したのか。

ユイの足先をぺろぺろと舐《な》めていた。

そして、指と指の間に顔を埋《うず》めると……くちゃー顔を披露《ひろう》。

フレーメン反応を浮かべている黒猫《ロロ》さんであった。

「ユイ、指と指の間が臭《くさ》いらしいわよーー」

「えええ、ショック」

レベッカは笑いながら黒猫《ロロ》の傍《そば》に向かう。

「ん、でも、ロロちゃん気に入ったみたい。またユイの足の匂い嗅《か》いで舐めている」

「ロロ様はユイの足がお好きなのですね……わたしの葉っぱの足は匂いますか？」

ヘルメは皮膚のような葉をウェーブさせながら立ち上がると、足先を黒猫《ロロ》へ伸ばす。

黒猫《ロロ》は鼻をくんくんと動かして、そのヘルメの足の匂いを嗅いだが『臭いにゃ〜』といったような変な〝くちゃ〜〟顔は作らず、フレーメン反応は起こさなかった。そのまま、ユイとヘルメの足を交互《こうご》に舐めていった。

「きゃん、そこはくすぐったいー」

「ふふっ、ロロ様、ベロがざらついてますね……」

そのタイミングで、

「ユイの足がお気に入りの相棒だが、高・古代竜《ハイ・エンシエントドラゴニア》の卵を温めている」

「その高・古代竜《ハイ・エンシエントドラゴニア》の卵は、まだ孵《かえ》りそうもないの？」

「まだだな」

「ん、名前は決めた？」

「まだだ。生まれた時にでも決めようと思う」

その卵の次は、闘技場の話題になった。

試合に出るならサポートをがんばるとエヴァが宣言してくれた。

続いて、鏡の話題に移行。

鏡の十二面：空島にある鏡。

十五面：大きな瀑布《ばくふ》的な滝《たき》がある崖上《がけうえ》か岩山にある鏡。

十七面：不気味な心臓。

その十七面の内臓が収められた黒い額縁《がくぶち》などがある、時が止まったような部屋の鏡について話し合った。

「内臓が飾《かざ》られた部屋は不気味ね」

「何かしらのマジックアイテムの保管場所なのかもしれませぬな」

ユイとカルードはそう語る。確かに、保管場所か。あり得るな。

「ねぇ、鏡は一個回収したのよね？」

「うん、回収した」

「ん、鏡を迷宮に置いたら便利？」

「迷宮といっても、アイテムボックス持ちが多いわよ？　回収されてしまったらみもふたもない」

レベッカがエヴァの話に重ねてくる。

「確かに」

「ん、安全なところを探す？　迷宮の五階層なら広いフィールドだから、どこかに置ける場所があるかも知れない」

エヴァは五層の光景を思《おも》い浮《う》かべつつ話をしてくれた。

「わたしは迷宮のことは知らないから分からない。レベッカが話をしたように、盗《ぬす》まれる可能性が高い」

「マイロード。娘《むすめ》と同意見です、暗殺と戦場しか知りませぬ故《ゆえ》……申し訳ない」

カルードは礼儀《れいぎ》正《ただ》しい。

「話し合いだから構わない。むしろ、カルードのような戦場を知る武官は重要だ」

「ありがたき幸せ。このカルード、どの場所でも全力を尽くす所存」

「父さん、泣きそうなの？」

カルードは威厳《いげん》を持った表情でユイを見て、

「そうだ。この忠誠を超《こ》えた、マイロードに対する想いが分からぬのか？」

「……わ、わかるわよ、愛しているし」

「分かればいい」

カルードは渋い表情で頷いた。

「話が脱線《だっせん》したが、迷宮には鏡はまだ置かない。現状はどうやっても優秀な冒険者《ぼうけんしゃ》によって回収される未来しか見えてこない。何か絶対に開けられない隠し扉《とびら》があれば、話は別だがな」

そこで、邪神シテアトップが話していたことを思い出す。

十天邪像を使った先には、転移が可能な特殊《とくしゅ》な水晶体《すいしょうたい》があると、そこには十天邪像を使わないと入れない部屋があるという。しかも、俺が持つ鍵《かぎ》でしか入れない。

だからそこの部屋に鏡を置けば盗まれる心配はない。ま、これはあくまでも予想。

実際に五階層に向かって、邪獣とやらを倒し、十天邪像を使ってからの話だ。

「そうね。今はあの寝室にある鏡だけでいいと思う。でもさ、土に埋まっていそうな鏡の回収はしないの？」

「しようとは思っている。この間、血鎖《ちぐさり》の甲冑《かっちゅう》を身に着けていただろ？　あれで、一気に土を削《けず》りながら土の中に潜《もぐ》れないかと考えていたところだ」

……土を削り内部から外へ土を運ぶ作業もいる。

「閣下、土かどうかも分かりません。未知数です」

「あぁ、だが、土なら一度、潜って試《ため》したい。が、優先度は低い。今はそれより明日の迷宮で、何階層に向かうか決めようか」

「さっきも話をしたけど、地図鑑定ね」

お宝好きレベッカは語る。

「分かっている。ついでにやっとこう。果たして何階層の地図となるか……」

「金箱ですからね、深い階層なのは間違《まちが》いないかと思われます」

ヴィーネは流し目で冷静に話す。

「ま、明日になってからの話だ。んじゃ、今日の話し合いは終了《しゅうりょう》」

そのタイミングで話を終えて解散。

各自、リビングルームから離れて、部屋に戻るが……。

男のカルードを抜《ぬ》いた全員が、結局、俺の寝室に集まってきた。

そこからは黒猫《くろねこ》ロロディーヌが呆《あき》れるか分からないが、寝台《しんだい》がきしむほど、激しい情事の夜となる。もう朝方だ。今回は張り切った。

新しいプレイにも挑戦《ちょうせん》したし、彼女たちも満足してくれたと思う。

寝台で、悩《なや》ましい姿で寝ている〈筆頭従者長〉たちだ。

お尻《しり》が光っている精霊ヘルメも横たわっていた。

彼女たちを起こさないように寝台からそっと立ち上がる。

廊下《ろうか》に出て……螺旋《らせん》階段の樹《じゅ》の板を踏《ふ》みしめて二階に向かう。

大きい暖炉《だんろ》がある板の間空間を横切り、ベランダに出た。

いつもの二つの大木が生える中庭を、特に意味もなく見つめながら……。

頬に微風《びふう》を感じるまったりタイム。中庭には水を撒《ま》いているヘルメの姿がない。

睡眠《すいみん》は要《い》らないはずの常闇の水精霊ヘルメだが……。

俺の腰振《こしふ》りか指の動きが激しすぎたか……いや、ヘルメ自身が張り切りすぎた。

〝新プレイ〟とか話して、水の魔力《まりょく》を多用しすぎていたからな。

目に戻ってきた時に魔力をあげよう。

そんなことを考えながら、椅子《いす》に腰掛《こしか》け、まったりと過ごす。

さて――と、中庭へ跳躍《ちょうやく》。石畳《いしだたみ》の上で槍《やり》武術の訓練を開始。

胸元で両手をクロスさせつつ腰元《こしもと》に引く。押ス！　と気合いを入れて、蹴《け》り、肘を出して爪先《つまさき》半回転――。くるっと回って跳躍。そのまま〈導想魔手《どうそうましゅ》〉を足場に使う。

右足の裏で〈導想魔手《歪な魔力の手》〉を蹴り宙に上がった――。

その空中でも訓練を実行――。大門の屋根が視界に入った――。

〈導想魔手〉を蹴って消して、また〈導想魔手〉を出して、また蹴っての、宙空ステップ――三昧《ざんまい》！　無駄《むだ》に一回横捻《ひね》りを加えて、宙空回転――新体操で＋０．５は加わったはず！

と、屋根に着地した――。

「この大門も、ちょっとしたベランダだな――」

そんなことを呟《つぶや》きながら、仙魔術《せんまじゅつ》の訓練を開始――。

全身から魔力を薄《うす》く放出する。導魔術の技術である掌握察《しょうあくさつ》を実行……。

仙魔術の魔力操作へと移行した刹那《せつな》——。

霧《きり》が屋根の上の範囲《はんい》を超えて、空中に発生した。

魔力を、かなり失った。胃が捩《ね》じれる感覚を味わうが……構わず何度も霧を連続で発生させた。すると、細かな粒子《りゅうし》の霧をある程度操作できるようになってきた。

指向性を得たが、スキルを得た訳ではない……。

これが基本中の基本なのだろう。仙魔の技術《せんまのぎじゅつ》
んだが、仙魔の練習はキツイなぁ。胃に穴が空きそうだ。

これは……処女刃《しょじょば》の痛みのがマシかも、な。ふぅ……屋根上に座《すわ》り休憩《きゅうけい》。

「にゃおん」

胡坐《あぐら》をかいて休んでいると、黒猫《ロロ》が屋根上にきた。

おいで、っと、指先を伸ばす。相棒は鼻先を俺の人差し指にツンッと突けてくれた。

ふがふがと爪先の匂いを嗅ぐ黒猫《ロロ》さんだ。

可愛《かわい》いぞこんちきしょう！　と、その小鼻ちゃんをツンと突くと、黒猫《ロロ》はまん丸い目を俺に向ける。その黒猫《ロロ》に、

「おはよう。ロロ。昨日は部屋を煩《うるさ》くしてごめんな」

「ンン、にゃ」

黒猫《ロロ》は構わないにゃ的に鳴いたか分からないが、俺の胡坐の上に足を乗せて座ってきた。

ごろごろ喉を鳴らしながら……。

俺の膝《ひざ》の上に、首の下を乗せて背中を伸ばす。

はは、ゆったりとした猫らしい寝姿《ねすがた》だ。

カワイすぎるだろう。ふと、最初に出会った頃《ころ》を思い出す。

アキレス師匠《ししょう》とレファが見てる前で……。

こうやって胡坐の上にお前《ロロ》は乗ってきては休んでいたな……。

「にゃ？」

と、昔を思い出しながら相棒の頭を撫《な》でていると……。

黒猫《ロロ》はこれでもかっていうぐらいに頭部を後ろに反らす。

逆さま視点になりながらも見上げてくる。

一入《ひとしお》いとしい黒猫《ロロ》の顔だ。

微笑《ほほえ》みを返してあげた。

第百六十六章「だるまさんが転んだ遊びと、光輪とミスティ」

〈鎖〉で障害物を作り、その障害物に隠《かく》れながら顔を出す。

すると、相棒がピクッと動きを止めて俺を凝視《ぎょうし》。

俺はすぐに〈鎖〉の障害物に隠れた。

そして、〝だるまさんが転んだ〟と言ったように、また障害物から頭部を出す。

「ンン――」

黒猫《ロロ》は喉声を鳴らして、〈鎖〉の障害物の前に来た。

黒猫《ロロ》は頭部を傾《かし》げつつも、ピタッと動きを止める。

やや興奮した表情だ。双眸《そうぼう》が散大していて可愛らしい。

そんな風に、大門の上で、だるまさんが転んだ風に、遊んでいると――。

その相棒が『空を飛びたい』と気持ちを伝えてきた。

「おう、空でもだるまさんが転んだ遊びか？　あ、変身か？」

「ンン――」

喉声《のどごえ》を鳴らした相棒は瞬《また》く間《ま》に神獣《しんじゅう》ロロディーヌの姿になった。

早速《さっそく》――その巨大《きょだい》な黒獅子《くろじし》か、黒馬か、黒グリフォンか、神獣ロロディーヌへと跳躍。

触手《しょくしゅ》は寄越《よこ》さないが、相棒も背中の位置をずらして、俺が乗りやすくしてくれた。

巨大な神獣ロロディーヌの背中に乗った。そのまま俺たちは上空へと飛び立った。

中途半端《ちゅうとはんぱ》な高度だと大騎士《だいきし》が乗るドラゴンに見つかるかも知れない。

だから高く飛ぶ。眼下の迷宮都市は楕円形《だえんけい》だ。

そのペルネーテが小さく見えるぐらいまで高度を上げた。

風に乗る。上昇《じょうしょう》を続けて入道雲を突き抜ける。

と、綺麗な雲海に出た。操縦桿《そうじゅうかん》の二つの細い触手の先端《せんたん》は、俺の首下にピタッと張り付いて繋《つな》がったままだ。神獣ロロディーヌの気持ちは少し分かる。

今も『たのしい』と『あそぶ』といった気持ちを伝えてきた。

しかし、空にはモンスターが大量だ。

巨大な鯨《くじら》とクラゲのようようよした大群。

大小様々な竜とグリフォン。ガーゴイル。

蝙蝠《こうもり》と人が合体したようなモンスター。うは、なんだありゃ。

巨大な存在を発見！　人型で機械的な体だ。しかも、頭の上に黄金の環？

更に、黄金の環の真上に天使の輪のような魔法陣《まほうじん》も連なっている。

頭部の中心は丸い穴なのか？　奇天烈《きてれつ》な天使風の魔機械生命体だ。

背中は、黒色の一対《いっつい》の大翼《たいよく》を広げつつ飛翔中《ひしょう》だ。

体内から膨大《ぼうだい》な魔素を放射状に展開していた。

あの翼《つばさ》を持つ巨大な人型に興味が湧いた——近付くと、光が飛んでくる。

攻撃《こうげき》か——神獣ロロディーヌは、急いで横に回避《かいひ》——旋回《せんかい》した。

その相棒の体からグワワンと音は鳴らないが——。

そんな印象で相棒の体が、しなる、しなる——。

相棒の機動に併《あわ》せつつ巨大な人型の存在と周囲の空を確認《かくにん》。

一瞬《いっしゅん》、相棒の長い尻尾《しっぽ》が舵《かじ》に見えた——そして、俺たちの背後の入道雲が二つに裂《さ》けていた。巨大な人型が放った光の攻撃を受けた結果だろう。

俺たちに向けて繰《く》り出された光の攻撃は衝撃刃《しょうげきは》の部類。レーザー的な攻撃か。

改めて、先制攻撃を繰り出してきた巨大な人型を凝視——。

その人型は、超然《ちょうぜん》たる態度だ。巨大な人型は両手を無造作に左右へと伸ばしていた。

頭部の上に魔法陣が繋がった黄金環を浮かばせている。

両腕《りょううで》を括《くく》っている小さい光環を幾《いく》つも生み出す。

二《に》の腕《うで》から腕先まで腕輪《うでわ》が連なる形だ。

それらの光環は、順繰《じゅんぐ》りに点滅《てんめつ》しつつ腕先に移動し重なる。

更に、両の掌《てのひら》に、別種の光《ひか》り輝《かがや》く環を生成。薄い円盤《えんばん》で光輪か。

円盤の光輪の縁《ふち》には、ルーン文字のような文字が高速で回っている。

「我——近付く——邪神、魔界《まかい》、者——死——あるのみ」

ん？　口がどこにあるのか分からないが、変な声が轟《とどろ》いた。共通語だった。

顔に丸い穴を空けている巨大な人型は二つの光輪を放ってくる。

「ロロ、俺《おれ》が迎撃《げいげき》する。視界を確保するように飛べ」

「にゃぁお」

迎撃のため、二つの〈光条の鎖槍《シャインチェーンランス》〉を放つ。

〈光条の鎖槍《シャインチェーンランス》〉と光輪が激しく衝突《しょうとつ》した瞬間《しゅんかん》——。

ギュキィインと不可解な多重音が周囲に炸裂《さくれつ》。

雲海を吹《ふ》き飛ばすように音波が響《ひび》き渡《わた》った。

〈光条の鎖槍《シャインチェーンランス》〉と光輪は相殺《そうさい》。

「光——⁉　ソナタ、邪神、魔界に魅入《みい》られし者共、烏合《うごう》の人族ではナイ？」

頭部の真上に、黄金の環と天使的な魔法陣を浮かばせている人型が放った声は独特だ。

機械的な生命体とは少し俺と離れているが、しっかりと聞こえた。

「ロロ、少し近付いてみろ」

巨大な神獣ロロディーヌは旋回しつつ頭上に黄金の環を持つ巨大な人型へと近寄る。

攻撃は受けたが、話ができそうだ。

アイムフレンドリー精神の気持ちを表に出した。

「俺は俺ですが、貴方《あなた》は何者なんですか？　この空で何をしていたのですか？」

「我、神界セウロスを辿《たど》る者なり、神界戦士が一人、邪神界ヘルローネを見張る者、魔界セブドラを滅《めっ》する者、アーバーグードローブ・ブー」

最後は名前なのか？　ようするに神界セウロスから来た化け物か。

そんなことはリアルに聞けないから、

「ブーさんは、俺の敵ですか？」

「違う。光の者よ、我が間違えた。済まなかった。お詫《わ》びにアーバーをあげよう」

黄金の環が目立つブーさんは、両腕から輝きを発している腕輪を外す。

その外れた腕輪のようなモノは空中を漂《ただよ》いつつ俺たちの近くに来たから掴《つか》んだ。

刹那、瞬く間に、黄金色《こがねいろ》の腕輪に変化。

「これを俺にくださるのですか？」

「そうだ。アーバーは攻防《こうぼう》一体の腕輪。光の者ならば使いこなせるだろう。去らばだ。光の者――」

ブーさんは、頭の上にある黄金の環を輝かせて黒翼をはためかせると、身を翻《ひるがえ》す。

一瞬で遠くの空だ。去ってしまったか。しかし、この二つの腕輪、嵌《は》められるのかな。

「今はちょうど魔竜王《まりゅうおう》の鎧《よろい》を装着してないし、腕輪を嵌めるか」

腕輪を嵌めて魔力を通すと、自動的に二つの腕輪が二の腕に移動。

そして、腕の中に環が侵入《しんにゅう》するや、二の腕と同化してしまった。

――なんじゃこりゃ。二の腕がやや盛り上がった。

盛り上がり方はおっぱいとかではない。

筋肉質で肉の防護層が重なった二の腕と化した。

しかし、これ、どうやったら使えるんだ？

とりあえず、盛り上がっている二の腕辺りに魔力を集めてみようか。

魔力を、盛り上がった二の腕に集めた瞬間――。

二の腕から両手首まで連なる光環が瞬時《しゅんじ》に出現した。

同時に両手の掌に光輪が出た。――凄い。

先ほどの黄金の環を頭部に持つブーさんが掌に発生させていた武器と同じだ。

光輪の表面を回る文字が異常にカッコイイ。

空中へと二つの光輪を飛ばそうと意識した瞬間には、光輪が空中へ飛び出ていた。

光輪は指向性がある。操作ができる。試しに、遠くの空域で、中型の竜と巨大な鯨の群れが戦い合っている生存競争中に乱入してみるか。

「ロロ、あそこで戦う鯨と竜たちの側を旋回してくれ。攻撃を受けないようにな」

「にゃおん」

神獣ロロディーヌは翼の角度を変えて高速移動。

中型の竜たちと巨大な鯨の争いが激しい空域に突入《とつにゅう》――。

口先が恐竜《きょうりゅう》と似た中型の竜は、巨大な鯨と正面から衝突。

中型竜と巨大な鯨は、互《たが》いの大きな歯牙《しが》で咬《か》み合っていた。

俺の狙《ねら》いは、そのクリーチャー同士で戦う二体だ。

二の腕に嵌まる光輪《アーバー》の武器へと魔力を込める。

両腕から光の環《わ》が瞬く間に連なった。掌の真上に光輪《アーバー》が発動。

同時に光輪《アーバー》の武器の表面にルーン文字が浮かぶ。

よーし、「攻撃だ――」と両の腕と手で、宙空をスライスするように振《ふ》るった。

そんな両手の掌から離れた光輪《アーバー》の武器――。

光り輝くブーメラン的な機動で標的の中型の竜と巨大な鯨へと向かう。

巨大な鯨に衝突した光輪《アーバー》の武器は、その鯨の背中を突《つ》き抜けた。

中型の竜の胴体《どうたい》には、ディスク盤《ばん》が吸い込まれそうな縦の溝《みぞ》ができる。

俺は光輪《アーバー》の武器を操作。

巨大な鯨を挽《ひ》き肉にする勢いで宙空を行き交《か》う。

その機動は、特許（US10144532B2）で公開されたばかりのＴＲ３Ｂと似た航空機だ。

そのＴＲ３Ｂと似た機動の光輪《アーバー》の武器は中型の竜の骨を切断。

標的たちは細切れとなった。

下は、ペルネーテ大平原。その大平原に肉片《にくへん》が大量に落ちた。

草原モンスターたちの餌場《えさば》が誕生した。

宙には血塗《ちまみ》れた二つの光輪が漂っている。

凄い武器じゃないか。頭の上に黄金の環を持ち、顔は穴だったブーさん。

ありがとう。良い物をくれた。

二つの光輪《アーバー》は消えろと念じると消失。

だが、盛り上がった二の腕の光環はそのままの状態だ。

これを外す場合はどうやれば……試しに魔力を光環の腕輪へ込めて〝腕輪よ外れろ〟と

意識。その瞬間、二の腕辺りから黄金環が出て離れた。

二つとも自動的に掌へと戻《もど》る。便利だ。武器、防具？

が、この光輪《アーバー》は魔竜王装備とかぶる。

友のザガ&ボンが、魔竜王の素材を基《もと》に製作してくれた魔竜王を模《かたど》る防具《リアブレイス》の装備がある。

時々装備を変えればいいか。

今は、この二つの光輪《アーバー》を装備しよう。

そうして、二つの光輪《アーバー》を腕に戻した。

光輪《アーバー》のは光環を両腕に展開しつつ二の腕へ装着された。

「ロロ、そろそろ戻ろう」

巨大な神獣ロロディーヌは急降下しつつ、

「にゃおおん」

迷宮都市ペルネーテの全景が見えたと思ったら、もう自宅。

そのままゆっくりと旋回しつつ大門の上に優《やさ》しく着地する巨大なロロディーヌ。

すると、大門の扉の開く音が下から響いてきた。迷宮から高級戦闘奴隷たちが帰ってきた。よし、巨大なロロディーヌから飛び降りる。俺は大門の屋根に着地──。

神獣ロロディーヌは黒猫《ロロ》の姿に戻りつつ中庭に跳躍。

四肢《しし》の肉球がクッションとなる着地だ。俺たちは戦闘奴隷のママニに、

「帰ってきたようだな」

「ンン、にゃ〜」

「はい、ご主人様とロロ様！　これが成果です」

虎獣人《ラゼール》のママニ。魔石が入った袋《ふくろ》を手渡《てわた》してきた。

中魔石数十個と大魔石一個が袋には入っている。

「よくやった。で、どうだった？　迷宮にお前たちだけで、挑んだ感想は」

「ンン――」

「ご主人様がいないことは不安でしたが、五階層は楽でしたね。そして、指示通り無理はせず。余裕《よゆう》を持って威力偵察《いりよくていさつ》程度の狩《か》りを実行しました」

「分かった。疲《つか》れているだろう。休んでいいぞ」

「お言葉は嬉《うれ》しいですが、疲れていないのです」

「疲れていない？」

「はい。先ほど迷宮内で起きたばかり。ご主人様のご命令があれば、すぐにでも迷宮へ挑めます」

ママニはそう笑顔《えがお》で語る。感心しつつ、

「さすがはお前たち。が、今は楽に過ごしてくれ。頼《たの》む時は、また呼ぶよ」

「はいっ、了解《りょうかい》です」

虎獣人《ラゼール》のママニは了承《りょうしょう》。頭を下げてから踵《きびす》を返す。

中庭の右の寄宿舎へと向かう。サザー、ビア、フーたちも互いに成果を話し合いながら女獣人《じゅうじん》隊長のママニの背後をついていく。

指揮ができるなら彼女をカルードの直属の部下にして動かすのも手か。

アイテムボックスを起動。◆を触《さわ》りウィンドウを表示させた。

◆ここにエレニウムストーンを入れてください。

魔石を全部入れておく。
◆：エレニウム総蓄量：547
必要なエレニウムストーン大：99：未完了《みかんりょう》。
報酬《ほうしゅう》：格納庫＋60：ガトランスフォーム解放。

必要なエレニウムストーン大：３００：未完了。

報酬：格納庫＋70：ムラサメ解放。

必要なエレニウムストーン大：１０００：未完了。

報酬：格納庫＋１００：小型オービタル解放。

？？？？？？　？？？？？？　？？？？？？


魔石の大きさは総蓄量に関係ない。

ビームガン、ビームライフル用の弾《たま》には中型魔石を集めればいい。

アイテムボックスを弄《いじ》っていると、ミスティが家にやってきた。

常闇《とこやみ》の水精霊《せいれい》ヘルメとイノセントアームズの全員が母屋《おもや》のリビングルームに集結。

机を囲う椅子に座った皆《みな》で、ミスティと話し合いを行う。そして、和《なご》んだところで、

「シュウヤ、言うのね」

「あぁ……」

と、ミスティを凝視してからゾル《兄》に起きた経緯《けいい》を告白していた。

ミスティは突然の告白を聞いて、

「えっ……」

瞳を散大縮小させて揺《ゆ》らす。

黒色の澱《よど》みが一瞬《いっしゅんみ》見え隠れしたように見えた。初めて会った頃を思い出す。

「あのイカレタ殺人鬼《さつじんき》の兄は、死んだのね？」

「あぁ、死んだ」

「そっか……恩人の貴方が殺してくれていたんだ。わたしの心を再生させてくれて、わたしが、殺したかった存在を殺してくれていたなんて……あの時、わたしに気を使って言わなかったのね……優しすぎるわよ、糞《くそ》、糞、く、うううぅあぁぁ」

ミスティは癖《くせ》の糞を連発してから泣き崩《くず》れてしまった。

俺は不安を覚えるまま皆を見た。ヴィーネと目が合う。そのヴィーネから『ご主人様、大丈夫《だいじょうぶ》ですよ』とヴィーネの声が聞こえた気がした。俺は頷《うなず》いてから、ミスティに向けて、

「ミスティ……大丈夫か？」

泣き崩れるヴィーネに寄り添《そ》い、肩《かた》に手を当てる。

「うん、ごめんなさい。皆の前で恥《は》ずかしい……」

「いや、構わないだろう」

「そうよ、ミスティ」

俺に同意するようにレベッカは頷いた。

ヴィーネも頷いてから、口紅が映《は》える美しい唇《くちびる》が、

「そうです。ミスティ。恥ずかしがることはありません。ご主人様は……鬼神《きじん》の如《ごと》き、強さと優しさを併せ持つ虎《とら》。正確なタイトル名は〝鬼神な強さを誇《ほこ》る優しき虎〟で、あるように、愛の塊《かたまり》なのですよ。そして、愛を向けたら、必ず、その愛を受け止めて下さります」

ミアが好きだった童話のタイトルだ。偶然《ぐうぜん》だと思うが、ヴィーネはなかなか鋭《するど》い。

「ヴィーネ、成長していますね。閣下のお気持ちを推察できるようになるとは、さすがは閣下が、最初に血を分けた眷属《けんぞく》です。元ダークエルフとしての種族特性もあるとは思いますが、実に聡明《そうめい》です」

「精霊様、そんな。わたしはご主人様のことをいつも考えていたら……自然と。でも、ありがとうございます。精霊様」

常闇の水精霊ヘルメとヴィーネか。

互いに意思が通じ合ったように頬《ほお》を染め合って微笑《びしょう》を浮かべた。

水を掛《か》け合うようなローションプレイをしたから仲良くなったのかも⁉

と、えっちな方向に考える俺も大概《たいがい》か。

「マイロード……わたしは悲しい……」

ヴィーネの熱心な語りと精霊ヘルメの語りのあと、カルードが元気なく呟《つぶや》いていた……

女性限定、愛の塊の部分に反応したんだと思うが。

男には、愛はやらねぇぞ……あえて耳なし芳一《ほういち》に徹《てつ》した。いや、それじゃ意味がない、
馬の耳に念仏。いや、もっと違《ちが》う……あぁ、渋《しぶ》いカルードが泣きそうな顔を浮かべるから
混乱しちゃっただろう。

「……父さん、そんな悲しまないでよ」

隣《となり》に座るユイが同情したのか、父のカルードを見る。

「あ、あぁ……」

カルードは娘の優しい顔を見て、頬が瘦《こ》けるように萎《しぼ》ませた顔をほころばせた。

あのユイがいれば、カルードは大丈夫だろう。

さて、エヴァとレベッカの顔を見て癒《い》やされよう……。

今日のエヴァの髪形《かみがた》は黒いロングヘアを一つの纏《まと》めて、肩から背中に流している。

そのドーナツポニーテールって髪形か。

ヘアを留めるアクセサリーもいいね。

彫琢《ちょうたく》された宝石が鏤《ちりば》められた紫《むらさき》のリボンだ。

その髪留《かみど》めの宝石がエヴァを、よりチャーミングに見せていた。

白を基調とした紫色の線が胸元に入り、両肩《りょうかた》が露出《ろしゅつ》しているシャツもいい。

肌着《はだぎ》は黒色の薄いインナー系の長袖《ながそで》を着ていた。紫色の瞳《ひとみ》と合う。

インナーの薄い生地から覗かせる肌は、大人の女性としての色気と雰囲気があった。

レベッカはプラチナブロンドの髪《かみ》を綺麗《きれい》な蒼色《あおいろ》の紐《ひも》で三つ編みに結んでいる。

カワイイ……。エヴァ、レベッカだけじゃなく、ユイ、ヴィーネもお洒落《しゃれ》をしている？

新しい女が来るからと、対抗心《たいこうしん》を出しているのか！

なんというカワイイ絢爛艶美《けんらんえんび》な〈筆頭従者長〉たち。

「ん、シュウヤ、どうしたの？」

「シュウヤ、わたしの顔を見て、また、いやらしいこと想像してたんでしょっ！」

エヴァは天使の微笑みで言葉を返してくれる。

だが、レベッカは蒼色の瞳に炎《ほのお》を灯《とも》す。

汚《けが》らわしい！的なキツイ睨《にら》みを利《き》かせていた。

が、その睨みで、少し、悪戯心《いたずらごころ》が芽生えた。

「何を言っているのかな？　昨日〝もうあんたにだったら何されてもいい……〟とか言って、悶々《もんもん》としたスケベな顔をして、乱れていたのになぁぁ……」

「ちょっ……ここでそれを言わないでよっ！」

レベッカは顔をゆで蛸《だこ》の如く真っ赤に染める。

恥ずかしそうに、机へ突っ伏《ぷ》すと、手で頭を覆《おお》った。なにやら、ブツブツと文句を言ってるが……さて、レベッカ弄りはここまでにして……。

泣き止《や》んで、レベッカの様子を面白《おもしろ》おかしく見ていたミスティに、

「ミスティ、こんなパーティだが、一つよろしく頼む」

「はい。勿論《もちろん》」

「それじゃ、戦闘《せんとう》職業とか、説明を頼む」

「うん。皆さん。わたしの戦闘職業は重鋼人形師といいます。必要がないかもですが、前衛の一部は簡易ゴーレムに任せてください。あと、星鉱鋳造《スターマッシブル》という魔導人形《ウォーガノフ》が作成可能な特殊スキルを持ちます。金属製のアイテム類なら一瞬で直せる自信があります。金属と相性《あいしょう》のいい錬金関係の知識もそれなりにあるつもりです」

臨時講師をしているだけあって丁寧《ていねい》な言葉で説明をしたミスティ。

「凄《すご》い」

そんな彼女《かのじょ》の言葉に逸早《いちはや》く反応を示したのが金属好きのエヴァだった。

「エヴァさん。ありがとう。実は……この通り」

ミスティは額に巻いていた緑色の布バンダナを外す。

額にある魔印を皆に見せていた。

「わぁ、聞いていたけど、やはり元貴族。神に選《え》ばれし者の一人なのね」

レベッカだ。恥ずかしさは消えたのかケロッとしている。

「ん、ミスティ、わたしも見て……」

エヴァは魔力を放出。

表情を歪《ゆが》めながら、魔導車椅子《まどうくるまいす》ごと全身を紫魔力《むらさきまりょく》で包みその場で浮いていた。

そして、緑と灰色で構成されている鋼鉄足が溶《と》けて素足《すあし》の骨足を露見《ろけん》させていく。

溶けた金属は無数の丸玉となり、エヴァの周囲に浮かんでいた。

「……その足の紋章《もんしょう》は、見たことがないけど同じような魔印？　エヴァさんも金属が扱《あつか》えるのね、凄いわ。浮《う》いているし……」

「ん、ミスティ、わたしはエヴァでいい。それと、ミスティのように金属のアイテムを直したりはできないし、魔導人形《ウォーガノフ》は作成できない。この間成長を遂《と》げたけど、わたしが可能なのは金属の精製と、この足に付着する金属の加工のみ、浮かせているのは、別の能力」

ミスティはエヴァの言葉に何回も頷く。鼻息を少し荒《あら》くしながらエヴァの骨足の表面を凝視していた。興味を持ったらしい。

「そうなのね。素晴《すば》らしいわ、エヴァ。金属を扱うあなたとは趣味《しゅみ》が合いそう。これからもよろしくね」

「ん、よろしく」

エヴァとミスティは笑顔で頷き合う。彼女たちは予想通り、気が合いそうだ。

あ。そこで、持っていた迷宮《めいきゅう》産のインゴットを思い出す。

アイテムボックスを操作して、魔柔黒鋼《ソフトブラックスチール》を取り出した。

「ミスティ、これ、こないだ迷宮で手に入れたインゴットの塊なんだけど、パーティに入った記念にあげるよ」

「え、ありがとう。とりあえずそれを、そこの机に置いてくれる？」

「おう」

どかっと、魔柔黒鋼《ソフトブラックスチール》の塊を置く。

ミスティは早速、光沢《こうたく》のある黒い金属へ手を伸《の》ばし、指で触《ふ》れた。

手の表面に、蜘蛛《くも》の巣のようなものを発生させつつ手を変色させる。前と同じく爪《つめ》だけが白色に煌《きら》めいていた。

ミスティのスキルに反応した魔柔黒鋼《ソフトブラックスチール》の表面に筋が走る。更に、ふつふつとした音が響くと粘菌《ねんきん》的な金属の糸が発生し蠢《うごめ》いた。魔柔黒鋼《ソフトブラックスチール》から発生した、それらの金属の糸同士が細胞を取り込むように合体を繰り返していく。

塊だった魔柔黒鋼《ソフトブラックスチール》を長細く変形させる。

「……わぁ、これ、噂《うわさ》に聞く魔柔黒鋼《ソフトブラックスチール》ね、凄いわ。これと簡易な鍛冶《かじ》に使う炉《ろ》があれば、今、わたしがお金を貯《た》めて買った新しい鉄水晶《てつすいしょう》コアを組み込んで魔導人形《ウォーガノフ》の簡易型、命令文はあまり刻めないけど、わたしがこの都市にきて普段《ふだん》使っているゴーレムより強いバージョンが一瞬で作成可能よ」

ミスティは声質を跳《は》ね上げて、嬉しがる。

「おぉ、でも魔導人形《ウォーガノフ》の作成は無理か」

「うん、命令を刻める優秀《ゆうしゅう》な魔導人形《ウォーガノフ》は無理。さすがに特殊《とくしゅ》なスキルを持つわたしでも専用炉が必要で彫心鏤骨《ちょうしんるこつ》の姿勢で取り組まないといけないし」

「そっか。専用炉がどんなのか分からないが、中庭に鍛冶部屋の東屋《あずまや》がある。チラッと見た程度で、どんなのが置いてあるか知らないが、ミスティ、よかったら東屋を使うか？」

「えっ、いいの？」

「いいよ。そうだな、パーティを組んでからと思っていたが、どうせなら、ここに住む？」

「うんっ！　シュウヤの傍にいたいっ」

ミスティは、はじけんばかりの笑顔を見せた。

「ん、ミスティは大歓迎《だいかんげい》。色々とお話がしたい……」

エヴァは紫の瞳を輝かせる。

期待の眼差《まな》しで俺とミスティを交互《こうご》に見ていた。

「……わたしも反対はしない」

「お？　珍《めずら》しい」

「うん、精霊様に窘《たしな》められたからという訳ではないけれど、夜は、いつも幸せをくれるし……だからシュウヤが望むなら全部受け入れるわ。一番の友達のエヴァも喜んでいるし、ミスティがここに来てくれるなら、わたしも嬉しい」

いつも最初に反対していたレベッカが大人になっていた。

可愛いやつだ。夜になったら〝また〟がんばって喜ばせてやろう。

「閣下、〈筆頭従者長《彼女たち》〉の精神面のケアを怠《おこた》らずに頑張《がんば》った成果ですね、さすがは、眷属の宗主《そうしゅ》。至高なる御方《おかた》です」

彼女はいつも俺を持ち上げてくれる。

まぁ一番古い知《尻》り合いで最初の部下だからな。

「ヘルメ、そう持ち上げてくれるな」

「はい、すみません。ですが閣下の水ですので」

ヘルメは優しく微笑む。自然と、感謝の念を込めて微笑みを返した。

そこで視線をレベッカに移しながら、先ほどの弄りを謝《あやま》るつもりも兼《か》ねて、

「ま、花はところを定めぬもの。と、言う言葉があるからな」

「シュウヤ、花？　何それ？」

「花は人目につくかつかないかで美しく咲《さ》くことを決めないだろう？　だから、レベッカのように綺麗で立派な女性は、場所や地位に関《かか》わりなくどこにでもいるものだ。と、例えで言ったまで」

「立派な女性とか。真顔で照れること言わないでよね、シュウヤの馬鹿《ばか》。けど、ありがと」

レベッカは恥ずかしいのか、また頭を机の上に伏《ふ》せていた。

顔を白魚のような指が覆う。皆、微笑んでいた。

そこでミスティに視線を向けてから魔宝《まほう》地図と邪神《じゃしん》に関することを説明していった。

そのレベッカから普通《ふつう》に狩りにいくんじゃないの？

と驚《おどろ》かれたが……説明していくうちにミスティは神妙《しんみょう》な表情を浮かべる。

〈筆頭従者長〉か〈従者長〉のヴァンパイア系の血に纏《まつ》わる話をしようかと、心が揺れた。

この話はパーティを組んでから先にしようかと思ったが、もうここにミスティは住むようだし、言っちゃうかぁ。

「……あれ？　急に黙《だま》ってどうしたの？」

「あぁ、まだ俺のことで話していないことがある……」

「ご主人様、昨日お話をされていた通り、血について告白をなされるのですね、わたしは賛成です。きっと、ミスティなら受けいれてくれるでしょう」

「閣下、彼女は魔導人形《ウォーガノフ》を作れる数少ない優秀な存在です。前にもお話ししたように優秀な手駒《てごま》となりえましょう」

ヴィーネとヘルメは賛成していた。特にヘルメは満面の笑みだ。

眷属を増やす時に見せる至福の表情。

「ん、わたしも賛成」

「わたしはどっちでもいいわ」

「シュウヤの力になるなら賛成。どうせ、一緒《いっしょ》に住むんだし」

「マイロード、〈筆頭従者長〉か〈従者長〉どちらになさるのですか？」

カルードを含《ふく》めて皆は賛成。

「そう急ぐな、まだ話してないんだから」

「もう、皆で何よ。血？　眷属とか〈筆頭従者長〉とか前々からそんなことを話していたけど、部下という名目じゃないの？　何かの契約《けいやく》のことなのかしら？　糞、糞、糞っ、分からないわ」

ミスティは鳶色《とびいろ》の瞳を斜《なな》め上から下に向けて、逡巡《しゅんじゅん》。困惑《こんわく》の表情を浮かべる。

「……それは、俺の血のことだ。俺は人族じゃない。光魔ルシヴァルという違う種族なんだ。魔族、人族、光を好む特殊なダンピールと言える」

「へぇ、だから強いんだ。お父さんかお母さん、どっちかが魔族の一族だったの？」

……ミスティも皆と同じような反応。人の心は九分十分か。

「……どっちも人族だが、幼い時に事故で死んだ。だが、そんなことはどうでもいい。今話しているのは、ミスティが俺の血を飲んで、俺の部下である〈筆頭従者長〉か〈従者長〉へ変わらないか？　と、提案している」

「シュウヤの血。人族でなくなる……」

ミスティは額の魔印を触る。

「永遠の命。永遠に俺の部下、ルシヴァルの眷属、恋人《こいびと》、家族となる」

「なる、血をください、飲ませてください、お願いします。――シュウヤ様」

永遠の命と聞いた途端《とたん》、ころっと豹変《ひょうへん》した。

彼女は地べたに座《すわ》って土下座をしている。

「ミスティ、そこまで卑屈《ひくつ》にならんでも、俺から提案しているんだから……」

彼女はむくっと顔を上げて、俺を鋭い視線で見つめてきた。

「シュウヤは分かっていないわ。永遠の命なのよ？　それがどんなに魅力的《みりょくてき》なものなのか分かっていない。迷宮で時々発見される貴重な若返りの秘薬《グレナドソーマ》が貴族たちの間でどんな値段で取り引きされているか知らないでしょ？　永遠の命。となったら……値段が付かない価値どころか、ありとあらゆるこの世の存在から狙われることになるわ、とにかく、とんでもないこと。こんなチャンスを掴み損《そこ》ねるのは、ただの大馬鹿よ」

「とんでもないことか。確かにそうかも知れない。それで、眷属になるとして、ミスティ、お前は人族ではなくなると同時に、俺の女になるということでもある。それでもいいんだな？」

　俺は睨むようにミスティを見る。

　その俺の視線に負けじと、ミスティは、睨み返すように目力を強めた。

「勿論！　神聖教会を愛する宗教家じゃあるまいし、人族に拘《こだわ》りなんてないわ。それに、貴方に救われて以来……ずっと、貴方のことを想《おも》って誠実に生きてきたの。臨時講師になったのは再生の証《あか》しとして頑張るためで、冒険者《ぼうけんしゃ》になったのは少しでも貴方との接点が欲《ほ》しかったから……もしかしたら会えるかもと淡《あわ》い期待をして過ごしていたら、本当に貴方と再会できた。だから、もう、貴方しか見えないの……シュウヤが好き、貴方が臨時講師を辞《や》めろというならすぐにでも辞める。貴方が盗賊《とうぞく》に戻れというなら戻る」

ミスティは俺の目を見据《みす》えて早口で興奮した口調で語る。

「了解した。臨時講師も辞めなくていい。盗賊に戻れなんて言わないさ。それじゃ儀式《ぎしき》をやるから俺の部屋へ来てくれ」

「うん」

彼女の細い手を握《にぎ》る。

「それじゃ、皆、ミスティの眷属入りが決まったので、迷宮は後でな、自由にしていてくれ」

「了解」

「うん」

「ん、わかった」

レベッカ、ユイ、エヴァは頷く。

「はい。閣下」

「にゃあ」

ヘルメが発生させている水飛沫《みずしぶき》へ猫《ねこ》パンチをしている黒猫《ロロ》。

「分かりました、ご主人様」

「マイロード、お待ちしています」

冷静な態度のヴィーネ、渋い顔のカルードも続いて返事をしていた。

俺も頷く。さぁて、〈筆頭従者長〉か〈従者長〉か、どちらにするか……。

ミスティは優秀だから〈筆頭従者長〉かな。

そんな悩《なや》みを持ちながらミスティを俺の部屋へ案内していた。

「それじゃ、〈筆頭従者長〉にしようと思う。いくよ」

「うん、どきどきする」

〈大真祖の宗系譜者《そうけいふしゃ》〉を発動。

闇《やみ》の世界が始まり、俺とミスティを闇が包む。真の暗闇だが、新たな再生の場だ。

心臓が高鳴って血潮が滾《たぎ》る。

俺の光魔ルシヴァルの血が自ら沸騰《ふっとう》でもするように体から噴出《ふんしゅつ》した。

その血潮の海は闇を血色に染めつつ血の波頭《なみがしら》としてミスティに向かう。

その血の波頭がミスティの足先に触れるとミスティの体が跳ねた。ミスティの胸から心臓の鼓動音が一際大きく響くと足が輝きを放って、その輝く足先から俺の光魔ルシヴァルの血を取り込んでいく。

血のシェアが始まった。

俺の魂《たましい》の系譜でもある。大事な〈筆頭従者長《選ばれし眷属》〉への過程だ。

ミスティは、鳶《とび》色の瞳で見つめてきた。笑顔を見せるミスティ。そのミスティの心と魂の意思を感じた。そのミスティの全身を光魔ルシヴァルの血が覆うと、ミスティは血の中に浮かびつつ、苦しそうに腕を伸ばしてきた。

それは暗い湖の底に沈んでしまった女性が、ボートに乗っているだれかに向けて助けを請《こ》うかのような表情にも見えたが、それも一瞬《いっしゅん》で終わる。ミスティは決意の表情を強めてから頷いた。

俺《おれ》も『がんばれ、ミスティ！』と心の中で応援《おうえん》。

ミスティが『うん……』と口の動きで『愛している』と告げてきたことは理解した。

心が温まった刹那《せつな》、ミスティの体を抱《だ》いた光魔ルシヴァルの血がルシヴァルの紋章樹《もんしょうじゅ》に変化した。ルシヴァルの紋章樹の幹から血の樹液が垂れる。

そのルシヴァルの紋章樹の幹には、十個の大きな円が存在する。

その大きな円は〈筆頭従者長《選ばれし眷属》〉を意味する大きな円だ。

その一つ一つの円の中には、ヴィーネとレベッカとエヴァとユイの名が古代文字で刻まれてあった。ユイの位置は新しい。カバラの数秘術的に〈筆頭従者長《選ばれし眷属》〉たちの力を証明する何かだと理解できる。

そして、ルシヴァルの紋章樹の無数な枝の表面には二十五の小さい円があり、その小さな円の中には、〈従者長〉の一人であるカルードの名が刻まれていた。

その血が滴《したた》るルシヴァルの紋章樹はミスティの体と重なって繋《つな》がった。

同時にミスティの胸元《むなもと》が煌《きら》めいた。その胸元から輝《かがや》いた血が迸《ほとばし》る。輝いた血は、ルシヴァルの紋章樹から宙に迸った血と重なった。

血の渦《うず》となるや、光と闇に分かれて陰《いん》と陽を模った。前と同じ陰陽太極図《いんようたいきょくず》の意味だ。陰と陽は光と闇として〈光闇の奔流《ほんりゅう》〉の意味を内包した〈大真祖の宗系譜者〉のスキルの作用だろう。そうした〈光闇の奔流〉としての俺の血がミスティの体へと怒濤《どとう》の勢いで流れ込む。DNAとRNAを含むあらゆる細胞《さいぼう》に光魔ルシヴァルの血を取り込んでいるだろうミスティの表情は苦しそうだが……。

俺は視線は逸《そ》らさない。これは因果律を歪《ゆが》める行為《こうい》だ。

ミスティは選ばれし眷属の〈筆頭従者長〉になる。

人族から光魔ルシヴァルへと転生だ。次の瞬間《しゅんかん》――。

ミスティの体にすべての光魔ルシヴァルの血が取り込まれた。ミスティの体を取り込むような形で一体化していたルシヴァルの紋章樹が輝くと、樹の幹に刻まれていた〈筆頭従《選ばれし》者長《眷属》〉たちの円の一つが血の炎で縁取《ふちど》られつつ浮かぶ。

その大きな円の中に古代文字でミスティの名が刻まれた。

続いて、ミスティの胸元に小型のルシヴァルの紋章樹のマークが浮かぶ。

ミスティと一体化していたルシヴァルの紋章樹が消えた。

そのミスティは、体を弛緩《しかん》させると胸元の小型のルシヴァルの紋章樹のマークを抱くように力なく闇の空間へと倒《たお》れた。俺も魔力《まりょく》と精神が磨《す》り減った感覚を受けているが、構わず倒れたミスティへと近寄り、

「ミスティ、起きろ」

「あ、わたし……シュウヤの選ばれし眷属〈筆頭従者長〉になったのね」

「おう。感覚は変わったと思うが」

「うん、音の捉《とら》え方《かた》と感情のふり幅《はば》が変化した……」

ミスティは目を充血《じゅうけつ》させた。ヴァンパイアらしい目尻《めじり》の肌に幾《いく》つも筋を作る。

そして、額の紋章も紅色が混じった色合いに変化していた。

第百六十七章「額の魔印と再び第五層へ」

血を操作して手首から血を流す。

「……血の飢《う》えがありそうだが、抑《おさ》えられるか？」

「たぶん……」

ミスティは、俺の手首から流れる血を充血した瞳で見つめる。

眉間《みけん》を寄せて特徴的《とくちょうてき》なおでこの魔印を光らせた。双眸《そうぼう》の虹彩《こうさい》の毛細血管も増していた。

更《さら》に、目尻から頬にかけての皮膚《ひふ》の表面に血管を幾つも浮き上がらせた。

吸血鬼系《ヴァンパイア》らしい血の飢えと闘っている表情《かお》だ。

が、すぐに鳶色の瞳へと戻ると、平静の表情を取り戻した。額の魔印も消える。

「額の魔印が消えたが」

「あ、出すこともできる」

と、直《す》ぐに額に魔印が出現。へぇ、これも光魔ルシヴァルの一族の力。進化の証明か。

「正直、貴方《あなた》の血は吸いたい。でも我慢《がまん》できる」

「今回は我慢しなくていい。俺の〈筆頭従者長〉になったご褒美《ほうび》だ。吸っていいぞ」

「やった――」

ミスティは目尻から血管を浮き上がらせつつ俺の手首に頭部を寄せる。

勢いよく俺の血を吸い上げた。

「が、そこまでだ」

「はぅ――」

ミスティは目を潤《うる》ませつつ俺の手首と顔を交互に見る。切なそうな表情だ。

「〈血魔力〉は迷宮から帰ってから第一段階へ進んでもらうことにする」

「了解したわ、マスター」

「え？　呼び方はいつも通りでいいよ」

「ううん。わたし……こんな気持ち初めてなの。だから許して欲しい。話す時は普通に話すけど、シュウヤと軽々しく呼ぶのはこれで最後にする。我《わ》がマスターへ、この身に宿る知識のすべてを捧《ささ》げるわ」

彼女はそう言うと、臣下の礼を取るように片膝《かたひざ》を床《ゆか》に突《つ》いて胸に手を当てて頭を下げていた。しかし、マスターか。これは皮肉か？

あの時、ゾルの奥《おく》さんも、記憶《きおく》が戻る前はマスターと呼んでいた。

偶然だと思うが、あの時に関わった死神ベイカラの悪戯かも知れない。

「分かった。シュウヤでもいいが、その忠節は心に響《ひび》いた。受け入れよう」

「はい、マスター。シュウヤと時々言っちゃうかもだけど、ふふ」

「好きなように呼べばいいさ。で、迷宮に向かうが、先ほど話をしていた簡易ゴーレムは、すぐにでも生成は可能なのか？」

「うん、可能。ちゃんとした魔導人形《ウォーガノフ》は時間が掛かるけど、簡易ゴーレムは優秀な金属素材があればスキルによるイメージの少ない方法《テンプレート》に沿って作るだけのものだから。これは特殊スキルを持つ〝わたし限定〟と言えるかな。最初に炉を使って加工するコアに簡易命令文を刻めば、あとはどこでも瞬時《しゅんじ》に、指定した金属から簡易ゴーレムを精製できる」

あの金属は優秀な金属だったようだ。まぁ、ミスティが優秀だからこそか。

「それじゃ、中庭の鍛冶部屋で炉を使えばいい。簡易ゴーレムなどの準備ができ次第《しだい》、迷宮へと向かう」

「了解。マスター、後でね」

ミスティは片目を瞑《つぶ》る。ウィンクしてから部屋を出た。

廊下《ろうか》を走る音が楽しそうだ。

すれ違った常闇の水精霊ヘルメが嬉《うれ》しそうな表情を浮かべて部屋に入ってきた。

「閣下、ミスティを無事に〈筆頭従者長〉に導いたのですね」

「あぁ。眷属になった。そして、俺をマスターと呼ぶらしい」

「素晴らしいです。偉大《いだい》な閣下に対してのミスティなりの忠誠の証《あか》しなのでしょう」

ヘルメは片膝の頭を床に突けた。張りのある胸を膝《ひざ》が圧迫《あっぱく》しているのが見えた。

「……忠誠は嬉しい」

「はい。ミスティならば、いずれ魔導人形《ウォーガノフ》を用いて、閣下の軍勢を作り上げることも可能となりましょう」

「軍勢か。ヘルメは過激だな」

「至高の閣下……この世の全《すべ》てを治めるのに相応《ふさわ》しいお方。閣下のお優《やさ》しさは十分に理解していますが、わたしは、閣下が世界のお尻を蹂躙《じゅうりん》している傍《そば》で、そのお手伝いをしたいと考えているのです」

……世界のお尻を蹂躙。ヘルメさんは強烈《きょうれつ》すぎる。

ま、そこが面白くカワイイんだが……多少は乗ってやろう。

「軍勢を作るにしても迷宮から未知で強力な金属を集めてからの話だ。弱い魔導人形《ウォーガノフ》を作っても仕方がない。そして、研究も永らく続くだろう。基礎《きそ》技術の開発も含めて、ひょっとしたら数百年以上の時間が必要かも知れない」

「はい。永いですが、わたしと閣下なら一瞬の間ですね」

「そうともいえるが……この惑星《わくせい》は一日が長い。気が遠くなりそう……さぁ、それより迷宮だ。目に戻《もど》るか？」

「はい──」

常闇の水精霊ヘルメ。瞬時に体が溶けて液体化。

ニュルリと放物線を描《えが》きつつ左目へ飛び込んできた。

ヘルメを左目に収めた俺はマネキンから鎧《よろい》を取る。身に着けていった。

左腕《ひだりうで》の竜《りゅう》を象《かたど》った紫防具《リアブレイス》は黄金環《アーバー》の光輪があるから装着しない。竜の卵へと軽く魔力を送ってからリビングへ向かう。

机の周りに皆が集合していた。

メイド長の姿もあったので話しておくか。

「イザベル、前に少し話をしたが、俺の部屋にあるものはあまりいじらないように。ドラゴンの卵があるから特に気を付けろ」

「は、はい」

皆《みな》を連れて中庭に出た。

「ここで待機、鍛冶部屋を少し見てみる」

「はい」

扉《とびら》を開けて鍛冶部屋を覗いてみた。大きい炉と小さい炉がある。

連結された鞴《ふいご》もあった。

触媒《しょくばい》と金床に樫《かし》の木の作業テーブル。

錬金用の瓶《びん》が大量に置かれた棚《たな》と大きな寝台《しんだい》が無造作に並ぶ。

空間が広く一人で過ごすには少し寂《さび》しげな部屋といえる。

ミスティは小さい炉を使い、もう既《すで》に金属の加工を終えていたようだった。

「もう終わったわ、ほら」

彼女が見せたのは水晶コア。俺がプレゼントした黒い金属と混じった部分の魔法《まほう》印字は小さい紋章のように光《ひか》り輝いていた。

「速いな。それじゃ、皆を交えて戦術の確認《かくにん》を行う。来てくれるか？」

「了解《りょうかい》」

鏡とパーティの戦術について話をしているとカルードが、

「マイロード、昨日お話しされていた闇ギルドの件ですが、わたしはここに残らないでいいのですか？」

「今はいい。対邪神がどうなるか分からない以上、眷属は連れていく。【月《つき》の残骸《ざんがい》】の連《れん》絡員《らくいん》はまだ来ていないしな」

「了解しました」

続けて、五階層の説明を始めた。薄暗《うすぐら》い雲が棚引《たなび》く不気味な荒野《こうや》が殆《ほとん》どだと。

五階層の邪神の遺跡《いせき》まで混合パーティで進むと話をして、その中身のフォーメーションと戦術について検討していった。


前衛はビア、簡易ゴーレム、使うか不明だが、沸騎士《ふっきし》二体。

強襲《きょうしゅう》前衛はサザー、ママニ、ユイ、カルード。

中衛は、ヴィーネ、俺、ヘルメ、黒猫《ロロ》。

後衛は、エヴァ、レベッカ、フー、ミスティ。


「土属性の攻撃魔法《こうげきまほう》が使えるけど、威力《いりょく》は期待しないでね。殆どゴーレム操作に気を使うから、わたし自身は役に立たないわ」

「分かった」

ミスティはスケッチブックに速筆で素早《すばや》くメモ。

その態度と表情から戦術理解度は高そうだと判断できる。

「よし、説明はここまで、地図協会とギルドへ向かうぞ」

〈筆頭従者長〉のヴィーネ、エヴァ、レベッカ、ユイ、ミスティ。

俺、黒猫《ロロ》（沸騎士二体、ヘルメ）がメインパーティ。

〈従者長〉のカルード、高級戦闘奴隷《せんとうどれい》のフー、ビア、ママニ、サザーをセカンドパーティ。

この全員を連れて家を出て、冒険者ギルドに向かう。

ユイとカルードは早速《さっそく》冒険者登録。魔石収集の依頼《いらい》は受けず。

五階層に出現予定が多いモンスター素材収集依頼だけを受けた。

魔石はすべて俺のアイテムボックス行きだ。

奴隷《どれい》たちのパーティ名は【永遠なるご主人様】とかいう名前だった。

あまり深くは突っ込まない。そして、受付嬢《うけつけじょう》にあることを聞く。

「Bランクへの昇進《しょうしん》について知りたいのですが」

「それは裏にある稽古場《けいこば》で十日に一度、昇格戦《しょうかくせん》が行われています。昨日行われたので、九日後となります」

九日後にギルドに来るか。

「分かりました。ありがとう」

「いえいえ、昇格戦、頑張ってくださいね」

美人な人族の受付嬢から笑顔《えがお》で励《はげ》まされた。

「はい」

にこやかに紳士的《しんしてき》な笑顔で応《こた》えた。すぐにレベッカから尻を軽く叩《たた》かれる。

冒険者ギルドを後にした俺たち。隣《となり》の【魔宝地図発掘《はっくつ》協会】の建物の中へ入る。

長椅子《ながいす》が並ぶ静かな空間を歩いて受付台の前に到着《とうちゃく》。

受付の向こう側――ソファーと乱雑に書類が置かれた机が並ぶ場所に地図解読師、ハンニバル・ソルターがいた。彼《かれ》と目が合うと手招きを受けた。

「ここで待っててくれ、あいつがハンニバルだ。鑑定《かんてい》してもらってくる」

「はい」

「了解」

「ん」

皆を受付前に残して、ハンニバルに近寄る。

「よっ、まだ生きているということは、この間のレベル四の魔宝地図を掘《ほ》り出したんだな？」

「はい、金箱を得ました」

「それで無傷、やるじゃねぇか。お前は本物だ」

周りで作業する職員たちも驚きの声を上げていた。

「それで、今日はあの別嬪《べっぴん》の珍しいダークエルフはいないのか？」

「いますが、待機させています」

「ちっ、少しはサービスしろよ」

エロなおっさんめ。

だが、俺も同じ穴の貉《むじな》。気持ちはよーく分かる。

「気持ちは分かります。が、今は優秀な地図解読師である貴方に仕事をお願いしたい」

俺の微妙《びみよう》な持ち上げ言葉を聞くと、目つきを鋭《するど》くするハンニバル。

左手で無精髭《ぶしようひげ》を掻《か》きながら、

「……どれ、見せてみ」

顎《あご》をくいっと動かしながら地図を求めてきた。

「はい」

急ぎアイテムボックスから魔宝地図と銀貨五枚を取り出し、ハンニバルに手渡《てわた》す。

「これなんですが」

「そこに座れ、今開始する」

頷《うなず》き、ソファーに腰掛《こしか》ける。ハンニバルは魔宝地図を机に広げた。

文鎮《ぶんちん》で各所を押《お》さえ魔宝地図を整える。と、この間のように鑑定作業へと移った。

手を上げて、骨が浮かぶような特徴的な手を見せると、スキルか魔法か分からない前と同じような光る羽根ペンを宙に生み出す。

前回は指抜《ぬ》きグローブを嵌《は》めていたが今は素手《すで》だ。

光る羽根ペンは不規則な動きで魔宝地図の表面に触れて踊《おど》り跳ねていく。

幾何学《きかがく》模様の線を地図に生み出した。

最後に光の羽根ペンがくるりと回ると、女性の絵が浮かぶ。

そして、ペン先が魔宝地図に触れた瞬間、光の羽根ペンは消える。

ハンニバルは『どうだ?』と言わんばかりにニヤリとした表情を見せた。

最後の女性の絵はアドリブか?

肝心《かんじん》の地図には、前回と違《ちが》う迷宮の構造が描かれて宝箱の位置も印《しる》されていた。

「……完了《かんりよう》だ。残念だが、死に地図と言える。レベル五、迷宮二十階層だ。やはり金箱から出る魔宝地図だからな。しょうがあるまい」

二十階層か。俺にとっては死に地図ではない可能性がある。

邪神の話を信じるならば、だが。まぁ、仮定のことを思考しても仕方がない。

今は眉唾物《まゆつばもの》と思って地図は暫《しばら》く封印《ふういん》。

「……はい。鑑定ありがとうございました」

ソファーから立ち上がる。

「待て、少し話せるか？」

ハンニバルだ。鋭い眼窩《がんか》から覗《のぞ》く瞳《ひとみ》で、俺を引き留めてきた。

「何です？」

「……そこに座ってくれ」

「……」

疑問に思ったが、黙ったまま腰《こし》を下ろす。

「ものは相談だが……」

中年らしい愉悦《ゆえつ》を持った独特の笑顔から話が始まった。それは依頼のこと。

「魔宝地図の護衛……」

「やってみないか？」

「貴方の大事な顧客《こきゃく》とは、商人なんですか？」

「そうだ。かなり特殊だが個人の商人。屋敷《やしき》も小さく、召《め》し使《つか》いも一人だけという変わり者。スロザの古美術屋と仲がいいと聞くが、あまり表には出ない。蒐集《しゅうしゅう》家、通称《つうしょう》コレクター。巨乳で美人の商人で、金払《ばら》いが異常にいいんだ。俺の大事な顧客の一人でもある」

それを早くいえよ。巨乳の美人さんなら興味はある。

「美人の商人さんのコレクターが持つ魔宝地図の護衛に俺たちが？」

「……シュウヤのグループは優秀そうだからな。他にもパーティ、クランがいる。報酬《ほうしゅう》はいいぞ。六大トップ、選《え》りすぐりのメンバーが集まるはずだ」

「魔宝地図のレベルと階層は？」

「四階層、レベル五。所謂《いわゆる》、高価格帯の魔宝地図だ。出現する守護者級は四階層と低いから、シュウヤが掘ったレベル四とそう変わらないと思われる。が、こればかりは分からない。お前は一度経験しているから、想像はつくだろう。ま、大量に優秀な冒険者を雇《やと》うから〝かなり〟楽な仕事となるはずだ。宝箱の周りに出現するモンスターを一気に根こそぎ倒すやり方で、素早く済むと思われる」

四階層か。

レベル五の魔宝地図は初だが、優秀《ゆうしゅう》な冒険者がいるなら楽な依頼か？

「それはいつ頃《ごろ》ですか？」

俺はハンニバルに厳しい眼差《まなざ》しを送りながら質問していた。

「おっ、興味がでたか。五日後の朝、ここの目の前、第一の円卓《えんたく》通りに集まる予定だ。コレクター自らが今回は表に出ると話していたから、すぐに分かる。それと、もうギルドのAランクのボードに依頼が貼《は》り出されてあるはずだ」

「なるほど。あとで探して受けておきます」

「おう」

ハンニバルと世間話をしてから別れる。

受付前で待っていた皆にハンニバルから聞いた魔宝地図の護衛依頼を説明。

そうして冒険者ギルドへ戻る――ボードを探した。

依頼内容：Aランク、四階層、レベル五の魔宝地図護衛。
討伐《とうばつ》対象：守護者級、他多数。　応募《おうぼ》期間：五日後締《し》め切り。
生息地域：なし。報酬：白金貨十五枚（個人ではなく、パーティ、クランの報酬となります）
討伐証拠《とうばつしょうこ》：なし。注意事項《じこう》：ランダムに守護者級及《およ》び強力なモンスターが出現。
パーティ、クラン奨励《しょうれい》、個人ではA、Sランクの方のみでお願いします。
備考：集合場所は【魔宝地図発掘協会】前になります。わたくしと召し使いもその場にいるので分かるでしょう。リーダーは青腕宝団《ブルーアームジュエルズ》のカセム・リーラルトに任せてあります。

素早く処理してくださった方には特別ボーナスを予定していますのよ。：コレクターより。

——これか。

「依頼を受けるのですね」

「そうなる。五日後だそうだ」

「ん、あと、これから向かう五階層と四階層のモンスター討伐の依頼も受けたほうがいい」

エヴァが木札を取りながら話してきた。

「了解」

「それもそうね、地図の場所までには戦闘《せんとう》もあるでしょうし」

皆、頷いて、木札を持って並んでいく。

俺も、複数枚の依頼木札と冒険者カードを受付に提出。受領《じゅりょう》された。返されたカードを胸のポケットに仕舞《しま》う。

踵《きびす》を返し、皆と合流——ギルドの外に出た。

迷宮《めいきゅう》の出入り口に向かう。円卓通りから短い塔《とう》の建物だ。

——五階層の荒野を案内するよっ、六階層行きの水晶《すいしょう》の塊《かたまり》、死の二塔、水晶の崖《がけ》、煙毒《えんどく》の森、荒野の墓場、冒険者の宿。

相変わらずの喧騒《けんそう》。第一の円卓通りには幾つもの店の売り子の商人、褐色肌《かつしよくはだ》の小柄《こがら》な女の行商人、パーティ募集《ぼしゆう》の冒険者、布告人の役人たちが一生懸命《いつしようけんめい》に声を張り上げている。

――【砂漠《さばく》都市ゴザート】産の特別な地下水、貴重な砂漠香水《さばくこうすい》、硝子《ガラス》道具を売っていま す～。ラド峠《とうげ》で仕入れた高級茶葉に、太湖都市ルルザックで仕入れた羊毛もあります～。そして、植物の祭典市場で売っているのと同じ貴重な砂漠サボテンも売ります～。

――西のペルネーテ大草原の戦にて、大隊戦規模の戦いが発生。竜魔騎《りゆうまき》兵団《へいだん》及び青鉄騎《せいてつき》士団《しだん》の一部が敗走。王国は苦戦し、ルレクサンド領、シビジ領、ズント領の全領土、更にはクオッソ領及びフレドリク領の半分を奪《うば》われたとのこと。【オセベリア王国】は西方ルシズ戦役《せんえき》で得た領土をすべて失い、元々の王国の領土まで掠《かす》め取られたことになる。【ラドフォード帝国《ていこく》】は虎《とら》の子、特陸戦旅団を投入した模様。サーザリオン領にある最後の砦《とりで》と城が落ちれば、太湖都市ルルザックも危うしか？　再度ルルザックが奪われれば、このペルネーテも次なる戦場となる可能性がある。皆さん、注意されたし。

戦争の状況《じようきよう》が悪化したらしい。呑気《のんき》に迷宮を冒険《ぼうけん》している間にペルネーテが戦場になっていたら嫌《いや》だな。俺の家は燃やされたくないぞ。

——第三の円卓通りの南の住宅街で、またもや三玉宝石が残された殺人事件が発生したようだ。衛兵隊、大騎士でも犯人は見つけられていない様子。皆さん、注意されたし。

うへ、その殺人事件、前にも聞いた……血を好む化け物でもいるのだろうか。

ん、いたな。俺という化け物が。

——仮面魔人《まじん》ザープまたもや出現。今度は闘技場《とうぎじょう》で乱入事件を起こし、複数名の闘技大会競技者を殺し、翼《つばさ》を生やした足で、その場を飛ぶように去ったそうだ。血塗《ちまみ》れた姿を見たら衛兵隊かホワイトナインの事務所に通報されたし。

仮面魔人ザープ。メルの父親らしいが……考えながら視線を巡《めぐ》らせて歩いていく。

——怪人《かいじん》二十四面相が出現したよ！　南の門で姿を消した！

ザープの次は二十四面相かよ。

——ルーメンの老い人に気を付けろ！　魔法のランプを扱《あつか》う存在が鍵《かぎ》だ。

いつもいた目が白い薬草売りの少女はいない。ま、そんな日もあるか。

「悔《く》い改《あらた》めよ。天の国は近付いた、西の荒《あ》れ地《ち》で叫《さけ》ぶ者の声がする……」

司祭がラドフォードとオセベリアの戦争のことを比喩《ひゆ》して信者たちへ説教していた。

『……偉大な方は、ここにおられるというのに、救いのない者共です』

小型ヘルメが腰に両手を当てて偉《えら》そうに語る。

『信仰《しんこう》か、哲学《てつがく》もだが、十人十色《人それぞれ》だ。否定したところで、あの人たちの心精神は、もう心底救われて満たされている。俺たちが外からとやかく言うべきじゃない。父権主義《パターナリズム》ではないからな。……しかし、女性や子供を犠牲《ぎせい》にする汚物《おぶつ》な邪教《じゃきょう》連中の場合は、問答無用で消毒しようか』

『はいっ、難しいことは分かりませんが、閣下のお優しい御心《みこころ》はまさに地上を覆《おお》うほどであります』

忠誠心が天井《てんじょう》を超《こ》えているヘルメと念話をしながら、短い塔の建物に到着。

衛兵が出入り口の両側で門柱のように立っている。

冒険者カードを彼らに見せて中へ入った。

水晶の塊がある付近では、多数の冒険者が消えては現れる。

並んで待ってから、カルードの率いる戦闘奴隷チーム《永遠なるご主人様》が先に五階層へワープを行う。遅《おく》れて俺たちイノセントアームズが水晶の塊の表面を触《さわ》る。

五階層の水晶の塊へとワープした。

何回かワープを繰《く》り返す。そうして合流を果たした。

五階層の空は相変わらず薄雲《うすぐも》が流れているし、暗い。

迷宮独自の特異な世界。邪神《じゃしん》が住まう次元が重なる特異な世界か。水晶の塊の周囲はスタンドのような釣《つ》りランプを棒に垂らしてキャンプを張った冒険者《ぼうけんしゃ》がいる。

魔法の明かりもあちこちに浮《う》いていた。太っちょの風船玉のような顔の冒険者が、口に魔《ま》煙草《たばこ》を咥《くわ》え煙《けむり》を吹《ふ》かす。鋼《はがね》のような鋭い視線を寄越《よこ》してきた。

魔煙草の匂《にお》い、食い物の匂い、糞《ふん》の臭《にお》い、多種多様な匂いが混ざり合う。

「……シュウヤ、この間の遺跡でしょ？」

レベッカは腰の後ろに杖《つえ》を回して、体を斜《なな》めにつつ、俺を窺《うかが》うように聞いてきた。

レベッカの何気ない仕草だが、いつ見てもドキッとさせられる可愛《かわい》さだ。

「……そうだよ」

「ご主人様、行きましょう」

「おう」

「マイロードに続こうぞ。お前たちもよろしいか！」

カルードが威勢《いせい》のいい声を張り上げる。戦闘奴隷たちへ指示を出すと横から進んだ。

俺たちも水晶の塊の近くから離《はな》れた。ユイは心配そうに父を見る。

胸を張って歩く父の姿を見ながら、

「父さん、凄《すご》い気合いね。目の周りが血走っているし……」

そのタイミングで足下《あしもと》にいた黒猫《ロロ》が黒馬に変身。

少しだけ胸元が大きいか。ユイはそのロロディーヌの胸元を触る。

「ロロちゃんの胸元の毛って盛り上がってて、凄く柔《やわ》らかい～」

すると、エヴァが反応。魔導車椅子《まどうくるまいす》を一瞬で分解させると、瞬《また》く間《ま》に金属の足となった。

左右の踝《くるぶし》に、小さい車輪が付いた形だ。そのエヴァは素早い機動で、

「ん――黒いお毛毛」

神獣《しんじゅう》ロロディーヌに抱きつく。胸元の黒毛に頬《ほお》を当てて、顔をスリスリと左右に動かしている。黒毛の感触《かんしょく》を楽しんでいた。

『閣下、外へ出たいです』

『おう、出ろ』

『はっ』

左目からヘルメがスパイラル放出。

ヘルメは液体から女体化《にょたい》すると、足下から水飛沫《みずしぶき》を発生させつつ、邪界《じゃかい》の地を歩いた。

ミスティは薄暗い空を眺《なが》めながら、

「ここが五階層なのね……」

そう呟《つぶや》くと、懐《ふところ》から加工した黒い金属を取り出した。

その黒い金属は心があるように、螺旋状《らせんじょう》にせりあがって宙に集結しては蠢《うごめ》きつつ人型を模《かたど》った。最後には中型のゴーレムとなった。

「それが簡易ゴーレムか」

「うん！　魔柔黒鋼《ソフトブラックスチール》製だから耐久力《たいきゅうりょく》はある」

「了解した。ここは広いから前衛の一部は、そのゴーレムに任せる」

「ふふ、ありがと。マスターに、ううん、皆に貢献《こうけん》するから」

ミスティは笑顔で語る。

簡易ゴーレムはのっしのっしと重量感のある動きで先を進んだ。

「マスター？　ご主人様、わたしもマスターとお呼びしたほうがいいですか？」

「いや、ヴィーネはそのままでいいよ」

「はい」

荒野のフィールドからは僅《わず》かな霧《きり》が発生している。

毒炎狼《グロウウオルフ》がまたもや現れた。

ビアが〈投擲《とうてき》〉を敢行《かんこう》。ママニが弓矢を射出。サザーが青い剣《けん》を振《ふ》るう。

そんな中、前衛の一部を担《にな》っている黒いゴーレムが、右から毒炎狼《グロウウオルフ》へ炎《ほのお》を全身に浴びながら前進。黒いゴーレムは炎を喰《く》らっても平気だ。

城のような存在感を放ちつつ左右の太い金属の腕が動いた。

毒炎狼《グロウウオルフ》に金属の拳《こぶし》が衝突《しょうとつ》するや、毒炎狼《グロウウオルフ》の黒環は潰《つぶ》れた。ユイとカルードは交互《こうご》に突出《とつしゅつ》を繰り返す――。

互《たが》いに息の合う剣術《けんじゅつ》で、ユイとカルードが一刀を振るうごとに毒炎狼《グロウウオルフ》の死体が積み重なっていった。

前衛だけで毒炎狼《グロウウオルフ》を始末していた。

墓場に出現するモンスターも同様に殲滅《せんめつ》する。

荒野を散歩気分で歩きながらアイテムボックスの硝子面の表面を触った。

簡易地図のディメンションスキャンを起動。

虹色《にじいろ》のレーザーが真上に放射。腕輪《うでわ》の上に立体的なミニマップが表示された。

「閣下、この面妖《めんよう》なものは」

「この浮いている立体的な絵は俺《おれ》たちの周囲近距離《きんきょり》の地図。地図を表示する魔道具だ」

「素晴《すば》らしい……」

ヘルメは水飛沫を周りに発生させて驚《おどろ》いていた。

「腕輪の形が変化する時がありましたが、そんな効果があったのですね」

「そうだ」

「これは、わたしたち？」

「おう。赤い点が、俺たちだ」

「ん、不思議」

「非常に分かりやすい地図だけど、狭《せま》い範囲《はんい》の表示だけのようね」

ユイは立体的に浮く地図の中へと頭部を突っ込んで中身を見ようとしている。

そこに斜め左《ひだり》前から魔素の気配。遅れて、地図にも俺たちとは違う赤い点が表示。

掌握察《しょうあくさつ》のほうが速い。立体地図に出る点は少し遅《おそ》い。

「左斜め前方に敵だ。狩《か》るぞ」

「了解」

「主《あるじ》、先陣《せんじん》は我がっ」

ビアを筆頭に前衛たちが突っ込んだ。

「わたしも続きます」

「奴隷たちに負けていられませんなっ――」

俺と黒猫《ロロ》を含《ふく》めた中衛と後衛は、戦闘をしないまま石の壁《かべ》が囲う小さい寺院のような遺跡に到着した。

「あの階段の下ね」

レベッカが地下に続く階段を覗きながら呟いた。

「たぶんそうだ。邪神シテアトップの神域かな」

エヴァは魔導車椅子に座《すわ》りつつ、

「ん、邪獣《じゃじゅう》セギログンがここの下にいる」

不安気に語る。

「そのモンスターが邪神シテアトップの邪像を汚《けが》しているらしいが」

「閣下、最初から遠距離《えんきょり》で全力攻撃《こうげき》をしましょう」

「精霊様《せいれい》に賛成です。ご主人様の魔法には及びませんが、弓、幻術《げんじゅつ》、雷撃魔法《らいげきまほう》を準備します」

ヴィーネとヘルメが、意見を一致《いっち》させる。

「そうだな。今回はプランAで行くか」

「主、遠距離だと我の出番はない」

離れて聞いていた蛇人族《ラミア》のビアが長細い舌を伸《の》ばしながら話してきた。

「わたしもそうなる」

「マイロード……」

ユイとカルードも同じ意見らしい。

魔法使い《まほうつか》のフーは黙《だま》っているが、サザーとママニもビアと同意見なのか、前衛で活躍《かつやく》したいような表情を見せる。だがなぁ、何があるか分からない。

「お前たちはここに来るまで、十二分に活躍しただろう？　今回は、何があるか分からない。だから最初は、俺、沸騎士たち、ヘルメ、ロロ、〈筆頭従者長〉、〈従者長〉だけで進む。お前たちはこの入り口を守れ。周りに出現する骨類、狼《おおかみ》たちは任せた」

「はい」

「主の命令ならば従う」

ママニとビアは了承《りようしよう》。

「分かりましたっ」

「はいです」

俺は皆に向けて頷いた。

そして、闇の獄骨騎《ダークヘルボーンナイト》を触りつつ『沸騎士よ来い！』と念じる。瞬く間に指輪から伸びた黒と赤の糸が遺跡の階段前の地面に付着した。

煙のような蒸気を発した沸騎士たちの誕生だ。

――ダダンダンダダンッ！　と音が聞こえたような気がした。

「黒沸騎士ゼメタス、見参」

「赤沸騎士アドモス、今、これに」

「邪獣とやらを狩る。ついて来い。皆も進むぞ」

「「はい」」

俺が先頭に立ち、階段を下りた。暗いので〈夜目〉を発動。

「エヴァ、行くわよ、どんなものも蒼炎弾《そうえんだん》で燃やしてやるわ」

「ん、がんばる」

階段の横幅《よこはば》は狭い。暗がりから牛を引き出すことになりそうだ。急ぐ。
そして、胸ベルトにあるホルカーの木片《もくへん》が僅かに振動《しんどう》した。
震《ふる》えが小さいのは邪神側に近い神域だからか？
そのまま長い階段を下りた。掌握察には反応がない。
だが、一応用心しつつ下りた。奥行《おくゆ》きがある大空間があった。
左右には、巨大《きょだい》な邪神の神像が立ち並ぶ。

一体目は、紫色《むらさきいろ》の長髪《ちょうはつ》に優美な衣装を着た邪神の神像。女神の邪像か。
片手に大きな槌《つち》を持った邪神。
二体目は、四つの角を生やした頭部を複数持った、鎧が渋《しぶ》い男神の邪像。
奇妙《きみょう》な形の腕が四つもある。
三体目は、全身が触手《しょくしゅ》や角だらけの蟲《むし》の邪神像。
四体目は、カブトムシのような頭部で、全身が布で覆われている邪神像。
五体目が、八岐大蛇《やまたのおろち》のような邪神像。
六体目が、蜘蛛《くも》のような姿で複眼が目立つ邪神像。
七体目、八体目、九体目、十体目、全部で十体か。

十体目は、大きな虎の邪神像。これが邪神シテアトップだろう。

しかし、邪神像の前では、黒色の大きい人型のモンスターが大暴れしている。

あれが邪獣か。邪獣の大型モンスターの下には、頭部が甲羅《こうら》で、蛸《たこ》の触手の脚《あし》を持つモンスターたちがぷかぷかと浮いていた。蛸ってよりは蟲か。

邪神ヒュリオクスの眷属《けんぞく》と分かる。大きい人型のモンスターは蟲の造形ではなかった。

黒い触手が集積して人型を保っている？

頭部には釣り上がった平行四辺形の目が複数ある。

大きな口らしき物が肩《かた》に二つ、胴体《どうたい》は左右に裂《さ》かれている。

裂けた胸の中には、臓器らしき物は見当たらない。

しかし、裂けている胸の縁《ふち》からは、無数に黒い触手が生えている。

それらの黒い触手は、黒い拳を模りつつ外に勢い良く放出していた。

邪神シテアトップの邪神像を、その黒い拳で攻撃していた。

黒い拳に生えた五つの黒爪《くろつめ》も鋭そうだ。

そんな黒い拳に殴《なぐ》られ続けている邪神シテアトップの邪神像は、何かしらの防御《ぼうぎょ》結界が張られているらしく、びくともしていない。

「あの怪物《かいぶつ》たち、知能、知覚はそれほど高くはないようね。距離《きょり》がかなり離れているとはいえ、わたしたちがここにいても、気付いていない」

レベッカが金色の細い眉《まゆ》を中央に寄せながら、指摘《してき》する。

「あぁ、好都合だ。作戦《プランA》通り遠距離から攻《せ》めようか。皆、あの像たちに被害《ひがい》が及ばないようにしよう。それと、沸騎士たちと簡易ゴーレムは、この場で待機。近くで何かが湧《わ》くかも知れないからな。何事にも臨機応変に対応しようか」

「閣下、お任せあれ」

「お任せを、閣下」

沸騎士たちは盾《たて》を構えて用心深く周りを見回している。

「あの骨鎧を着た騎士たちを潰さないようにしないと……」

ミスティも簡易ゴーレムを沸騎士たちの背後に配置していた。

「――にゃお、にゃんにゃ」

黒豹《くろひょう》の姿から馬のような姿へ変身していたロロディーヌ。胸元《むなもと》の黒毛がふさふさのロロディーヌは沸騎士たちに近付き、触手で何やら指示を出す。

「意味が分かりませぬ、ロロ殿様《とのさま》」

「ロロ殿様、盾を突《つ》かないでいただけまいか……」

「にゃおぉ～にゃ？　にゃぉぉ～にゃ！」

沸騎士たちは双眸《そうぼう》を紅《あか》く光らせつつ黒豹のロロディーヌと会話をしていた。

相棒は盾の指導をしているつもりか？

面白《おもしろ》いが、あのやり取りは無視。

「……よし、俺が最初に口火を切る」

「閣下に続きます」

「はいっ、ご主人様」

「にゃにゃお――」

俺はヘルメとヴィーネに言い、後ろから走ってきたロロディーヌたちの前に出た。

「ガツンと喰らわせるのよ！」

「ん」

右後方にレベッカとエヴァ。

「わたしはエヴァとレベッカの側《そば》にいるわ」

「マイロード、わたしもです」

飛び道具がないユイとカルードはエヴァとレベッカの後ろについた。

〈古代魔法《まほう》〉は像を壊《こわ》しかねない。指向性のある氷系魔法が第一候補。

〈鎖《くさり》〉が第二候補か。

スキルの〈光条の鎖槍《シャインチェーンランス》〉は第三候補。
第四候補は〈血道第三・開門〉だ。
最終的には〈脳脊魔速《切り札》〉からのプランB《槍殴り》かも知れない。

第百六十八章「邪獣セギログン」

シュウヤたちが迷宮の内部で邪獣と戦おうとしている時……。

迷宮都市ペルネーテの南にある大門付近の路地で、闇の高祖に連なる吸血鬼《ヴァンパイア》たちが暗躍《あんやく》していた。一人は金髪《きんぱつ》の女吸血鬼《きゅうけつき》。

その女吸血鬼は、目尻《めじり》の表面に血管を浮かせつつ人族女性の血を吸っていた。

血を吸う度、その目尻から耳元にまで浮いている血管が、ドクドクと脈打つ。

吸血鬼らしい吸血鬼と言える、その女吸血鬼は興奮状態となると、〈血魔力《ちまりょく》〉を有した魔眼を発動させる。同時に人族女性からの吸血の勢いを強めた。

〈吸血〉を受け続けている人族女性は、体が痙攣《けいれん》し、弱まっていた心臓の鼓動が止まる。

恍惚《こうこつ》とした女吸血鬼は、その死んだ人族女性を見て、『もう血を切らしたの？』と、言うようにつまらなそうな表情を浮かべる。そのまま、人族女性の首から犬歯の牙《きば》を引き抜いた。その牙から血がダラリと垂れて、唇《くちびる》に付着。

女吸血鬼は『ふふ』と笑《え》みを見せつつ、自身の長い舌で、唇の襞《ひだ》に付着したその血を楽しそうにペロッと舐《な》めていた。そして、動かぬ人形と化した人族女性を投げ棄ててから、傍《そば》にいる怜悧《れいり》な顔を持つ男に向けて言う。

「フィゴラン～、厄介《やっかい》だった狂騎士《きょう》が死んだのは本当みたいね」

そう語る女吸血鬼。〈吸血〉を実行したばかりで、肌《はだ》の艶《つや》が増していた。

フィゴランと呼ばれた男の吸血鬼は、したり顔で、

「あぁ……間違《まち》いない。狂騎士以外の元教会騎士の奴《やつ》らも数が減った。事前に偵察していた通り、闇ギルドの抗争《こうそう》は【月《つき》の残骸《ざんがい》】が勝利を手にしたのだろう」

彼もまた、血を吸った直後なのだろう。その口元は血濡《ぬ》れていたが、極めて冷静に語る。

そして、そのフィゴランは女吸血鬼の笑顔を見ても老練な吸血鬼らしく、その怜悧な表情を崩《くず》していない。女吸血鬼は、彼の冷然とした様子を見ながら、

「それじゃ、帰りましょうか。ヴェロニカ以外に、あの槍使いと黒猫のことも父様に報告する？」

フィゴランは冷たい笑みを薄《うす》く顔に張りつけながら、頷いた。そして、

「そうだな。しかし、エリーゼ。偵察がてらの久々の狩りで、血を求めるその気持ちは分かるが……この人数の血を吸うとは……さすがに目立つぞ」

フィゴランの視線の先、その路地の隅《すみ》には、皮膚《ひふ》を白くした遺棄《いき》された死体たちが、無

造作に転がっていた。

「大丈夫《だいじょうぶ》よ。ここは暗がりだし、微妙に闇ギルドの縄張《なわば》りから外れているし♪」

「ふっ、お前らしい……が、今はアルナード様への報告が優先だ」

「うん。でも、ルンス様の直属の〈従者長〉も、この都市よね。偵察を行っていると、聞いているけれど……少し様子がオカシイ。〈分泌吸の匂手《フェロモンズタッチ》〉の血の縄張りが無い？　帰ったのかしら」

「さぁな……不自然だとしても、我らは我らの仕事をするまで。分派、禁忌《きんき》のヴェロニカを積極的に追うのはルンス様たちだけだ。我らは、手はず通り【大墳墓の血法院《ちほういん》】へと戻《もど》るとしよう」

「了解《りょうかい》～♪」

二人の吸血鬼は周囲の様子を見てから、自らの〈血魔力〉を使う。

瞬く間に、血の粒子《りゅうし》がその二人の吸血鬼から散るや、その二人の吸血鬼は、小さい蝙蝠《コウモリ》の姿と、鴉《カラス》の姿へ変身を遂《と》げる。その小さい蝙蝠と鴉は、尋常ではない速度で飛び立つや、暗がりの路地から離れて南の空へと飛び去った。

さぁて、邪獣セギログン！

俺は〈導想魔手《どうそうましゅ》〉を使う——早速《さっそく》、その標的を見た。

邪獣セギログンの裂けている胸は強烈《きょうれつ》だな。

背中と腕と横腹からも無数の黒い拳の形をした触手を出していた。

体を左右に揺《ゆ》らしながら虎の形をしている邪神シテアトップの邪神像を殴り続けていた。

一心不乱に殴り続けている邪獣の足下には頭部が甲羅で、下半身が蛸のモンスターが漂《ただよ》っている。まずは、あの邪獣セギログン《デカブツ》から狙《ねら》おうか。

外套《がいとう》を左右に広げつつ……右手を前方へと伸ばす。

ポーズを取るように、人差し指と中指の重ねた指をデカブツに向けた。

新型の光輪《アーバー》はまだ使わない。氷の魔法でダメージを与《あた》える。

——烈級：水属性の《氷竜列《フリーズドラゴネス》》を発動した。

指先から、上顎《うわあご》と下顎の氷の牙が目立つ竜《りゅう》の頭が発生——。

《氷竜列《フリーズドラゴネス》》の竜の頭は歯牙《しが》を立てて、後部から氷の尾《お》ひれを作りつつ宙を突き進《すす》む。見た目はアジア風の龍の頭となる。

その《氷竜列《フリーズドラゴネス》》が、邪獣セギログンの胸元を喰らう。

　刹那《せつな》、氷の龍の頭を擁《よう》した《氷竜列《フリーズドラゴネス》》が爆発《ばくはつ》しながら吹雪《ふぶき》となった。邪獣セギログンの胸半分が《氷竜列《フリーズドラゴネス》》の効果で凍《こお》り付いた。白色に凝固《ぎょうこ》しつつ邪獣セギログンの半身は黒触手ごと氷の彫刻《ちょうこく》と化した。

　が、凍ったのは半身だけ、邪獣セギログンにはあまり効いていない。

　そっと頭部のようなモノを俺たちへ向ける。そんな邪獣セギログン目掛《めが》けて〈光条の鎖槍《シャインチェーンランス》〉を発動――「わたしも――」エヴァの声だ。円の金属の群れを紫色の魔力で操作している。その円の金属が刃《はい》を活かすように回転しながら邪獣セギログンに向かう。その円の金属の刃が凍り付いていない邪獣セギログンの体に次々と突き刺《さ》さる。刹那、俺の〈光条の鎖槍《シャインチェーンランス》〉が邪獣セギログンの片目にヒット。

「ギャアアアァアアァァ――」

　苦痛に喘《あえ》ぐような咆哮《ほうこう》。体が半分ほど凍り付いても、エヴァの攻撃を受けても悲鳴を上げなかったが、〈光条の鎖槍《シャインチェーンランス》〉は効いたらしい。

　邪獣セギログンは体が仰《の》け反《ぞ》った。邪獣セギログンの凍った半身がバラバラに砕《くだ》けて消えた。続けて〈光条の鎖槍《シャインチェーンランス》〉を四つ連続で射出。

「――ご主人様、わたしも撃《う》ちます」

　ヴィーネの声だ。魔毒の女神《めがみ》ミセアからの贈《おく》り物《もの》を構えている。

番《つが》えから光線の矢が射出されるのは一瞬《いっしゅん》──。

片足を上げつつ走りながら光線の矢を再び射出。弓術《きゅうじゅつ》の腕は確かだ。

走りながら矢を放つスキルとかあるんだろうか。光線の矢が宙を直進。

その矢の狙いを確認《かくにん》する前に──俺の二つの〈光条の鎖槍《シャインチェーンランス》〉は邪獣セギログンの角張った両肩《りょうかた》に激突《げきとつ》した。

残りの〈光条の鎖槍《シャインチェーンランス》〉はがらんどうの胸の奥《おく》に突き刺さった。〈光条の鎖槍《シャインチェーンランス》〉の後部が蠢いて光の網《あみ》へと変化。

邪獣セギログンの胸の内部に拡《ひろ》がった。光の網が光の蜘蛛の巣と化す。

邪獣セギログンの胸の中を焦《こ》がす勢いで絡《から》みつく光の網だ。

「ギャァァァァァ」

またもや叫び声《ごえ》を発する邪獣。そこにヴィーネが放った緑色か金色に近い光線の矢が半身の邪獣セギログンへと突き刺さる。刺さった光線の矢から緑の子蛇《こへび》の群れが発生。

それらの子蛇の群れは邪獣の黒触手の内部に侵食《しんしょく》しつつ消えた。

すると、光線の矢が刺さった周囲から緑色の閃光《せんこう》が迸《ほとばし》りつつ邪獣は爆発した。

「ギャアアアアアアァァァァ──」

大きい悲鳴だ。半身のみとなった邪獣セギログン。

体を構成する黒触手も爛《ただ》れて形が崩れた。が、邪獣はまだ生きている。

「わたしはあの雑魚《ざこ》共を攻撃するから！」

レベッカはそう宣言すると、白魚のような手を左右へ伸ばす。

その細い小さい掌《てのひら》を広げると掌から大きい蒼炎弾を無数に作成。

すると、十個の大きい蒼炎弾を残して、他の無数の蒼炎弾でルシヴァルの紋章樹《もんしょうじゅ》の枝を描《えが》くように宙空で分裂《ぶんれつ》しつつ、小さい円の蒼炎弾を造り上げた。あ、蒼炎弾の意味はルシヴァルの紋章樹か？

十個の大きな円は〈筆頭従者長《選ばれし眷属》〉で小さい円は〈従者長〉を意味するような。洒落《しゃれ》ている。まさに蒼炎神《そうえんしん》の血筋なだけはあるレベッカ。

元ハイエルフという種族。もう光魔ルシヴァルだが。

その元ハイエルフのレベッカは、そのまま複数の蒼炎弾で〈投擲〉を行う。

右手はスリークォータースロー。

左手はサイドスローを投げるモーションを取る。

阪急《はんきゅう》の山田《やまだ》投手は速かったらしい。

蒼炎弾の形は野球のボールではないが、往年のプロ野球選手を想起した。

レベッカは左右の腕を交互に振るう。

それぞれ形の異なる蒼炎弾を投げまくる。

邪獣セギログンの足下を漂う頭に甲羅を持つ蛸モンスターと蒼炎弾は次々に衝突。

軟体《なんたい》の胴体に風穴を作っては、軟体の脚の肉片《にくへん》が周囲に飛び散った。

蒼炎で燃えた甲羅は吹き飛びつつ消えて、蒼《あお》く燃えた蛸の軟体も塵《ちり》になって消失。

そんな激しい蒼炎弾の連続爆撃《ばくげき》だが——。

蛸だけに素早《すばや》いモンスターもいた。レベッカの爆撃を避《さ》けていた甲羅の頭部を持つ蛸モンスターの一部は俺たちに向かってきた。蛸の多脚でぴょんぴょんと地面を蹴《け》る姿は意外に力強い。甲羅の頭部を此方《こちら》へと見せるように跳《と》びつつ近付いてきた。

「——閣下、残りの雑魚はわたしが」

水飛沫を散らしつつ跳躍《ちょうやく》していたヘルメだ。

ヘルメは、近寄ってくる蛸モンスター目掛けて——。

右手から出した氷礫《ひょうれき》を飛ばす。

氷礫は雨のように蛸モンスターに降り注いでいった。

蛸モンスターは全身に氷礫を浴びて速度が鈍《にぶ》る。

氷礫で、床《ゆか》に磔《はりつけ》にされた蛸モンスターもいた。

甲羅の頭から変な汁《しる》が飛び出ていたが、氷礫で凍った。更《さら》に、

「闇下、我らの闇骨の――」

「閣下、我らの盾と剣の――」

「にゃごあ――」

沸騎士たちが自分たちの出番かと名乗っている最中に――。

気合いの入った猫声《ねこごえ》を発した神獣ロロディーヌ。

相棒は、沸騎士たちを置き去りにして先頭に立つと頭部を上向かせる。

神獣らしい口から紅蓮《ぐれん》の炎《ほのお》を吐《は》き出した。強力な火炎《かえん》の息吹《いぶき》が前方に拡がった。

炎の効果で邪神像は溶《と》けていないが遺跡《いせき》の中は炎の海となった。

半身の傷だらけだった邪獣と、蛸のモンスターは紅蓮の炎に呑《の》み込まれる。

熱風は俺たちも感じた。沸騎士たちは熱風の影響《えいきょう》を受けてトレードマークとも呼ぶべき黒色と赤色のオーラ的なぼあぼあ煙が消えていた。

「――ぬぁんと」

「ロロ殿様に先を越《こ》されたカッ」

相棒の炎の余波を喰らった沸騎士たちだったが、俺の足下に転がりながら、そんなことを話している。黒馬ロロディーヌの背後にいた常闇《とこやみ》の水精霊ヘルメも同様だ。

群青色《ぐんじょういろ》と蒼色と黝色《ゆうしょく》の皮膚と水の羽衣《はごろも》を蒸発させていた。

血の気が引いたような表情を浮かべつつ「きゃぁ」と悲鳴の声を発していた。
更に、熱風の影響か、水飛沫を全身から噴《ふ》き出していた。
ヘルメは体を液体化させると、瞬時に、俺の左目に飛び込んでくる。
『閣下、怖《こわ》かったです……』
左目の視界にヘルメは現れていないが、怖がっていることは分かる。
『大丈夫だったか?』
『はい、炎の息吹は浴びていませんが、火傷《やけど》に近い感覚を味わいました』
『すまんな、魔力を少しあげよう』
珍《めずら》しく弱気なヘルメに魔力を注入した。
『あ、ロロ様が、ァン、ありが、とう、ございますぅん……』
ヘルメの調子を確認しつつ、前方を凝視《ぎょうし》。
黒色の甲羅のような塊《かたまり》が残っているが、邪神の像を除いて、相棒の炎で蒸発している。
環境《かんきょう》が変化していた。熱を帯びた床の一部は溶けて撓《たわ》んでいる。
まだ燻《くすぶ》っているような音を響《ひび》かせていた。
この威力《いりょく》には、皆《みな》も息を呑んでいるだろう。少し冷やすか。
爆発が起きないように……慎重《しんちょう》にちょろちょろとした水を意識した。

熱で燻っている床へと〈生活魔法〉の水を撒《ま》き散らしながら、

「ロロ、凄《すさ》まじい火炎だったな。前より威力が上がったか？」

と、黒豹《ロロ》に話しかけた。

「にゃおん」

黒豹《ロロ》は甘《あま》い声。珍しくドヤ顔は浮かべていない。

俺の足に頭部を擦《す》りつけて、長い尻尾《しっぽ》を足に絡ませてくる。

「ご主人様、あの、黒い甲羅の塊は何でしょう」

ヴィーネが指を差す。

「さぁな……邪獣の残りカスか？」

「ロロちゃんのブレスは凄まじい！　研究したいけど、手が震えて上手《うま》く字が書けない！　そして、皆も皆よ！　凄い魔法とスキル。わたしの今の実力では、あまり役に立てそうもない……糞、糞、糞、糞」

簡易ゴーレムを連れているミスティだ。

神獣ロロディーヌが放った桁外《けたはず》れの炎を見ての発言。

力不足で申し訳ないといった表情だ。指を噛《か》むように、いつもの癖《くせ》で呟いていた。

「ミスティ、気を落とす必要はないわよ。わたしだってシュウヤとロロちゃんの戦闘《せんとう》を初にしちゃダメ」

めて見た時は、呆然《ぼうぜん》として圧倒《あっとう》されたし、自信を失ってしまうのは、よく分かるから、気

「ん、シュウヤとロロちゃんは特別」

そう話すレベッカとエヴァも特別だと思うが、俺もミスティのフォローへ回る。

「ミスティ、レベッカたちのことは気にするな。お前とて、選ばれし眷属の〈筆頭従者長〉で不死の一族だ。魔導人形《ウォーガノフ》作りもあるだろう？」

「うん！　そうね。わたしはわたしなりに貢献できるようにがんばる」

ミスティは元気を取り戻す。すると、黒色の甲羅が上下左右に蠢いた。

黒色の甲羅は大きな拳を模った黒い触手に変形した。更に、拳から出た黒爪がミスティに向かうや、ミスティの防御層でもある簡易ゴーレムをあっさり貫《つらぬ》いて破壊《はかい》。

そのままミスティ本人に向かう。

「――え？」

「下がれミスティ――」

――左右の手から銃《じゅう》を撃つように〈鎖〉を射出した。

ミスティに迫《せま》った黒爪を貫いた〈鎖〉は拳の黒い触手も貫いた。

「あ、ありがと――」

ミスティは尻餅《しりもち》をついていたが、お礼を言ってきた。

〈鎖〉が貫いた黒触手は萎《しお》れて消える。

攻撃してきた、大本の黒い甲羅の塊から、

「ギャアアアアアア」

と、痛そうな悲鳴を響かせてきた。

尻餅をついていたミスティだったが、素早く簡易ゴーレムを作り上げていた……やるじゃないか。ま、ミスティはもう〈筆頭従者長《選ばれし眷属》〉だ。黒触手が刺さって傷を受けても体の再生はするし、そう簡単には死なない。

ミスティを攻撃してきた、邪獣の黒触手と、その残滓《ざんし》を睨《にら》む。

そこから〈導想魔手〉を発動――プランBを実行した。右手に魔槍杖《まそうづえ》バルドークを召喚《しょうかん》。〈魔闘術《まとうじゅつ》〉を意識して全身に〈魔闘術〉を纏《まと》う。まだ熱を感じる床を蹴って、

「ぬぉぉぉぉ」

と前傾姿勢《ぜんけいしせい》で吶喊《とっかん》した。そんな声をあげつつ突っ込んだ俺を迎え討《むかう》つつもりなのか――

黒い甲羅の塊から黒い拳の形をした触手が迫る。自動カウンター攻撃だろうか。そんなカウンターをカウンターの〈導想魔手〉で迎え討つ！　走りつつ魔線を伴《ともな》う魔力拳《まりょくけん》の〈導想魔手〉を黒い拳の触手へと向かわせた。一瞬、間合いを詰《つ》める速度を緩《ゆる》めた。その間に〈導

想魔手〉の拳と黒い拳の触手が空中で衝突。

独特の破裂音《はれつおん》を発生させた刹那――〈導想魔手〉の魔力拳が、黒い拳の触手に打ち勝った。黒触手は萎《しお》れつつ空気を汚《よご》すような黒い煙《けむり》を発生させて床に四散して消えた。

よーし、このまま本体の邪獣の黒い甲羅の塊を、叩《たた》こうか！

その意気込むまま走る。槍圏内《やりけんない》に入った直後――攻撃モーションに移った。

腰《こし》を捻《ひね》り、腕《うで》も捻る。魔槍杖バルドークを握《にぎ》る腕が自然と螺旋《らせん》運動をする紅矛《べにほこ》が前に出た。紅矛の穂先《ほさき》の〈刺突《しとつ》〉が、黒色の甲羅を突き抜《ぬ》けた。が、まだだ！　まだ終わらんよ
――身体能力を極限まで速める実験の敢行だ――。

魔槍杖バルドークを引いて〈血道第三・開門〉を意識――。

〈血液加速《ブラッディアクセル》〉発動。

――〈脳脊魔速《切り札》〉発動。

「ぬおおおおおおおお――」

足だけでなく、全身から血飛沫《血のオーラ》を飛ばす。

自ら気合いを入れた声を発しつつ――引いた魔槍杖バルドークで〈闇穿《あんせん》〉を放つ。

更に、〈脳脊魔速〉の加速を活かすように――。

魔槍杖バルドークを消して引いた右手に瞬時に魔槍杖バルドークを再出現させた。

その魔槍杖バルドークで〈刺突〉を繰《く》り出した。
コンマ何秒もかけずに魔槍杖バルドークを消去。
また再出現させてから魔槍杖バルドークで〈闇穿〉を放った。
瞬間《しゅんかん》で〈刺突〉と〈闇穿〉のコンビネーション——。
続いて、魔槍杖バルドークの穂先を突き出した。
高速のまま普通《ふつう》の連続突きを前方の黒色の甲羅だったモノに目掛けて繰り出し続けた。
黒色の甲羅だった塊は、一瞬で、削《けず》れに削れて窪《くぼ》んで凹《へこ》んで穴だらけ。
が、まだ黒色の甲羅の奥には、分厚い防御層がある。
その表層は削って削って〈刺突〉をぶっ放す——甲羅が燃えた。
甲羅の原形が消えた。すると、瓢箪《ひょうたん》の形をしたコアのような心臓部が露出《ろしゅつ》——。

「潰す——」

心臓部に〈豪閃〉を繰り出した——。
薙《な》ぎ払《はら》いの紅斧刃《べにおのば》が瓢箪の形をした心臓部をぶった切った。
更に《氷弾《フリーズブレット》》。
《氷刃《フリーズソード》》を近々距離から連続で放つ。
粉々となった黒い肉片に追撃《ついげき》を行った。

〈脳脊魔速《切り札》〉が切れるまで、ひたすら、魔槍杖を振《ふ》り回す――。

左回り蹴《げ》りを繰り出しつつ〈隠し剣《氷の爪》〉も使用――。

〈隠し剣《氷の爪》〉から、再び蹴り、魔槍杖バルドークで貫き、斬《き》る――塵の一片《いっぺん》も残さないように、凍らせ破壊し、紅斧刃を主力に、すべてを燃やし尽《つ》くす――。

〈血液加速《ブラッディアクセル》〉もそこで解除。

床に落ちた最後の肉片へと――魔槍杖を振り下げた。

魔力が迸る紅斧刃が地の肉片をぶっ潰した。

ふうっと、息を吐きつつ魔槍杖バルドークを振り下ろした状態で、動きを止めた。

地面から地響《じひび》きは聞こえないが、足下《あしもと》が少し揺れた。

握り手の紫色の柄《え》が振動。

ゆらゆらとした魔力が出ている穂先の紅斧刃は地面を裂いていた。

「――ふぅ、すっきりした」

と、肩に魔槍杖を担《かつ》ぐ。

『閣下！　凄まじい速度と回転で痺《しび》れました。きっと邪獣の魂《たましい》までも焼失《しょうしつ》したでしょう』

『はは、それは言い過ぎだ』

そこで、ヘルメとの脳内会話を止《や》めながら、魔槍杖を振るい回転。

再び肩に魔槍杖を預けてから――振り返った。

「凄《すご》すぎ……だけど、その沁《し》みるような笑顔《えがお》は何よっ！　ギャップがありすぎて、ドキッとしちゃうじゃない！」

レベッカは怒《おこ》ったような喜んだような、わけの分からない反応を示す。

すると、隣《となり》のエヴァは不思議そうな顔色を浮《う》かべ、

「ん、血の高速移動？　しゅぱぱぱぱって動いていた」

魔導車椅子《まどうくるまいす》に乗りながら可愛《かわい》く腕を伸ばして〈刺突〉の真似《まね》をしていた。

「ご主人様……」

ヴィーネは銀仮面を外し髪《かみ》の上にかけていた。

一対《いっつい》の綺麗《きれい》な銀の瞳《ひとみ》を輝《かがや》かせて俺《おれ》を見つめている。たぶん、もしものために、頗《エクストラスキル》の銀蝶の用意をしていたのだろう。

「シュウヤの足跡《あしあと》が血色に滲《にじ》んでいたのは、判別できたけど、残心も分からず、体が分裂したように見えて動きが捉《とら》えられなかった。わたしも選ばれし眷属の〈筆頭従者長〉になって成長したと思っていたのに……さすがはシュウヤ。わたしたちの眷属の長であり、宗《そう》主《しゅ》様よ」

ユイは感心したように呟《つぶや》くと、刀を仕舞《しま》っている。

「兵法詮議《ひょうほうせんぎ》を行いながらまったく出る幕がなく不甲斐《ふがい》ないですが、マイロードの御業《みわざ》には、畏怖《いふ》を覚えまする……」

カルードは顔色を青くしている。まだ焦げた痕《あと》が激しい床に片膝《かたひざ》を突く。

膝頭《ひざがしら》を焦がしているから、たぶん、そのせいだろう。

痛いと思うが……特に指摘はしなかった。

「ンンン、にゃ、にゃ」

黒豹《ロロ》だ。邪神《じゃしん》シテアトップの神像で、爪とぎを実行中。

鋭《するど》い爪で神像が削れていたが、注意はしない。

黒豹《ロロ》なりに、この『虎《とら》の像を守ったにゃ』か？

『こいつ倒《たお》すにゃ～』か、『尻尾多いにゃ、生意気にゃお』か？

は、分からないが……これで、邪神との約束は果たした。

十天邪像《じゃぞう》をアイテムボックスから取り出す。

「シュウヤ、それを嵌《は》め込む？」

レベッカは怪《あや》しい鍵《かぎ》に興味があるようだ。

豊かな金髪を揺らしながら近寄ると、蒼い瞳で凝視。

シトラス系のいい匂《にお》いが漂った。

「そうだ。これで、神域の特殊《とくしゅ》部屋を開ける。そこで力を授《さず》けてくれるらしい」

俺は壺のような怪しい鍵《十天邪像》を皆に見せながら話す。

「……怪しい」

エヴァは紫《むらさき》の瞳でじっと鍵先を見て呟く。

『閣下、エヴァに同意します』

小型ヘルメも注射器を鍵へ向けて突きつけながら指摘する。

「そうですね、邪神とやらが素直《すなお》に力を授けるとは……」

ヴィーネも訝《いぶか》しみつつ発言。

「お前たちの気持ちは分かる。俺も端《はな》から信じちゃいない。だが、十天邪像を手に入れた時から、ここを開けることは決まっていた気がするんだ」

運命神アシュラーじゃないが……。

「愛するシュウヤと敵対する相手が、たとえ、善神、邪神、魔神《まじん》だろうと、そのすべてを――この魔刀アゼロスで切り伏《ふ》せてやるんだから」

ユイは特殊な魔刀の鞘《さや》を持ち上げながら、宣言していた。

嬉《うれ》しいことを言ってくれるじゃねぇか。

「ん、がんばる！　新しい金属刃で倒すっ」

エヴァもやる気を示すように、魔導車椅子を瞬時に新しいバージョンに変えた。

金属の足だが、少し大きい車輪が足の横に付いている。そのまま邪神シテアトップの邪神像に近寄っていた。レベッカが頷《うなず》いて、

「うん、シュウヤ、早く鍵を開けましょう」

「マイロード、背後に敵はいません。準備は整いましたぞ」

「その鍵は……研究の資料に使えるかも知れないわね……」

ミスティは独りだけ熱心にスケッチブックに鍵のことを描《か》いていた。

「おう。さしこんでみる」

頷いて、邪神シテアトップの邪神像の足下の鍵穴へと、十天邪像の鍵を差し込んだ。

何も起こらず、あ、差した鍵を回すのか。鍵を右に回すと――。

ガチャッと大きな音が鳴った。

邪神シテアトップの邪神像の全身が黄土色に輝いた。

続けて、足下が粘土《ねんど》的にぐにょっと曲がって変化。足下の鍵穴だけが形が変わらず鍵穴の周りだけが窪んで奥行きが拡がった。奥へと続いている騙《だま》し絵《え》的だ。

目に錯覚《さっかく》を引き起こす勢いのまま独特の形をした空間を作り出す。

その穴の奥には、黄金色《こがねいろ》に輝く両開きの扉《とびら》があった。

「わぁぁ……不思議」

「ん、黄金色」

「ご主人様、ここの先に邪神シテアトップが？」

「たぶんな」

鍵を引き抜くと、先から血が滴《したた》り、にょきにょきと蠢《うごめ》いていた。

直《す》ぐに元に戻ったが、気色の悪い鍵だ……。

鍵は胸ベルトのポケットへ入れておく。

『……閣下、あの扉の先から魔素が噴出《ふんしゅつ》、間欠泉のように溢《あふ》れ出ています』

確かに魔察眼で見ると、眩《まぶ》しい光が扉から漏《も》れ出ていた。

「開けて進むぞ」

「「はい」」

「「うん」」

「にゃあ」

黄金色の両開き扉に手を伸《の》ばした。扉の感触《かんしょく》は金属。見た目通り黄金だろうか。

切断して持ち帰ったら？　ま、いいか。

……指で黄金色の両開き扉を押《お》し開くと、中から薄青《うすあお》い霧が溢れ出た。

先には空間が広がっていそうだ。そして、青い霧のようなものが満ちていたから、少し臭《くさ》そうだ……毒ガスではないと思うが、我慢《がまん》して足を踏《ふ》み入れる。

湿《しめ》ったような青い霧を掻《か》き分けるように進むと、

「おぉ、善くぞ、扉を解放してくれた、俺の使徒よ……」

聞いたことのある声が響いた。青い霧が晴れた。

……と、その先から声の主が姿を見せた。黄土色に輝く毛を持つ大型の虎。

が、俺がラッパーな千年の植物《サウザンドプラント》を使い、見て話した元気のあるコミカルっぽさのある虎《とら》邪神《じやしん》の姿とは違《ちが》う……まさに邪神シテアトップ。

全身が青白い光を帯びた太い鎖により、地べたに捕《と》らわれている姿だが……。

十本の大きな尻尾も、一つ一つが丁寧《ていねい》に梱包《こんぽう》でもされるように青白い鎖により搦《から》めとられて、地べたに押さえつけられていた。

「……お前の使徒になった覚えはないが、千年の植物《サウザンドプラント》を使い、話をしていた姿とだいぶ違うな？」

「そうだよ。力を授けてやるから、この忌々《いまいま》しい呪縛《じゆばく》の鎖を解いてくれないか？」

大型の虎は頭を持ち上げて、ギラついた双眸で青白い鎖の根元がある青白い光を発している大きな岩を睨んでいた。大きな岩は、あちらこちらに魔《ま》法陣《ほうじん》を形成するかのように設置されているようだ。大型の邪神シテアトップを押さえている青白い鎖と大きな岩はしっかりと繋《つな》がっている。俺はその邪神シテアトップに向けて魔槍杖バルドークの穂先を向けた。そして、

「解いたら、本当に力を授けてくれるんだな？」

「あぁ、槍使いよ。約束は守る」

「ご主人様、怪しいです。そもそもなんで、ここに封《ふう》じられているのでしょうか……」

ヴィーネが封じられている邪神の姿を見ながら語る。

「ちっ、余計なことを……だから一人で来いといったんだ」

邪神シテアトップは牙を剥《む》き出す。黄土色の息を吐きだしながら喋っていた。

「邪神シテアトップ、俺の大切な女の言葉だぞ？　気に入らんな。なんならこのまま帰るか？　話も違うし、岩を破壊しろなんて聞いていない」

「ま、まてぃ、悪かった……頼《たの》む、後生だ。あの鎖を……外してくれ」

邪神は額を地に突けて謝《あやま》ってきた。額を突けた床が黄土色に染まる。

更に、黄色い毛が生えた。続いて、樹木の床へと変わった。

不思議だが、この迷宮《めいきゅう》の階層と邪神シテアトップの繋がりを示唆《しさ》する光景でもある。

「それじゃ、質問に答えてもらおう。何故《なぜ》、ここに封じられているんだ？」

「戦いに敗れたからだ……」

大型の虎は、悔《くや》しそうに歯牙を鳴らす。

「何との戦いだよ」

「邪神アザビュースとの戦いだ」

「へぇ、そんな邪神がこの迷宮と繋がる邪界ヘルローネにいるんだ」

「光を使う邪神……深淵《しんえん》にて……セラ世界と他の次元界と融合《ゆうごう》。或《ある》いは、すべての支配を目論《もくろ》んでいる」

「邪神シテアトップは弱いのか？」

「生意気な小僧《こぞう》……め、俺は弱くはない！　今封じられている俺は、一部のみ……」

邪神シテアトップは顔色を悪くして地べたにうつ伏《ぶ》せになる。

「ふーん、少し皆と相談する」

「……はやくしろ」

邪神から少し距離《きょり》を取り、後ろで見ていた皆へ振り向く。

「という感じらしいが、皆はどう思う？」

「にゃん」

いつの間にか姿を大きくしていた神獣《しんじゅう》ロロディーヌ。黒豹《くろひょう》系の頭部。

胴体《どうたい》は馬に近いか。首回りから触手《しょくしゅ》を複数伸ばしながら、その凛々《りり》しい頭部に似合わない可愛い声で鳴いていた。そんな相棒は、気持ちを伝えて来ないから分からないが、きっと遊んで狩《か》りがしたいとかだろう。

「わたしは反対、あの虎、どう考えても普通じゃない」

「レベッカの意見は尤《もっと》もですが、邪神の力を使うご主人様を、見てみたいと思う自分もいます」

「ん、シュウヤ、その顔色……もう心は決めているんでしょ？」

さすがはエヴァ。心は読まずとも分かるか。

「その通り……解放する」

「だったら、早くやりましょうよ。戦いになったら斬ればいい」

「戦いに賛成ですぞ！　神殺しが如何《いか》なるものか！　年甲斐《としがい》もなく興奮するというもの……この魔剣《まけん》ヒュゾイで参戦しますぞ」

カルードは目を充血《じゅうけつ》させ目尻には血管が浮き出ている。

完全なるヴァンパイア顔だ。イケメン中年だから、まぁ、かっこいいな。

「父さん、やる気は十分ね」

「……役に立つか分からないけど、何かあったら、簡易ゴーレムを突っ込ませるわ」

ミスティがカルードのイケメン中年の顔を見て、少し惚《ぼ》けてから、そう話していた。

「閣下、黒沸騎士ゼメタスも戦いますぞ、闇骨《やみぼね》の技《わざ》を皆さまに見せましょう」

「この赤沸騎士アドモスッ、ゼメタスには負けませぬっ」

レベッカは黒沸騎士ゼメタスの煙を出す体や鎧《よろい》に興味があるのか、白魚のような手で鎧をぽんぽんと叩きながら口を開く。

「――しょうがないわね、蒼炎弾《そうえんだん》を用意しとく」

「ん、選ばれし眷属《けんぞく》の一人として、邪神に勝つ」

エヴァも魔導車椅子に座《すわ》りながら紫魔力《むらさきまりょく》を全身に纏う。

そんな頼もしい全員へ向けて頷くと、邪神を押さえている鎖《くさり》が繋がっている一つの大岩へ歩いていった。

「素晴《すば》らしいぞ!!　やはり、俺が選んだ使徒。素晴らしい槍使いだ」

大声で邪神シテアトップは俺の行動を褒《ほ》めてきた。

『閣下、外に出て戦いに備えておきます』

『そうだな』

『はいっ』

ヘルメを左目から放出。にゅるりにゅるりと謂《い》わばステルス状態とも言える液体状態で、邪神が捕《とら》われている所の背後へ移動。邪神は気付いていない。

そもそもあいつ《邪神》は欲をチラつかせて、人族だと思い込んでいる俺を操《あやつ》っているつもりなのだろう。ここに来ている全員が普通じゃない光魔ルシヴァルの一族だと知ったら、果たして、どんな顔を浮かべるか……楽しみだ。

俺はヴァンパイア系の邪悪《じゃあく》な笑《え》みを意識。

笑いながら、青白い光を放つ鎖を出す大岩を見る。

大岩の表面には見たことのない紋章陣《もんしょうじん》が刻まれてあった。

その中心から青白い鎖が飛び出ている。大岩へと左手を翳《かざ》し〈鎖〉を射出。

〈鎖〉は抵抗《ていこう》もなく大岩を貫いた。

※エクストラスキル多重連鎖《れんさ》確認《かくにん》※
※エクストラスキル〈光の授印〉の派生スキル条件が満たされました※
※エクストラスキル〈鎖の因子〉の派生スキル条件が満たされました※
※ピコーン※〈霊呪網鎖《れいじゅもうさ》〉※スキル獲得《かくとく》※

スキルを獲得。邪神を封じていた光の鎖と大きな岩は特殊だったようだ。

もっと壊《こわ》せば覚えられるか？

調子に乗って〈鎖〉を射出しては、周りの大きな岩のすべてを破壊。

しかし、スキルは得られなかった。

「ヌハハ！　解放だ、解放だぞ！　一部とはいえ、封じられた俺様アァ、ふっか～つ！」

邪神シテアトップの喜ぶ声は、独特だ。

ふと、このテンションから千年の植物《サウザンドプラント》の喋《しゃべ》りを思い出す。　元は邪神シテアトップの眷属の樹木だから……ありえるか。

邪神シテアトップは青白い鎖を振り払う。周囲の青い霧《きり》を吸収し体を膨張《ぼうちょう》させた。

その膨張した黄土色の毛が盛り上がる。内部の皮膚《ひふ》と筋肉が張ったのか、波を起こすように、本当に黄土色の毛がウェーブしていく。太い前足の邪神シテアトップ。

その前足から虎や獅子《しし》といった獣《けもの》を超《こ》えた鉤爪《かぎづめ》を伸ばす。

鉤爪で地面をガリガリと削ると胴体を曲げて回りに回った。

獅子舞《ししまい》を彷彿《ほうふつ》とする動き。そして、頭部を、のそりと、こちらに向けた。

双眸《そうぼう》はギラついている。鋭い鏃《やじり》のような眼《め》は恐怖《きょうふ》を抱《いだ》かせた。

口元の髭《ひげ》が香油《こうゆ》で光った。野獣極《やじゅうきわ》まりない巨大《きょだい》な虎。

十本の長尾《ちょうび》を従えた姿で立つ邪神シテアトップか。が、その姿は……。

どことなく古代中国でも有名な妖狐《ようこ》にも見える。

邪神シテアトップは髭《ひげ》を歪《ゆが》めつつ、口を広げて歯牙《しが》を晒《さら》すと、

「ヌハハハハハハハッ！」

噴き出した笑いだが、威圧的《いあってき》だ。凍《い》てつく波動のような圧力を感じた。

「使徒の槍使《やり》いよ、求めよ、さらば与《あた》えられん！　だがぁ、やはり簡単には、力を授けてやらない……ンギャッハッ」

邪神シテアトップは意味のあるような言葉を発すると、俺に吶喊。

左右の巨大な前足から黄土色の長い爪が伸びる。

やはり嘘《うそ》か。新しいスキルの確認をしたかったが。

両手から〈鎖〉を出す――〈鎖〉の狙《ねら》いは、俺を突《つ》き刺《さ》そうとする黄色い爪を持つ前足だ。狙い通り――〈鎖〉の先端《せんたん》は邪神シテアトップの巨大な両前足を貫いた。

その〈鎖〉を瞬時《しゅんじ》に操作。胸元《むなもと》をおっ広げてやろう！

巨大な両前足に〈鎖〉を絡ませつつ――邪神シテアトップの左右の腕を左と右に引っ張るように移動させた。

「――げぇぇぇ、なんじゃこりゃぁっ」

邪神シテアトップは叫《さけ》ぶ。

イエスキリストを十字架《じゅうじか》に張り付けたように邪神シテアトップの腕を宙に縫《ぬ》い留《と》める形となった。ところが、邪神シテアトップは両腕《りょううで》を振り回して、元気に、

「グハハハ、俺様の皮膚を突き刺すとは！」

〈鎖〉で、両腕を貫かれている邪神シテアトップだが、効いていないようだ。

高らかに笑うと、

「――随分《ずいぶん》と鋭い矛を持つのだな！　だがッ！」

〈鎖〉が突き刺さったままの自らの腕を強引《ごういん》に引き裂《さ》いて、〈鎖〉から腕を解放させた。

腕の裂けた傷から黄色の毛が散る。同時にどす黒い血が迸《ほとばし》った。

――刹那《せつな》。その、どす黒い血が、無数の黒樹槍《こくじゅそう》に変化を遂《と》げる。

黒樹槍は俺たちに飛来してきた。

――その迫った黒樹槍を魔槍杖で打ち払う。俺は距離を保ったが――。

皆にも、豪雨《ごうう》が降りかかるように黒樹槍が向かう。

ユイは魔刀で黒樹槍を切り伏せる。ヘルメは水状態で被害《ひがい》はなし。

ヴィーネは華麗《かれい》に黒樹槍を避《さ》けた。

エヴァは紫魔力を帯びた黒トンファーで黒樹槍を圧《へ》し折り、

「ん、この黒樹槍は鋼鉄。けど、黄色の葉がついてる」

黒樹槍を叩き折った感触は鋼鉄のような感触だったらしい。

力強い一面もあるエヴァは魔導車椅子を独楽《こま》のように回して華麗に黒樹槍を避けていく。

蒼炎を身に纏ったレベッカも、

「もう、何よっ、この黒樹槍は！」

そう言いながらも魔法使《まほうつか》い系とは思えない速度で黒樹槍を避ける。

「ンン、にゃぁ、にゃっ、にゃ――」

黒豹のロロディーヌだ。

首元から出した触手骨剣で目の前に迫った黒樹槍を跳《は》ね返すように弾《はじ》く。

更に、回転しながら黒樹槍に向けて跳躍。

次々と迫る黒樹槍に飛び移っては、黒樹槍の上を走る。

そして、その黒樹槍を蹴って他の黒樹槍に飛び移った。曲芸的な遊びを繰り返す。

ロロは何でも遊びに変えてしまうから面白《おもしろ》い。

カルードは黒樹槍を見事に一刀両断していた。

しかし、足先に違う黒樹槍が当たり転んでしまう。

「――父さん、大丈夫《だいじょうぶ》？　すべてを斬《き》ろうとするからよ」

ユイは身に迫る黒樹槍を幾《いく》つも斬りながら、冷静に父へ語りかけていた。

あの辺は場数を感じさせる。

「大丈夫だ。もう再生した。まだ、力の匙加減《さじかげん》が難しくてな」

カルードはまだルシヴァルとしての力を活《い》かしきれていないようだ。

一方で、沸騎士《ふつきし》たちは――方盾《たて》で黒樹槍を防ぐ。

しかし、連続的に迫る黒樹槍を受け続けた方盾は弾かれてしまった。

そして、沸騎士たちの胸元に黒樹槍が突き刺さる。煙を纏う鎧ごと胸が貫通《かんつう》していた。

沸騎士たちは床《ゆか》に倒れた。

「閣下ァァァァ」

「ぐぬぬぬ」

ミスティ自身は沸騎士たちの光景を見て――青ざめた表情を浮かべていたが、逃《に》げるように黒樹槍を避《さ》ける。しかし、ミスティが操る盾代わりのゴーレムは黒樹槍に貫かれて粉々になった。沸騎士以外は大丈夫そうだ。目の前に迫る黒樹槍を避けて弾きつつ皆の様子を見て、安心していると邪神シテアトップが、

「なんなのだ、この、臨機応変に対応する者たちは……」

唸《うな》るような声質で喋る。

邪神シテアトップの黄色い毛を生やしている両腕の傷は再生していた。

邪神シテアトップは俺を睨むと四肢《しし》の筋肉が盛り上がった。

「ならば直接、頭を潰《つぶ》してやろう、フンッ――」

床を焦《こ》がすような膂力《りょりょく》で突進《とっしん》してくる――速い。

邪神シテアトップは黄色い毛が目立つ片腕《かたうで》を振り下ろしてきた。
指先には、黄色から黒色に変化した両手剣の幅《はば》のある爪が伸びていた。
反射的に――魔槍杖で、その太い黒色の爪を受けた――がっ、重い。
――受けきれない。
「ぐをっ」
爪の斬撃を頭部に喰《く》らった。イリアスの外套《がいとう》の一部が切断。
痛《いて》ぇぇぇ――紫色《むらさきいろ》の魔竜王《まりゅうおう》の鎧が斜《なな》めに大きく裂かれた。
――ぐあぁ、右腕《みぎうで》をも――切断された――凄まじい衝撃《しょうげき》を受けた。
後方へ吹《ふ》き飛ばされた。ぐぁ――ぐえお――うへぁ――。
と、硬《かた》い岩盤《がんばん》のような地面とぶつかる。
何度も打ちのめされ、もんどり打って横転を繰り返す。
無事な左手の〈鎖〉を射出――。
地面に刺さった〈鎖〉で勢いを殺す――。
〈導想魔手《どうそうましゅ》〉で背中を包むようにクッションにして、やっと動きが止まった。
「……痛すぎる……パクスといい、さすがは神の一部……」
一瞬《いっしゅん》だけ左の視界が真っ暗になったが、すぐに再生し視界が戻《もど》った。

血塗《ちまみ》れだが、右腕も再生し元通りだ。握ったり、開いたりしても違和感《いわかん》なし。
愛用の魔槍杖は古い右腕に握られた状態だ。当然、前方に転がっている。
切られた右腕のほうは、アイテムボックスが嵌まった状態。
あれは絶対に回収しないと駄目《だめ》だ。
んだが、右腕が二つあるということだよな……。
不思議だ。首が切断されたら、頭部はどうなるんだろう。
瞬時に頭部が再生して、前の視界と合わさって、四つの視界になったりするのだろうか
……マルチコアCPUで先をいくAMDのような、いや、何を、混乱したようだ。
「ご主人様っ」
「シュウヤッ、大丈夫?」
皆《みな》は、黒樹槍の群れの攻撃《こうげき》を避けながらも、俺がやられたのを見て、焦《あせ》った表情だ。
あまり聞いたことのない切羽詰《せっぱつ》まった声を上げていた。
俺は仲間たちへ無事をアピールするように、
「大丈夫だ――」
そう大声を叫ぶ。
あまり大丈夫じゃないかもだが――同時に――血魔力《ちまりょく》〈血道第三・開門〉。

〈血液加速《ブラッディアクセル》〉を発動。

続けて〈血鎖《ちぐさり》の饗宴《きょうえん》〉も発動した。血を操作し、足の皮膚から血を出す。

魔竜王のグリーブの表面を、赤黒い血で染めた。

硬い床を踏み潰すように蹴りながら――。

放出した血鎖の一部を切断された右腕に向かわせた。

右腕の肘《ひじ》があった断面へと試《ため》しに――血鎖の先端を突き刺した。

おぉぉ、繋がった。切れられた古い腕と感覚がリンクした――。

もう一つの腕を持ったと分かる。思わず、笑いが込み上げてきた。

「フハハハッ、ここに、三つ腕の槍使いが誕生せり――」

「再生だと!? ……人ではないのか」

邪神シテアトップは突如《とつじょ》、笑いつつオカシナことを宣言する俺の姿を見て警戒《けいかい》したようだ。虎の頭部を屈《かが》めながら後退した。そんな後退した邪神シテアトップに向けて、両手首から普通の〈鎖〉を射出――。

「ふん、それはもう喰らわん――」

邪神シテアトップは、俺の二つの〈鎖〉を絶妙《ぜつみょう》な動きで踊《おど》るように避けた。

そのお陰《かげ》か、黒樹槍の、皆に降り注いでいた流星雨的な攻撃は止まった。

避けた機動のうちに――血鎖と繋《つな》がった右腕を操作。

血鎖と繋がる古い右腕が握《にぎ》る魔槍杖を呼び寄せた。シュールだ。

切断されている右腕を持つ。と、いまだかつてない不思議な感覚を得る。

自分の腕を、新しい腕で握る。未知なる感覚。

刹那――切断された右腕の指に嵌まっていた闇の獄骨騎《ダークヘルボーンナイト》の指環《ゆびわ》が、蠢《うごめ》いた。その蠢いた指環が変形しつつ自動的に俺の新しい指へと嵌まる。沸騎士たちは黒樹槍に貫《つらぬ》かれて消えている。

もう魔界《まかい》に戻っているはずだ。あいつらの意識が、この指環に乗り移っていたのかも知れない。そんなことを考えながら素早《すばや》く――。

古い右腕からアイテムボックスを外し、新しい右腕に嵌め直した。

アイテムボックスを操作――パクスが持っていた魔槍《まそう》グドルルを取り出しては、新しい再生した右腕で握る。血鎖と繋がっている魔槍杖を握っている古い右腕を操作しつつ上に移動させた。やはり、古い右腕の感覚は不思議だ。

〈導想魔手〉ではない、リアルな手が一つ増えた状態だ。

一方、邪神シテアトップはとぐろを巻く勢いで蛇《へび》の如《ごと》く動いている〈鎖〉の先端《ティアドロップ》を避け続けている。先ほど体を貫かれたことが、余程《よほど》、嫌《いや》だったようだ。

素早く避ける邪神シテアトップに対して、エヴァの土魔法《まほう》、レベッカの火魔法、ヴィーネの風魔法が追尾《ついび》しながら衝突《しょうとつ》するが、黄色い毛の皮膚が僅《わず》かに貫かれ表面が燃えるだけで通じなかった。続いてレベッカは蒼炎《そうえん》を纏《まと》う両手で、蒼炎弾を作ると、その蒼炎弾の〈投擲《とうてき》〉を行った。レベッカの〈投擲〉した蒼炎弾は邪神シテアトップの黄色い毛が深い個所の衝突。貫きはしなかったが腹を陥没《かんぼつ》させていた。

「ぬぐおっ、俺様に直で、ダメージだと!?」

邪神シテアトップは〈鎖〉を躱《かわ》し避けながらも、蒼炎弾を放ったレベッカを睨《にら》む。

「きゃ、怖《こわ》いっ」

レベッカは慌《あわ》てて、素早く走り逃げていた。

ヴィーネも魔法を止める。短弓《たんきゅう》から長弓《ちょうきゅう》へと変化させた翡翠《ひすい》の蛇弓《バジュラ》を構える。――美しい翡翠の蛇弓《バジュラ》。

――上弭《うわはず》と下弭の蛇模様の翼飾《つばさかざ》りが目立つ。

それでいてヴィーネの両手首からは緑の煙的なオーラが漂《ただよ》う。

緑オーラが包む青白い指がレーザー的な光る弦《げん》を引くと、緑色の光線の矢が放たれた。

その光線の矢は、虎の姿の邪神シテアトップを追尾。

見事に、邪神シテアトップの胸に突き刺さった。

刺さった光線の矢を基点に、円状の黄色の毛がブアッと、風を受けたように溶《と》けた。

邪神シテアトップの胸の円の皮膚が露《あら》わになると、刺さっていた光線の矢から緑色の蛇たちが邪神シテアトップの皮膚の内部に浸透《しんとう》。

刹那、緑と蛇と薔薇《ばら》の閃光《せんこう》が、邪神シテアトップの皮膚から迸る。

それは魔毒《まどく》の女神《めがみ》ミセアの力が躍動《やくどう》するような閃光だった。光線の矢ごと爆発《ばくはつ》。

「グアアッ」

邪神シテアトップの皮膚と血肉が吹き飛んだ。

翡翠の蛇弓《バジュラ》が生む光線の矢は強烈《きょうれつ》だからな。

が、虎邪神は邪神シテアトップ。痛みの声を上げつつも、俺の〈鎖〉を避け続けている。

黒豹《ロロ》はそんな邪神シテアトップの背後へと走った。

ミスティは新しくゴーレムを作りつつ、少し距離を取る。

ユイとカルードは黒豹《ロロ》と連携《れんけい》するつもりか？

邪神シテアトップの左右へ走った。さて、俺はあれを試すか。

血鎖と繋がった右腕は頭上高くに浮かせた状態。

この間の新武器を……〈鎖〉を放出している両腕、二の腕へ魔力を集中――。

二の腕の内部に格納されてあるモノへと魔力を送る。

――新武器の光輪《アーバー》を発動した。
その瞬間《しゅんかん》、二の腕から手首の位置まで、連なる光の環《わ》が出現。
掌《てのひら》には、チャクラム系の武器の光輪が出現。
前回と同様、光の魔法文字が、その光の環の周りを高速で回っている。
「――光輪だと？　まさか……」
邪神シテアトップは〈鎖〉を器用に避けながらも、驚《おどろ》いていた。
光輪《アーバー》の武器を知っているようだ。
眼を見開いている邪神シテアトップの表情を確認《かくにん》しつつ。
二つの光輪《アーバー》を射出。
狙いは邪神の踊るように動く四肢。それも黄土色の毛並みが濃《こ》い脚《あし》だ。
「ひぃぃっ、嘘つきな槍使いめぇぇぇ、神界の使徒めがァァァ」
欺《あざむ》いたのはお互《たが》い様《さま》だろう。と言っても、俺は神界の使徒ではないが。
邪神シテアトップは避けようと脚を動かす。
が、二つの〈鎖〉を避け続けている邪神シテアトップは、動きが鈍《にぶ》る。
二つの光輪《アーバー》は太い脚へ吸い込まれるように沈《しず》み込んだ。
「ぎゃぁぁぁぁ」

その邪神シテアトップの脚の内部に入った二つの光輪《アーバー》を操作。光輪《アーバー》の武器は邪神シテアトップの脚を縦横無尽《じゅうおうむじん》に切り裂いた。

邪神シテアトップの太い脚を四散させた。

「ひぃあぁ……、脚がぁ」

邪神シテアトップは自ら切り裂かれた骨の一部を見つつ悲鳴を上げる。その脚から肉が落ちつつ黒血が大量に迸っていた。まだだ——〈鎖〉を操作。

二つ〈鎖〉が動きが止まった邪神シテアトップの肩《かた》を狙うや、瞬時にその肩を貫いた。よっしゃ、〈鎖〉は獲物《えもの》に喰らい付くように邪神シテアトップの胴体に絡《から》まりながら胸も貫いた。そして、続けてあるイメージを実行した。

そのイメージとは納豆《なっとう》巻きだ！　異世界で納豆巻きが食べたいんだゴラァ！

そんな変な気合いを発しつつ邪神シテアトップの二の腕を〈鎖〉で納豆手巻きにしてやった。〈鎖〉で邪神シテアトップの腕を雁字《がんじ》搦《がら》めに巻いた。

念のため〈光条の鎖槍《シャインチェーンランス》》〉を連続で二発射出——。

〈光条の鎖槍《シャインチェーンランス》〉は宙を裂くように邪神シテアトップの腕に向かう。〈光条の鎖槍《シャインチェーンランス》〉は邪神シテアトップの両手を貫いた。刺さった〈光条の鎖槍《シャインチェーンランス》〉の後部は裂けた。

そのまま裂けた部位は生きたイソギンチャク的に蠢いて、光の網《あみ》へと変形。

光の網は邪神シテアトップの手の甲《こう》と体を覆《おお》った。

光の網で、邪神シテアトップを床に押さえ込むことに成功。

邪神シテアトップの見た目は、ガリバーが小人たちに捕《つか》まった姿だ。

〈鎖〉だけでなく、二つの光輪《アーバー》をこのまま操作して――。

全身を滅《めっ》してやろう。が、邪神シテアトップは、

「まさかこれを使わさせられるとはな！　対神界円環武具《サークル・オブ・グロド》」

邪神シテアトップは独特な音声で叫ぶと、下半身の傷から環状《かんじょう》の黒刃《くろば》を生み出した。

その環状の黒刃で光輪《アーバー》は相殺された。

「――ガ・デズッ」

更《さら》に、呪文《じゅもん》めいた言葉を叫ぶと、黒色の衝撃波《しょうげきは》を放つ。

その瞬間、左右の二の腕に埋《う》まっていた光環から腕先まで連なる環のすべてから光が失われた。俺《おれ》の二の腕へと環が自動的に納まる。

呪《のろ》いでも受けたのか？　試しに、二の腕へ魔力を送った。

防具的な環は手首にまで展開しない。手には光輪は出現しなかった。

しかも、黄金環の色合いが変わり、闇の色合いが斑《まだら》に混ざっていた。

こりゃ、壊れたか。ま、相手は邪神《じゃしん》だ、対神界用の切り札を持っているのは当然か。

防具としては機能するようだし……仕方ない。そこに、

「閣下に傷を負わせた責任は重大です。生意気なお尻《しり》を教育します」

邪神シテアトップの背後に回り込んでいた常闇《とこやみ》の水精霊《せいれい》ヘルメだ。

怒《いか》りの形相を浮《う》かべつつ腕の先から氷槍を繰《く》り出していた。

邪神シテアトップは「ひゃぁぁぁ」と悲鳴を上げている。

十本の尻尾《しっぽ》と尻に無数の氷槍が突き刺さっているんだろう。生々しい音が響《ひび》いてくる。

魔法の攻撃を素《す》で受けているような邪神シテアトップ。

光輪を封じることに集中しすぎていた？　あのままだと邪神シテアトップの脚がなくなり、尻までなくなるかも知れない。

太腿《ふともも》の傷口に氷槍が集中しているのか、ここからでは見えない。

「うげぇぇ、重い――」

背中を反らした邪神シテアトップの上に神獣ロロディーヌがのし掛《か》かった。

神獣ロロディーヌは、そのまま邪神シテアトップの背中をサーフボードに見立てて床を滑《すべ》ってサーフィンを実行――凄《すご》い倒《たお》し方というか遊びだ。

巨大な相棒が邪神シテアトップの背中に乗っている状況《じょうきょう》は一方的な光景。

しかし、その巨大な神獣と巨大な虎邪神が戦う姿は絵になる。

同時に、頭と胸が焦げるように滑る邪神シテアトップ。

その邪神シテアトップの両腕に絡んだ〈鎖〉を操作した。

邪神シテアトップの両腕を引っこ抜《ぬ》くイメージだ。

すると、神獣ロロディーヌが邪神シテアトップの項《うなじ》に鋭《するど》い牙《きば》を立てた。

続けて、全身から触手骨剣《ほねけん》を出す。

それらの触手骨剣は宙空で弧《こ》を描《えが》くと邪神シテアトップの体に向かった。

複数の触手骨剣が連続的に突き刺さった。

ズドドドッと重低音が響き渡《わた》る。邪神シテアトップの黄色い毛と血肉が散る。

「げふぃぃぃ」

邪神シテアトップは喉《のど》と口から大量の黒血を吐《は》き出した。苦しそうだ。

先ほどの光景に逆戻《ぎゃくもど》り。いや、もっと酷《ひど》い状況となっている。すると、

「ん——」

エヴァの声が微《かす》かに聞こえた。

エヴァの操る紫魔力が包む金属刃が邪神シテアトップへと向かった。

エヴァは、邪神シテアトップの背中に乗ったままの神獣ロロディーヌに、それらの金属刃が刺さらないように操作した。神獣ロロディーヌの衛星のように回った、それらの金属

刃が邪神シテアトップの体へ突き刺さる。神獣ロロディーヌは、エヴァの攻撃の邪魔《じゃま》になると判断したようで、触手骨剣を引いた。

そして、邪神シテアトップの体に数本刺したまま横へと跳躍《ちょうやく》した。

「ロロちゃん、ナイスッ――」

レベッカが叫びながら蒼炎弾を〈投擲〉――。

床で這《は》う邪神シテアトップの胴体に、その〈投擲〉した蒼炎弾が直撃《ちょくげき》。

先ほど蒼炎弾を喰らった時は陥没だけだったが、今度は黄土色の毛ごと皮膚を吹き飛ばしていた。更に邪神シテアトップの体に蒼炎が縁取《ふちど》る大きな穴を誕生させた。

邪神シテアトップの黒い肉片《にくへん》と黒血がいたるところに散らばった。凄い威力《いりょく》だ。

「次はわたしよ――」

左側に移動していたユイ。叫びつつ跳躍――自らも回転していた。

左右の腕が握《にぎ》る特殊魔刀《とくしゅまとう》を振《ふ》るうと、その回転力が増した魔刀の刃が〈鎖〉に絡まった邪神シテアトップの腕を捕《と》らえた。

一瞬で、二つの魔刀の刃は太い邪神シテアトップの上腕《じょうわん》を巻き込むように沈み込む。

――ユイの魔刀の回転斬りは止まらない。腕や脇《わき》を切り刻む。そのユイは邪神シテアトップの脇腹の近くに着地。白い太腿を魅《み》せる動きから、振るったユイの魔刀が、邪神シテアトップの脇腹を斬《き》った。邪神シテアトップの脇腹から血が噴出《ふんしゅつ》。

深い刀傷を与えている。

「……娘《むすめ》に負けるわけにはいかないっ」

カルードが叫ぶ。ユイのフォローをするように刀による袈裟《けさ》斬り。

更に、前傾姿勢のまま剣を突出させた。身動きが取れない邪神シテアトップの脇腹を突いた。

あの剣術《けんじゅつ》は、啄木鳥《きつつき》か？

黄土色の毛並みの皮膚を持っていた邪神シテアトップは全身が黒血に染まった。

顔は皮膚は焼けただれ、胸には大穴を空け、手は切断され、尻の穴には氷槍が突き刺さり、足は潰され、凄惨《せいさん》さを極《きわ》めて、見るも無残な光景に。

「ぐげぇぇぇぇ……なんなのだぁぁ、これほどの力……だが、お前たちは根本的に間違《まちが》っている。俺は邪神の一部だぞ？」

全身が傷だらけの邪神シテアトップはニヤリと嗤《わら》う。

その刹那、邪神シテアトップは爆発的《ばくはつてき》な魔力を体から放出する。

体を脱皮《だっぴ》？〈鎖〉に捕らえられた毛の皮膚を脱《ぬ》ぎ捨てつつ——。

大量に自らの肉片と皮膚を周囲へ吹き飛ばした。

その肉が付着した皮膚は、一瞬で、黒々とした樹《じゅ》の槍に変化。

強烈な衝撃波と共に三百六十度、隙間《すきま》なく黒樹槍を撃ち放ってきた。

黒樹槍は避けることのできない速度だ。俺たちの体に突き刺さった。

衝撃波で吹き飛ばされる——ぬおっ。

「きゃっ——」

「えっ——」

「うぐっ——」

「にゃあぁ」

起きて周囲を把握《はあく》。神獣ロロディーヌの体にも黒樹槍は突き刺さる。

珍《めずら》しく血を黒毛から流していた。

「ロロッ！」

「にゃあ」

巨大な相棒ロロディーヌは『大丈夫にゃ』と言うように鳴きつつ黒豹の姿に戻ると、あっさりと黒樹槍から解放された。俺も体に刺さった無数の黒樹槍を強引に抜き放って立ち上がった。吹き飛ばされたが、まだ頭上には血鎖とリンクしている魔槍杖《まそうづえ》は浮いていた。

「ふん、やはり、槍使いと黒猫《くろねこ》。お前たちは他とは違《ちが》うようだ」

そう話す邪神シテアトップは二メートルぐらいの大きさになった。

そして、その邪神シテアトップが語るように精霊ヘルメ以外は、黒樹槍を体に喰らっていた。レベッカの胴体にも黒樹槍が刺さり、

「ぐ、ルシヴァルではなかったら、皆、死んでいたわね……」

エヴァは魔導車椅子《まどうくるまいす》を守ったのか、数本の黒樹槍が腕と胴体に刺さっていた。

「ん、痛いぅ」

ヴィーネも足に、ユイも足と腕に、カルードも胴体が……。

「ご主人様……」

「父さん、大丈夫？」

「……あぁ」

「糞《くそ》、糞、糞、痛すぎる」

ミスティは完全に地面に磔《はりつけ》状態。皆の光景を見て、怒りが湧《わ》いてきた。

「ロロ、ヘルメ、今は俺の背後に回れ」

「にゃぁ」

「……」

液体ヘルメは液体のませり上がり、〇の字を液体で作ると、にゅるにゅると移動して

くる。黒豹《ロロ》も走ってくると、傍《そば》から邪神シテアトップへと睨みを利《き》かせる。

「ロロだけでなく、眷属たちの体に傷をつけたのは許せんな……」

俺は、血を、怒気《どき》を、気魂《きこん》を表に出す。心に棲《す》む血塗《ちまみ》れたルシヴァルという獣を立ち上がらせる思いで、すべてを殺気へと変えた。そして、頭上で待機中の血鎖と繋《つな》がった元右腕を意識しつつ邪神シテアトップに近付いた。

「そんなことは知らぬわ——ぬんっ」

邪神シテアトップは口を広げる。その口から黒樹の塊《かたまり》を射出してきた。

俺は前傾姿勢《ぜんけいしせい》の左足で地面を潰すような踏《ふ》み込みから——右腕が握る魔槍グドルルを前方に突き出した。右腕ごと槍となった魔槍グドルルの〈刺突《しとつ》〉で、その黒樹の塊を裂くように貫いた。黒樹の塊を破壊《はかい》。刹那、〈血鎖の饗宴〉を繰り出した。

俺の前方から発生した血鎖の群れが血飛沫《ちしぶき》を上げつつ邪神シテアトップに向かう。

「くらうかっ」

身軽になった邪神シテアトップ。まさに神だからか——。

神懸《かみが》かり的な離《はな》れ業《わざ》で、血鎖を避け続けた。その邪神シテアトップの退路を断《た》つように血鎖を増やした。邪神シテアトップの退く動きを限定させた。

直《す》ぐに《氷弾《フリーズブレット》》——。

《連氷蛇矢《フリーズスネークアロー》》を連続で放つ。

ティアドロップ形の《氷弾《フリーズブレット》》は邪神シテアトップと衝突するが、弾かれた。が、腕程《うでほど》の大きさの《連氷蛇矢《フリーズスネークアロー》》の数本は、邪神シテアトップの体に刺さった。

続けて《氷竜列《フリーズドラゴネス》》を発動した。

〝龍頭《りゅうとう》〟を象《かたど》った列氷の龍《りゅう》が前方に出現。

氷の龍の頭部は口が開いている。上顎《うわあご》と下顎の氷の牙を晒しつつ前進した。

龍の頭の後方から、氷の尾《お》ひれのようなモノを発生させていた。

その氷の龍の頭部の《氷竜列《フリーズドラゴネス》》が、邪神シテアトップの胴体《どうたい》に喰らい付いた。その刹那、《氷竜列《フリーズドラゴネス》》は爆発して散る。

氷の吹雪《ふぶき》が周囲に広がった。

「ぐあぁー」

邪神シテアトップは痛みから叫ぶ。

体が凍《こお》り付いても霜《しも》を落とすように体を震《ふる》わせるだけで動きは衰《おとろ》えていない。

逆に血鎖《ちぐさり》を避け続けるや、両前足から出した黒爪を振るってきた。黒爪が迫《せま》った。

魔槍グドルルで、その黒爪を叩《たた》き斬る。

「――ロロ、少し時間を稼《かせ》げ」

「にゃぁ」

「ヘルメ、仲間に刺さった黒樹槍を抜いて来い」

「はいっ」

神獣《しんじゅう》に変身したロロディーヌは牽制《けんせい》の触手群《しょくしゅ》を邪神シテアトップへと繰り出した。

邪神シテアトップは体と足から黒爪を出して抵抗。

邪神シテアトップの黒爪と相棒ロロディーヌの触手骨剣が衝突――。

つばぜり合いを起こす勢いだ。

邪神シテアトップは相棒の繰り出した触手骨剣の攻撃を払《はら》いつつ移動を繰り返している。

自慢《じまん》の触手骨剣の乱舞《らんぶ》攻撃《こうげき》が、通じないか。邪神シテアトップは強い。

「にゃご！」

神獣ロロディーヌは怒《おこ》ったような声を発した。珍しい声だ。

そのまま黒豹と似た頭部を上げて、大きな口を拡《ひろ》げた。

鋭い歯牙を見せる。

「――にゃごぁぁぁ」

相棒は大きな口からドラゴンの息吹《いぶき》を彷彿とする炎《ほのお》を吐き出した。

血鎖を避けていた虎邪神《とらじゃしん》こと、邪神シテアトップは、神獣ロロディーヌが吐いた紅蓮《ぐれん》の炎に呑み込まれた。相棒の炎は強力だ。少しは効いただろう。

念のために邪神シテアトップを狙っていた血鎖は消失させる。

熱風を感じたヘルメは仲間たちのフォローに回った。その間に――。

俺は魔力を腕から指先へと送る。魔力の籠《こ》もった指で、魔法陣《まほうじん》を宙に描いた。

定石通り――魔力消費と威力を抑《おさ》える代わりに、魔弾《まだん》を硬くしよう。

中央に特化した徹甲弾《てっこうだん》型をイメージ。

規模は小規模、日本語で書く。魔力をふんだんに魔法陣へと込めて構築……。

組み上げていく。小規模型、筆で描かれたような闇色《やみいろ》の小型魔法陣が、空中に浮かんでいた。血鎖を一本操作したままだからか？

余計に魔力が削《けず》られ精神力が求められる気がした……。

オリジナル古代魔法陣が完成した時には、ロロディーヌが放った炎ブレスが収まっていた。やはり、炎ブレスでは駄目だったか。邪神シテアトップは黒いオーラを全身から発生させて、相棒の炎を防いだようだ。んだが……。

地味な威力だと思われるが、新しい古代魔法を喰らわせてやる。

トリガーは決めた――《神殺しの闇弾《ゴッドスレイヤー・ブレット》》。

――〈古代魔法〉を発動した刹那、背筋に寒気を催《もよお》した。同時に魔力を失う――。

胃に重しが入ったような、胃が捩《ね》じられたような感覚も……。

胆汁《たんじゅう》か胃酸か不明な何かが口の中に染《し》み渡る。

同時に、小規模魔法陣から現れたのは、一つの闇の弾丸《だんがん》。

凸凹《でこぼこ》な表面だが、光沢《こうたく》し、闇色の液体が付着したような靄《もや》を放つ。

空間へ闇の残滓《ざんし》の滴《しずく》を残しつつ、その《神殺しの闇弾《ゴッドスレイヤー・ブレット》》の闇の弾丸は飛翔《ひしょう》していった。

虎邪神こと、邪神シテアトップは《神殺しの闇弾《ゴッドスレイヤー・ブレット》》を見て嗤うと、

「なんだァ？　こんなもの！」

と発言しつつ《神殺しの闇弾《ゴッドスレイヤー・ブレット》》を迎撃《げいげき》しようと黒爪を伸《の》ばした——。《神殺しの闇弾《ゴッドスレイヤー・ブレット》》は、
その邪神シテアトップが伸ばした黒爪をいとも簡単に裂いた。

更に、バンッと音を響かせつつ邪神シテアトップの手と前腕《ぜんわん》を破壊しつつ「——ギャァ
ァァァ」と悲鳴を響かせつつ、肘を突破《とっぱ》しては、脇腹をも貫いた——。

邪神シテアトップの傷を受けた腕は変形しつつ弛緩《しかん》していた。

凄《すさ》まじい威力を見せた《神殺しの闇弾《ゴッドスレイヤー・ブレット》》は背後の床面《ゆかめん》に小さい弾痕《だんこん》を作って止まった。

その床からは黒い血煙《ちけむり》が漂っている。

第百七十章「邪神殺しの槍使い」

神殺しの闇弾《ゴッドスレイヤー・ブレット》によって腕と脇腹が貫通した邪神シテアトップはよろめく。しかし、複数の尻尾をクッション代わりに体勢を持ち直した。

邪神シテアトップは野獣感《やじゅう》あふれる猛々《たけだけ》しい瞳《ひとみ》で睨みつけてくる。

まさに邪神シテアトップ。その邪神シテアトップは口に溜《た》まった黒血を吐き捨てると、

「……強烈な魔法じゃねぇか、心に響いたぜ――」

四肢を使い突進してくる。

「もっと響かせてやる」

虎《とら》の憎《にく》たらしい顔に、言葉を投げかける。

と同時に、腰《こし》を捻《ひね》り打ち出す魔槍グドルルで〈刺突〉を放つ。

邪神シテアトップは尻尾の一つで〈刺突〉を簡単に弾いた。

一部の尻尾の先端《せんたん》を円錐《えんすい》の形に尖《とが》らせて槍のように変化させた。

その尻尾の槍による連突を繰り出してくる――速いが、まだ〈魔闘術《まとうじゅつ》〉は使わず――。

〈血道第三・開門〉――〈始まりの夕闇《ビギニング・ダスク》〉を発動。

俺の周囲に闇が生まれた。空間が闇に変質したが、邪神シテアトップの動きは衰えない。〈始まりの夕闇《ビギニング・ダスク》〉効果の精神汚染《おせん》は神の一部に効くわけがないか。邪神シテアトップは床からキュッと脚音を立てつつ小回りを利かせて動いた。

たゆんだ尻尾を円錐の槍に変化させる。

更に、猿臂《えんぴ》のような長い肘を伸ばしてきた。爪《つめ》で引っかくような攻撃を繰り出してくる。

その邪神シテアトップの爪を凝視《ぎょうし》しつつ退いて紙一重《かみひとえ》で避けた。

邪神シテアトップは、尻尾と腕の連携攻撃《コンボ》を繰り出してきた。

――激しい爪と尻尾の連続のスキル攻撃で畳《たた》みかけてくる。

俺は魔槍グドルルを縦回転させつつ体を横回転させた。

幅広《はばひろ》なオレンジ刃と柄《え》で爪の攻撃を弾いた。更にリコの風槍流の真似《まね》をする。微妙《びみょう》に穂先《さき》を操作する風槍流の技術を実行――邪神シテアトップの尻尾の槍の攻撃を凌《しの》いだ。

虎邪神こと邪神シテアトップは余裕《よゆう》の表情を浮かべつつ戦う。

近距離戦《きんきょりせん》を楽しんでいるようだった。

「――フハハハッ」

嗤いながら尻尾の槍を伸ばしてくる。少しイラッとした。

爪先《つまさき》を軸《じく》に回転避《ルーレット》けで右側面に避けた直後――。
俺は魔槍グドルルの軌道《きどう》を変える。
右斜めから左斜め上に向かう斬《き》り上げのフェイントを仕掛《しか》けた。
続いて跳躍。憎たらしい邪神シテアトップの頭部を潰すイメージで――。
右回しの延髄蹴《えんずいげ》りを繰り出した。邪神シテアトップはフェイントに掛かった。
が、素早く両前足の爪を変化させて対応してくる。
俺の右足、グリーブの上辺りを、その両前足が掴《つか》んできた。
「ギャッハー！　つーかまーえたーー」
変な声。んだが、そんなのはお構いなしだ。
捕まった右足を自ら犠牲《ぎせい》にするように強引《ごういん》に体を回転させた。
「ぐあああぁ――」
いてぇぇ。右足を絞《しぼ》りぞうきんのように捻り回した。痛みの咆哮《ほうこう》をあげつつ――。
左足の回し蹴《げ》りを虎邪神こと邪神シテアトップの頭部へと喰らわせた。
右足に穿《は》いていた魔竜王のグリーブは抜け落ちる。
「ゲッ――」
邪神シテアトップは魔竜王製のグリーブの甲と衝突。歪《いびつ》に、顔が凹《へこ》む。

蹴りを喰らった邪神シテアトップは、暗闇《くらやみ》の空間が広がる横へと吹っ飛んだ。

しかし、邪神シテアトップは尻尾をクッションに使い器用に立ち上がった。

そのまま『イテェ……』と語るように顔を二、三回左右に振る。

その瞬間、俺の蹴りを喰らった箇所《かしょ》の痕《あと》がぷっくりと膨《ふく》れて元の顔へ戻っていた。

あまり効いていないか……と、無事な左足一本で着地。

ぐちゃぐちゃに潰《つぶ》れて変形した右足はぐるぐると急回転しつつ元の右足に戻った。

脱げた魔竜王製のグリーブを急ぎ穿いた。その間にも、頭上に待機中の血鎖と繋がる古い右腕が握る魔槍杖を活《い》かす機会を窺《うかが》うが、邪神シテアトップに隙《すき》はない。

が、隙を生み出してやろうと、睨みつつ〈闇の次元血鎖《ダーク・ディメンションブラッドチェーン》〉を発動した。俺の意識とリンクした闇世界から紅色の流星たる血鎖が無数に発生。虚空《こくう》に現れた血鎖の群れが、闇の世界を切り裂《さ》きながら虎邪神こと邪神シテアトップを追った。が、邪神シテアトップは逃《に》げつつ俺から距離《きょり》を取る
鋭い視線で睨みを利かせながら口から牙を見せるように嗤い、

「……ド・グル・ガデスッ・フィィ――」

邪神固有のスキルか呪文かは分からない。

が、その言葉の終わりに分身を起こすほどの速度を得た邪神シテアトップ。

そのまま絶妙な動きで血鎖群を躱すことに専念してきた。

やがて、鏡が割れる音を響かせながら、闇の空間が終わってしまう。

必殺技《ひっさつわざ》の〈闇の次元血鎖《ダーク・ディメンションブラッドチェーン》〉が効かないのはショックだが、邪神シテアトップが守勢に回った今が最大のチャンス。

俺も全開だ。魔闘術を全身に纏い〈脳脊魔速《切り札》〉を発動。

〈血液加速《ブラッディアクセル》〉を合わせた最高加速。

全身から血飛沫《血のオーラ》を飛ばす。

「ぬぉぉぉぉぉぉぉぉぉ――」

気合いの声を発しながら吶喊《とっかん》。異常なる速度で邪神シテアトップの動きを捉えた。

「なっ⁉　〈邪速の極致《ド・グル・ガデス・フィ》〉に追い付くだと？」

その驚いている邪神シテアトップの胴体へと限界速度の〈闇穿《あんせん》〉を放つ。

が、邪神シテアトップの動きも速い。尻尾の一つを盾状《たてじょう》に変化させた。

〈闇穿〉を防ごうと胴体を守るが。その防御型《ぼうぎょがた》の尻尾を〈闇穿〉が破壊した。

「げっ〈堰堤《えんてい》の尾〉がっ⁉」

邪神シテアトップがスキル名を叫《さけ》ぶ。が、知らんがな――。

続けて〈刺突〉を放つ。尻尾を重ねて厚くしていたが、二つ目の尻尾を破壊。

更に〈闇穿〉をもう一度放って三つ目の尻尾を穿《うが》ち、破壊。

普通《ふつう》の突《つ》きを繰り出して尻尾を上方に弾《はじ》いた。そして、オレンジ刃の高速連続スキルの攻撃《こうげき》を数秒間続けた。虎邪神こと邪神シテアトップのうざい尻尾のすべてを破壊した。防《ぼう》御《ぎょ》手段を失った邪神シテアトップの脇腹にオレンジ刃の突きが決まった。

肉を抉《えぐ》る感触《かんしょく》を得ながら、素早く引き抜いた魔槍《まそう》グドルルを斜《なな》め下へ振り下げる。邪神シテアトップの肩口《かたぐち》から胸までを一気に切り裂いた。

そこから〈刺突〉を邪神シテアトップの胴体に喰《く》らわせた。

続けて、〈豪閃〉から石突《いしづき》を使った薙《な》ぎ払いを敢行《かんこう》――。

邪神シテアトップの再生速度を上回る突きと薙ぎ払いを浴びた邪神シテアトップは、肉が捲《めく》れて虎としての形が大きく変化した。更に胸と肋骨《あばらぼね》を露出《ろしゅつ》させると、その奥《おく》に黄土色と緑色と黒色が混じる心臓を晒《さら》した――急所か？

「……ぁ」

虎邪神こと邪神シテアトップから噓下《えんか》の音が聞こえたような気がした。

その邪神シテアトップの胸の奥目《め》掛《が》けて、床《ゆか》を崩《くず》す勢いのある踏み込みを敢行――。腰と右腕《みぎうで》を捻り、その捻りの力を魔槍グドルルに伝搬《でんぱん》させた渾身《こんしん》の〈刺突〉を邪神シテアトップの心臓に向けて繰り出した。一の槍のオレンジ刃が、邪神シテアトップの心臓を突き破った――「グガァァ」邪神シテアトップのくぐもった声が響いたが魔槍グドルルは止まらない。邪神シテアトップの脊髄《せきずい》を破壊しつつ背中をも突き抜けた。

「……素直《すなお》に約束は守るべきだったな、邪神シテアトップ」

そのまま頭上の古い右腕が持つ魔槍杖バルドークを意識――。

〈血鎖の饗宴《きょうえん》〉と繋がる古い右腕が握る魔槍杖バルドークは――迅速《じんそく》に落下。

邪神シテアトップの頭部に向かう。

「――喰らっておけ！　紅《くれない》の流星〈刺突〉だ」

邪神シテアトップの脳天に紅の流星と化した紅矛《べにほこ》の〈刺突〉が突き刺《さ》さった。

頭部が潰れゆく邪神シテアトップから「ひぶッ」的な変な声が響いた。

邪神シテアトップの頭蓋骨《ずがいこつ》は潰されると動かなくなったが、まだ分からない。

念のため、魔槍グドルルを、邪神シテアトップの胸から引き抜いた。

邪神シテアトップの頭部は潰れてぐったりと動かないが……油断はしない。

引き抜いた魔槍グドルルを背中側へ回し体を反らし、力を溜める。

そして、その傷だらけな邪神シテアトップの胴体を野球のボールに見立て――そのまま全身の筋肉を軋《きし》ませ一気に溜めた力を魔槍グドルルへ乗せた〈豪閃〉バットを振り抜いた。

オレンジ刃の真芯《ましん》が邪神シテアトップの胴体と派手に衝突。

邪神シテアトップは回転しつつ吹《ふ》き飛んでいった。

が、邪神シテアトップの頭部には魔槍杖バルドークが突き刺さったままだから、あまり転がっていない。すると、古い右腕の傷口と繋がったままの血鎖が、その古い右腕に吸収されるように血の煙《けむり》を伴《ともな》いつつ古い右腕とともに消えた。

俺の古い腕が消えても、魔槍杖バルドークは邪神シテアトップの頭部に突き刺さったままだ。魔槍杖バルドークが、真新しい墓標に見えてくる。

……しかし、古い腕が消えてしまった。

あのままアイテムボックスの中へ入れて、もう一つ腕が増えてしまった的な手品とか、ロケットパンチ的な遊びを考えていたのに……残念だ。

「──ご主人様、倒しました！　さすがの邪神も、えっ」

「なっ」

ヴィーネの声に反応した瞬間──動かなくなった邪神シテアトップの死骸《しがい》から黄土色の魔素が膨れ上がってカーテン状に靡《なび》いた。

その黄土色の魔力《まりよく》のカーテンは、ゆらりゆらりと揺《ゆ》れた。

神獣のロロディーヌの大きさを超《こ》えている。

宙の一カ所で、その魔力は、渦《うず》を巻き集結すると大型の虎を模《かたど》った。

その大型の魔力の虎が、

「フハハ、人族ではない使徒ども、やるではないか！　だが、俺様は邪神の一部だ。そう簡単に死滅《しめつ》するわけがなかろう、もう力の一部は迷宮《めいきゅう》に流れ込んだのだからな！」

「精神体みたいなものか」

物理攻撃は効きそうもない……やばそうだ。

「そうだ、俺様に痛みを味わわせてくれた礼は〝たっぷり〟と、現世を厭離《えんり》したくなるような特別なものを精神的に味わってもらおうか。フフフ、約束を違う意味で果たさせてもらうぞ、ハハハハハ――」

黄土色の大型の虎は、粒子《りゅうし》の黄色い雨になって、俺だけに降り注いできた。

防ぎようがない速度の雨――全身に黄土色のオーラの雨を浴びてしまった。

刹那《せつな》、鏃《やじり》の形をした、黄色の魔法《まほう》的な文字が視界に浮かんでは沈む。

その光の鏃に侵食《しんしょく》を受けたのか、目の前が暗くなる。

と、風景がぐにゃりと歪《ゆが》んだ。軽い眩暈《めまい》と似た感覚に襲《おそ》われた。

脳内が激しく揺れる感覚も続けざまに味わう――。

これは車？　父さんと、母さん……。

前世の記憶《きおく》……幼い頃《ころ》、両親が目の前で死んでいく事故のトラウマ――。

吐き気《け》を催す光景が、脳裏《のうり》にフラッシュバックを起こす。

その瞬間、激しく鐘《かね》の音が鳴り響き、直ぐにトラウマの光景は霧散《むさん》。

風景は戻《もど》り、切り裂かれていた鎧《よろい》の隙間から光が漏《も》れた。

〈光の授印〉の印と胸の十字が輝《かがや》いているようだ。

「ご主人様！」

「にゃあぁ」

「「シュウヤッ」」

「マイロードッ」

「糞、マスターが！」

皆《みな》が駆《か》け寄ってくるが、俺は手を翳《かざ》して、大丈夫《だいじょうぶ》だ、と意思を示す。

そして、今まで見たことのない血文字系の魔法陣が幾《いく》つも俺の表面から発生していた。

魔法陣から不思議な衝突音《しょうとつおん》、バチバチと音がなると、邪神と思われる黄土色のオーラが、俺の全身内部から放出され円状に収縮し、虎を象る。

邪神シテアトップの精神体は、俺から派生した〈血魔力〉の球体の中にあるトポロジー模様の魔法陣の中に捕らわれていた。

「鐘の音だと？　何なのだ……これはっ⁉　どうしてだ。お前の精神の中へ入り込めたと思ったのに」

虎の姿で黄土色のオーラを纏《まと》う精神体でもある邪神シテアトップ。その顔色は分かる。焦燥《しょうそう》しきった表情だ。エクストラスキル〈光の授印〉の効果と真祖の力か。

「……真祖の力の一部だろう。自動カウンターだと思われる」

邪神シテアトップは自身が捕らわれている血色の魔法陣を内部から観察するように頭を回して、きょろきょろしながら、

「……真祖？　始祖と似ているのか？　吸血鬼《きゅうけつき》、魔界《まかい》のルグナドに連なる者共なのか？血魔力か。ブラッドマジックの一種か。だが、邪神の一部とて、神を凌駕《りょうが》するカウンターの血魔法《ブラッドマジック》など……聞いたことがない……」

邪神シテアトップは焦《あせ》ったような面《つら》だ。皆も、驚《おどろ》いているようで、沈黙《ちんもく》を守り見続けていた。猫《ねこ》の姿に戻っていた黒猫《ロロ》もじゃれることなく、大人しい。紅色の虹彩《こうさい》の中にある黒色のつぶらな瞳を散大させつつ、俺たちを見ていた……しかし、この虎邪神、俺の精神の中に侵入《しんにゅう》していたのか。

犯《おか》された気分だ……いつもと違う別種の怒りがふつふつと湧いてきた。

「おい、邪神野郎《じゃしんやろう》！」

そう怒気を発した瞬間《しゅんかん》――大型の虎の半分が吹き飛んだ。黄色液体の残滓が舞《ま》う。

俺と繋がる血色の魔法陣を縁取る線が血管のように蠢《うごめ》いた。

「な、なんじゃこりゃぁ一部とはいえ、邪神の俺を、俺様を侵食……す、するだと」

「さぁな。だが、確かにお前の濃密《のうみつ》なる魔素《まそ》を喰うのを感じる。ハハハハ……意識すると美味《うま》いと感じるぞ。しかし、精神体で俺の内部に入り込んだのは拙《まず》かったな。もうどこにも逃げ場《ば》はない、完全なる袋の鼠《俺の餌》だ――」

邪神の姿を吸い取るイメージを強くしながら思念を飛ばす。

「ひゃぁぁぁぁぁ」

邪神シテアトップは悲鳴をあげるが意味がない。血色の円形魔法陣から無数の血の糸が放出するや瞬く間《またたくま》に邪神シテアトップの体に絡《から》まると、邪神シテアトップは小さくなった。

血の糸は特異な線虫のように邪神シテアトップの体を蝕《むしば》んだようだ。

「ま、まってくだしゃい……全部を喰わないで……」

「お前は俺の精神を喰おうと侵入したんだろ？　何、世迷言《ふざけた事》を言ってやがる……」

血糸が絡まる邪神シテアトップの瞳孔《どうこう》が、恐怖《きょうふ》に染まり散大したのが分かった。

「うぅ、吸われて、こ、こんなことがあって、たまるかァ、俺、俺の力がァァァァ」
※ピコーン※称号《しょうごう》：邪神ノ一部ヲ吸収セシ者※を獲得《かくとく》※

※称号：水神ノ超仗者《ちょうじょうしゃ》※と※邪神ノ一部ヲ吸収セシ者※が統合サレ変化します※
※称号：混沌《こんとん》ノ邪王※を獲得※
※ピコーン※〈邪王の樹〉※エクストラスキル獲得※
※樹木士の条件が満たされました※
※邪樹《じゃき》使いの条件が満たされました※
※戦闘《せんとう》職業クラスアップ※
※〈樹木士〉と〈邪樹使い〉が融合《ゆうごう》し〈邪王樹師〉へとクラスアップ※
※戦闘職業クラスアップ※
※〈魔槍血鎖師《まそうちぐさりし》〉と〈邪王樹師〉が融合し〈邪槍樹血鎖師《じゃそうじゅ》〉へとクラスアップ※
※エクストラスキル多重連鎖《れんさ》確認《かくにん》※
※エクストラスキル光の授印の派生スキル条件が満たされました※
※エクストラスキル邪王の樹の派生スキル条件が満たされました※
※ピコーン※〈破邪霊樹《はじゃれいじゅ》ノ尾〉※恒久《こうきゅう》スキル獲得※

おぉぉ、新たな称号、戦闘職業、スキル……。
そして、またもやエクストラスキルを獲得してしまった。

スキルは、樹木と、光属性を帯びた樹木を生成できると分かる。

一部とはいえ邪神《じゃしん》シテアトップの精神体を喰ってしまった。

「シュウヤッ、大丈夫？　目が血走り、目尻《めじり》に血管が浮《う》かんで怖《こわ》いのだけど……」

レベッカが双眸《そうぼう》に蒼炎《そうえん》を灯《とも》して、俺《おれ》を見る。

「ん、シュウヤ、邪神を吸収？」

エヴァはストレートに聞いてくる。

「あぁ、吸収した」

〈破邪霊樹ノ尾〉を意識すると、片手の先から光を帯びた樹木が出現。魔力も多大に消費した。

「わっ、いきなり木が生えてきた。これが邪神の力？」

「そうだ。魔力を消費するが、伸縮《しんしゅく》自在の樹木を作ることができるらしい」

「授《さず》けてもらうんじゃなくて、邪神から力を吸収しちゃったのね。本当に、桁外《けたはず》れだわ」

「ご主人様……素晴《すば》らしいぞっ！　偉大《いだい》な雄神《おすがみ》なる存在だ！」

ヴィーネが片膝《かたひざ》を床に突いて興奮した口調で語る。

皆、彼女《かのじょ》の言葉を聞いて、息を呑《の》むのが聞こえた。

「閣下は元から、神を超えし存在です」

常闇《とこやみ》の水精霊《せいれい》ヘルメだけ、当たり前だという反応だ。

「そんなことを俺が望まないのはお前たちが、よく分かっているだろう？」

「閣下……はい」

ヘルメは渋々納得顔《しぶしぶなっとくがお》を見せる。

「ん、シュウヤは凄《すご》い。それでいい」

「そうね。最初から何も変わらないし、ふふ」

エヴァは天使の笑顔《えがお》を浮かべて話してくれた。

レベッカもエヴァの隣《となり》に移動しながら、そのエヴァと顔を合わせて、頷《うなず》き合う。

「そんな当たり前のことより、あそこにあるのは水晶《すいしょう》の塊？」

ユイが魔刀の剣先《けんさき》を向けた先には、水晶の塊が鎮座《ちんざ》していた。

「うん、そうだと思う。形が歪で捩じり曲がっているけど水晶の塊だ。あの水晶の塊を使えば、地下十階、二十階、三十階、四十階、五十階と行けるらしい」

「本当に水晶の塊なら、解読してもらった地図、死に地図じゃなくなったのよね？　ふふっ、どんな宝箱が出るんだろう……楽しみ」

レベッカは声を弾《はず》ませている。

「ん、地下二十階へ行くの？」

「今日は行かない。ここに鏡を残し、普通に魔石を集めながら帰ろうかと考えている」

「ここの入り口はシュウヤの鍵《かぎ》でしか開けられないし、鏡の置き場所には最適なのかしら？　邪神の一部が封印《ふういん》される程《ほど》の謎《なぞ》の空間、安全地帯といえる？」

レベッカが久しぶりに神妙《しんみょう》な顔つきを浮かべて、まともなことを話す。ユイが、

「逆に、その水晶の塊から地下深くに棲まう邪神の眷属《けんぞく》や邪神の本体が現れたりするかも知れないわよ」

「確かに、この水晶の塊で転移ができる以上、下から上にも転移は可能。未知の知能を持つモンスターがここに到来《ワープ》してくることも考えられるか」

「ん、確かに、十階層には冒険者《ぼうけんしゃ》も到達《とうたつ》している」

エヴァの言葉は青腕宝団《ブルーアームジユエルズ》のことを指しているのだろう。

「マイロードなら、全《すべ》てを蹴散《けち》らせましょう。ここに鏡を置くことに賛成します」

「カルードに賛成です。閣下ならば、どのような邪神だろうと食べちゃいます」

「わたしも父さんと精霊様に賛成。鏡をここに置けば、すぐにここに来られる」

ユイがカルードとヘルメの言葉に重ねてきた。

「そうね。この寺院のような場所からだと、墓場エリア、二つの塔《とう》があった場所にも近いし、大きい魔石集めにも便利かも知れない」

置くとして……。

「エヴァの指摘《してき》通り、冒険者にも十階層を突破したクランがある。だから、一度、その水晶の塊を使って、十階層へ飛んで、ここと同じように封印された場所なのかどうかの確認《かくにん》をしてくるとしよう」

「……邪神の一部がいる可能性が高いと思うのだけど」

レベッカは不安気な表情を浮かべていた。

「そうだとしても、また襲ってきたら返り討《う》ちにしてやるさ」

「閣下と共にいきます」

「目に来い」

「はい」

液体化したヘルメは放物線を描《えが》いて左目に戻ってくる。

そして、腕輪《アイテムボックス》から、帰還《きかん》用に十六番目のパレデスの鏡を取り出し、設置した。よし、そのまま歩いて歪な水晶の塊に近付いた。

「にゃ」

肩《かた》に黒猫《ロロ》が乗ってくる。

「ご主人様、一緒《いっしょ》に」

「ヴィーネ、皆もだが、ここで待機だ。すぐ戻ってくる」

「えー」

不満声が聞こえるが無視。肩に黒猫《ロロ》を乗せたまま歪な水晶の塊を触《さわ》る。

「十階層――」

瞬時《しゅんじ》にワープした。着いた場所は、五階層と同じような青白い霧《きり》が立ち込めた特異な空間だ。青白い霧の中からが蠢いた。

「……引き返さず、ここに来るとはな……」

姿は見えないが、邪神シテアトップの声だ。霧が払われたのか風が起きると、大型の虎の、邪神シテアトップが姿を現した。青白い鎖に捕《と》らわれてはいない。

目が血走り、全身を黄土色に輝かせた大型の虎だ。

だが、尻尾《しっぽ》が十本から九本に減っていた。

『尻尾が一つありませんが、無傷……邪神シテアトップ。閣下、先ほど倒《たお》した邪神とはくらべものにならないほどの魔力を内包し放出しています……』

『みたいだな。先ほどのは、極々《ごくごく》一部だったということか』

『はい、ご用心を』

ヘルメとの念話をしながら邪神を見た。

「ンン、にゃ、にゃおん」

肩にいる黒猫《ロロ》は戦闘態勢にならず、ただ邪神へ向けて挨拶《あいさつ》をしていた。

「おう、先ほどぶりだ」

俺も黒猫《ロロ》と同様に、気さくな態度で、腕を上げた。

邪神シテアトップに挨拶しつつ近寄った。

「――ひ……フン、何の用だ……俺様をまた吸収する気なのか？」

邪神シテアトップは怯《おび》えていた。見た目は大型の虎だから、カワイイかも知れない。

少し後退していた。

「……戦うなら、そうなるかも知れないが」

「何だと、戦う訳がないだろうが、もうお前のような未知《混沌》なる者には会いたくもない！

俺は消える！」

その瞬間、邪神シテアトップは見よかし顔を作る。が、一瞬《いっしゅん》、笑顔を浮かべた。

そのまま青白い霧の姿と同化するように霧散。姿を消していた。

「あいつは、そんなこともできたのか」

『消えてしまいました。巨大《きょだい》な魔素も周囲に拡散して薄《うす》くなっていきます』

『視界を貸せ』

『はい、ァ……』

サーモグラフィーにも変化なし。

精霊の眼《め》、掌握察《しょうあくさつ》、魔察眼で、周囲を警戒《けいかい》しながらも少し先を歩いていく。

何も起こらず、周りの空間が狭《せば》まった先の中心が出っ張る形で黄金環《かん》の出入り口があった。五階層と同じような場所か。鍵穴《かぎあな》も同じ。早速《さっそく》、胸ベルトから鍵を出そうかと、あ、このポケット、邪神の爪の攻撃から難を逃《のが》れていたのか、少し得した気分で鍵を取り出して、穴へと鍵を挿《さ》して鍵を回して開けた。ゴゴゴゴゴォォォという重低音にビビる。

五階層にはなかった重低音だ。

肩で休んでいた黒猫《ロロ》も全身の毛を逆立てて驚いていた。

が、音だけだ。扉《とびら》が開いた。青白い霧が出迎《でむか》えた。

鍵を抜《ぬ》き取ると、十天邪像の鍵の先端が血塗《ちまみ》れた針のまま蠢いていた。

時間が経《た》つと、収縮。元の人面の瓶《びん》的な十天邪像の鍵に戻った。

気色悪いが、その鍵を握《にぎ》りながら外に出る。外は五階層と同じ。

寺院のような雰囲気《ふんいき》だ。背丈《せたけ》の高い邪神たちの像が並んでいる。

邪獣《じゃじゅう》はいない。平穏《へいおん》だった。邪神像たちの足下《あしもと》にはそれぞれに鍵穴がある。

この鍵の穴の先には、十天邪像の鍵に見合う専用の部屋があるんだろう。

水晶の塊《かたまり》もあるのかも知れない。

そこで、Sランクの子供たち、【蒼海《そうかい》の氷廟《ひようびよう》】の姿を思い出した。

十天邪像の先にある大きなものを倒せるかも知れない。と、喋《しやべ》っていたな。

が、五階層の邪獣セギログンも倒されていなかった。

ザガも前に子供たちのことを語っていたが、十階層には進んでいない様子だった。

【蒼海の氷廟】は普通に迷宮を進んでいる？

邪神とその眷属たちと直接争っていない可能性もあるか。

俺と似たような十天邪像を持っていたから、邪神シテアトップとは違《ちが》う邪神と争っているのかも知れない。それか【蒼海の氷廟】が邪神の使徒とか？

魔界の使徒、神の使徒、まぁ可能性はいくらでもある。

魔竜王戦《まりゆうおうせん》の時もヘカトレイルに、素材目当てにわざわざ来ていた。

何かしらの情報を察知できる俯瞰《ふかん》的な視野を持つ特殊《とくしゆ》スキルを持っているのかもなぁ
……ま、戻るか。邪神シテアトップの神像の鍵穴に十天邪像の鍵を挿入《そうにゆう》して、回した。また、ゴゴゴゴゴォォと、地割れするような重低音が響《ひび》き渡《わた》った。

耳朶《じだ》が震《ふる》える感じだ。邪神シテアトップの神像は変形。

黄金環のアーチの門の扉は消えた。虎の足になっていた。

五階層より邪神像は大きい。鍵穴から十天邪像の鍵を抜いて胸ポケットに仕舞《しま》う。

代わりに二十四面体《トラペゾヘドロン》を取り出した。

掌《てのひら》で二十四面を転がしつつ十六面の謎記号の表面を指でなぞった。

十六面を起動——。十六面の鏡の先には、皆が映る。眷属たち。

皆も、鏡を覗《のぞ》いて、レベッカとユイが『早く戻ってきて！』とジェスチャーを繰《く》り返す。

はは、可愛《かわい》い。その起動したゲートの中へ入った。鏡から出た。

よーし、邪神が封《ふう》じられていた五階層の空間に戻ってきた。

「おかえり、早かったけれど邪神はいなかったの？」

レベッカは地味に光っている鏡の表面を触りながら話す。

「存在した。が、邪神シテアトップは逃げるように『未知なる者は嫌《いや》だ』と怯えながら消えた。そして、十階層もここと同じような空間だった。俺の鍵で開けられそうな扉も同じ。

五階層よりも外に並ぶ邪神像は大きかったが、五階層にある遺跡《いせき》とほぼ同じと考えていいだろう」

「へぇ、ということは、ここは安全地帯ね」

レベッカに向けて頷くと鏡から外れた二十四面体《トラペゾヘドロン》が寄ってきた。その二十四面体《トラペゾヘドロン》を掴んで、ポケットに仕舞いつつ、

「青白い霧に邪神は混ざるように消えたから、生きているとは思う」

「霧はここにも蔓延《まんえん》しています。もしかしたら、霧の中で、わたしたちのことを視《み》ているのかも知れません……」

ヴィーネは嫌悪《けんお》の表情だ。周りの霧を睨《にら》みつけている。

そうかも知れないが、今は気にしても仕方がない。

「今は、鏡を使わず普通に帰ろう。家に置いてきたドラゴンの卵に魔力を注ぎたい。孵化《ふか》が始まるかも知れない」

「うん。荒神《こうじん》カーズドロウからもらった卵ね」

「ん、了解《りょうかい》。上で待っている皆のところへ戻る」

エヴァが魔《ま》導車椅子《どうくるまいす》を反転させた。薄青《うすあお》い霧が立ち込める空間の出入り口へ向かう。

「賛成。斬り足りないし、雑魚《ざこ》モンスターを倒して魔石を回収しながら撤収《てっしゅう》しましょ」

「戻りながらの狩《か》りですな」

カルードの意見に皆が頷いていた。エヴァの後を追う。

全員が外に出てから、像の下の鍵穴に十天邪像の鍵を挿して回した。

また像の足が変形。黄金環の入り口扉は変形しつつ邪神シテアトップの邪神像の姿に戻っていた。十天邪像の鍵をアイテムボックスへと仕舞う。

邪獣セギログンと戦ったエリアを戻って階段を上がった。

寺院の入り口を守っていた高級戦闘奴隷《せんとうどれい》たちと合流。

「皆、待たせたな。帰還する！」

「「はい！」」

俺たちは五階層に出現するモンスターを倒しまくった。

そうして、水晶の塊がある場所に到達し、その水晶の塊に触って「一階」と発言。

瞬時にペルネーテの地上にある迷宮の出入り口の短い筒《つつ》のような建物に戻ってこられた。

他の冒険者の邪魔《じやま》にならないように、皆と一緒に円卓《えんたく》通りを進んだ。

ざわざわと賑《にぎ》わう通りの中、レベッカが振《ふ》り向くと、

「邪神シテアトップの一部を倒して、こうして戻ってこられたけどさ、その邪神シテアトップは、わたしたちに恨《うら》みを持っているということになるのよね……」

「そうかも知れない。だが、約束通り、邪界の植物と樹《き》を、操作できる力を授かったと考えておこう」

そう話をすると、ユイが微笑《ほほえ》みつつ、

「シュウヤはポジティブね。ふふ」

「だからこそのシュウヤよ！　でも、邪神は怖い」

「ん、レベッカ、邪神から守ってあげる」

魔導車椅子に乗ったエヴァだ。優《やさ》しいなエヴァは、

「ありがと、エヴァは優しいー。わたしもエヴァを守ってあげるんだから！」

レベッカはエヴァに抱《だ》き着いて、隠れ巨乳の胸あたりに顔を埋《うず》めている。

「ん、よしよし」

エヴァも微笑《びしょう》を浮かべて応《こた》えていた。

子供をあやすようにレベッカの頭部を撫《な》でていった。

少し変な妄想《もうそう》をしてしまうが、口には出さない。

「いつになるか不明だが、千年の植物《サウザンドプラント》は、まだあるから、何かしらの接触《せっしょく》は本体の邪神シテアトップからしてくるかも知れない」

そんな会話を続けながらギルドに入った。依頼《いらい》の精算を行う。

報酬《ほうしゅう》をもらって皆と分け合った。カードには達成依頼：四十三と記される。

ギルドの右端《みぎはし》にある待合室にある高椅子《たかいす》に座《すわ》りながら、
多数の中魔石、少数の大魔石をアイテムボックスの◆マークに納めた。
◆：エレニウム総蓄量：６１０

必要なエレニウムストーン大：91：未完了《みかんりよう》
報酬：格納庫＋60：ガトランスフォーム解放
必要なエレニウムストーン大：３００：未完了
報酬：格納庫＋70：ムラサメ解放
必要なエレニウムストーン大：１０００：未完了
報酬：格納庫＋１００：小型オービタル解放
?・?・?・?・?　?・?・?・?・?　?・?・?・?・?

「さ、外へ行こうか」

「ん」

「はい」

皆を連れてギルドを出た。

ビームライフルとビームガンの弾《たま》となる魔石を使った遊びを考えつつ……今度モンスター相手に使って遊ぶかなと。神獣《しんじゆう》ロロディーヌに乗り空旅をしている時、遠くから見知らぬモンスターを狙撃《そげき》＆偵察《ていさつ》しまくるのに使えそうだ。

ビームガンも銃拳法《じゅうけんぽう》風に光魔ルシヴァル流を開発するか！

冗談《じょうだん》ではなく、ビームガンを使っていけばスキル獲得は可能だろう。

まぁ熟練度は必須《ひっす》だろうし、弾丸《だんがん》としての魔石も大量に必要だが……。

そして、〈鎖《くさり》〉と〈光条の鎖槍《シャインチェーンランス》〉という飛び道具に魔法もあるかなぁ。ビームガンは仲間に持たせても、俺専用と推測できる武器だ。

使えないかもな。今度試《ため》すか。それに光輪《アーバー》は封じられた状態だ。

これはこれで闇《やみ》と光が合わさった斑《まだら》模様がデザイン的にカッコイイから、防具には使えそう。外してミスティに渡し研究させるのも手か。が、ミスティは魔導人形《ウォーガノフ》作りに、普段《ふだん》は講師の仕事もある。と、そんなことを考えながら円卓通りを進んだところで、

「家に帰るか」

「あ、シュウヤ、わたしは買い物にいく」

「ん、わたしもレベッカと一緒にいく」

「おう、らっせらーじゃない、行ってら。俺たちは先に家に帰るよ」

レベッカとエヴァは、

「ん」

「らっせらーは、あきら？　とか前言ってた話ね、ふふ」

と、笑いつつ服の話に切り替《か》えた二人は、談笑《だんしょう》しつつ東のほうに向かう。

俺たちは神獣ロロディーヌに乗り込んだ。

ヴィーネ、ユイ、ミスティだけが黒毛のふさふさクッションがある背中の上に乗り、カルードと奴隷《どれい》たちは歩きで、ゆったりペースで家がある南へ向かった。

「マスター、あそこの露店《ろてん》で売っているパンが美味《おい》しいの。買っていきましょう～」

ミスティが平幕が重なる店の一つへ指を伸《の》ばす。

「パンか」

「そう。ペソトの実に似たような実のつぶつぶが沢山《たくさん》入ったパンなんだけど、とても美味しいの。研究のお供に欠かせないのよね」

ミスティのお気に入りのパンのようだ。

「いいね、見てみよ」

「うん」

黒馬ロロディーヌから降り、乗っていた彼女たちも続いて降りる。

奴隷たちを連れて、その露店を皆で囲う。

売っていたパンの見た目は、白い粉がまぶしてある硬《かた》そうなライ麦パン。

切られた断面にはアーモンド系のナッツが、たっぷりと入っていた。

たしかに美味しそう。よーし、戦闘奴隷たちに奢《おご》ってあげようか。

「店主、このパンを十五個ほど買いたい」

「まいどあり！　銀貨四枚だよ。沢山ありがとうな」

笑顔がイケメンな店員さんに銀貨を払《はら》う。革袋《かわぶくろ》に入れられたパンを受け取る。

「それじゃ、お前たちにパンをあげる」

そう話しながら黒猫《ロロ》、ヴィーネ、ユイ、カルード、サザー、フー、ママニ、ビアへ買ったばかりのパンを配った。奴隷たちは大袈裟《おおげさ》に喜びをアピールするが無視。

「我にもくれるのか、なんと優しきご主人……」

ビアが蛇《へび》のような舌を伸ばしつつ嬉《うれ》しそうに呟《つぶや》いていた。

ミスティはパンを食べつつ、自分の金で買った大量のパンを魔法の袋に入れていた。

すると、ヴィーネが、

「ミスティの言う通りです。美味しいパンだ」

ヴィーネはパンを千切っては口に運ぶ。ヴィーネの食べ方は、何かお洒落《しやれ》だ。

「このつぶつぶが香《こう》ばしくて、癖《くせ》になるわね、故郷にはあまりないかも」

「確かにサーマリアには、あまりないパンの味。しかし、つぶつぶが、歯に挟《はさ》まりそうではある」

「父さん、すきっ歯のくせに。素直に笑顔を浮かべて食べなさい！」

ユイとカルードの親子の会話だ。

「ご主人様、これは美味しいです」

ママニは食べつつ軍人が敬礼を行うようなポーズを取っていた。

皆も、パンを口へ運び、

「うむ、粒《つぶ》が硬いが生地《きじ》はいい、なかなかしっとり感がある。我は気に入った」

蛇人族《ラミア》のビアも、評論家のような語り口で、蛇のような舌を器用に畳《たた》みながらむしゃむしゃと食べていた。

「……美味しい」

フーは短く呟く。

「うんうん。美味しい。このつぶつぶ、似たようなの、ボクの故郷で食べたことある」

「へぇ、故郷？」

フーが犬耳のボクっ娘《こ》であるサザーへそう聞くと、

「にゃあぁ」

サザーの可愛い喋り方《かた》に悪戯心《いたずらごころ》が刺激《しげき》されたのか、サザーに忍《しの》び寄る黒猫《ロロ》さん。そして、触手《しょくしゅ》を伸ばしてはサザーの体をまさぐっていた。

「きゃん――」

サザーは、食べていたパンを落としてしまう。

「ロロ様、だめですよおおお」

「にゃあぁ」

サザーは走って逃《に》げ出していた。

黒猫《ロロ》は楽しげに鳴いてサザーの背中を追い掛《か》けていった。

しかし、皆、パンを食べているので口の中が乾燥《かんそう》しそうだ。

〈生活魔法〉の水をコントロール。皆に水を飲ませつつ家に帰還した。

第百七十一章「ドラゴンの母と八剣神王第三位」

ステータス。

名前：シュウヤ・カガリ
年齢《ねんれい》：22
称号：混沌ノ邪王《じゃおう》new
種族：光魔ルシヴァル
戦闘職業：邪槍樹血鎖師
筋力22・9→23・3 敏捷《びんしょう》23・5→23・8 体力21・2→22・4 魔力21・9→26・6 器用21・0→21・1 精神24・2→28・2 運11・3→11・4
状態：平穏

邪神シテアトップの一部だが、精神体を吸収したお陰《かげ》で、精神、魔力、だけではなく、全体的に能力が上がっている。

スキルステータス。

取得スキル：〈投擲《とうてき》〉：〈脳脊魔速〉：〈隠身〉：〈夜目〉：〈分泌吸の匂手《フェロモンズタッチ》〉：〈血鎖《ちぐさり》の饗宴《きょうえん》〉：〈刺突《しとつ》〉：〈瞑想《めいそう》〉：〈生活魔法〉：〈導魔術《どうまじゅつ》〉：〈魔闘術〉：〈導想魔手《どうそうましゅ》〉：〈仙魔術〉：〈召喚術《しょうかんじゅつ》〉：〈古代魔法〉：〈紋章魔法《もんしょうまほう》〉：〈闇穿《あんせん》〉：〈闇穿・魔壊槍《まかいそう》〉：〈言語魔法〉：〈光条の鎖槍〉：〈豪閃〉：〈血液加速〉：〈始まりの夕闇《ゆうやみ》〉：〈夕闇の杭《くい》〉：〈血鎖探訪〉：〈闇の次元血鎖〉：〈霊呪網鎖《れいじゅもうさ》〉 new

恒久スキル：〈天賦《てんぷ》の魔才〉：〈光闇の奔流《ほんりゅう》〉：〈吸魂《きゅうこん》〉：〈不死能力〉：〈暗者適応〉：〈血魔力《ちまりょく》〉：〈超脳魔《ちょうのうま》軽・感覚〉：〈魔闘術の心得〉：〈導魔術の心得〉：〈槍組手〉：〈鎖の念導〉：〈紋章魔造《もんしょうまぞう》〉：〈水の即仗《そくじょう》〉：〈精霊使役《せいれいしえき》〉：〈神獣止水・翔《かける》〉：〈血道第一・開門〉：〈血道第二・開門〉：〈血道第三・開門〉：〈因子彫増《ちょうぞう》〉：〈大真祖の宗系譜者《そうけいふしゃ》〉：〈破邪霊樹ノ尾《お》〉 new

エクストラスキル：〈翻訳即是《ほんやくそくぜ》〉：〈光の授印〉：〈鎖の因子〉：〈脳魔《のうま》脊髄革命《せきずいかくめい》〉：〈ルシヴ

アルの紋章樹《もんしょうじゅ》〉：〈邪王の樹〉new

まずは称号から。
※混沌ノ邪王※
※邪王の資格を有した者※

そのままだな。次は新しい戦闘職業、〈邪槍樹血鎖師〉をタッチ。

※邪槍樹血鎖師※
※邪神の一部を吸収し初めて到達できる邪槍《じゃそう》使い※
※この世界に体現した唯一無二《ゆいいつむに》の邪を吸収した槍使い※

これだけか。この惑星《わくせい》か宇宙か分からないが、確実に俺だけなんだろう。

〈霊呪網鎖〉をチェック。
※霊呪網鎖※

※エクストラスキル〈鎖の因子〉固有派生スキル※
※エクストラスキル〈光の授印〉の作用により追加効果※
※光の粒子鎖《りゅうしぐさり》を用いて知能の低いモンスターを限定して洗脳、支配下に治めることができる。ただし〈鎖の因子〉のマークに直接触《ちょくせつふ》れていることが条件※

おぉ、洗脳できるのか。

掌の下にもマークは伸びているから掌を当てればいいんだな。

だが、知能の低いモンスター限定とあるから人族は無理か。

ゴブリンの洗脳が可能だとして……軍団を作りゴブリン王を名乗り天下統一の旅へ……ないな。あ、だが、ゴブリンには沢山の種類がいる。たとえば、中型ゴブリンとかホブゴブリンは中々優秀《ゆうしゅう》だったし、門番的に置いておくのもありかな。

鏡の先で拠点《きょてん》作りの雑兵《ぞうひょう》として利用するのもありかも。

他にもやることはあるが、忘れていなければ今度、実験したいかも知れない。

が、実験に成功したらゴブリンたちの世話をしないといけなくなりそうだ。

大変だな。未来の選択肢《せんたくし》の一つぐらいに考えておくか。

次はエクストラスキル、〈邪王の樹〉をタッチ。

※邪王の樹※
※邪王の資質が開花した者※
※魔力を大きく消費するが、邪神界ヘルローネに伝わる樹木が作成可能となる※

称号と似てるが、ようするに魔法《まほう》的な木を生み出すモノだ。

次は恒久スキル〈破邪霊樹ノ尾〉をタッチ。

※破邪霊樹ノ尾※
※魔力を多大に消費するが、光を帯びた霊樹《れいじゅ》を作成可能※

霊樹……光属性の樹木か。

対吸血鬼《ヴァンパイア》での武器に使えるな。これで牢獄《ろうごく》も造れる。魔《ま》界《かい》の奴《やつ》らを封じ込めるのに便利そう。

又《また》は、これで槍を作り〈投擲〉に使える。

ステータスの確認を終えた後、俺は中庭に移動。

新しいエクストラスキルを意識しつつ樹木を生やしたり消したりする遊びをしたり、ドラゴンの卵に魔力を送ったりと——猫《ねこ》じゃらしで黒猫《ロロ》と遊んだり。いや、相棒に遊ばれたりする。紐《ひも》で誘導《ゆうどう》して遊ぶ俺だが、相棒は俺を調教するように紐を誘導してくる。

相棒ちゃんは楽しく遊んでくれた。まったりとした日を過ごす。

そんな日が数日過ぎたある日……。

黒豹《くろひょう》の姿のロロディーヌが、ドラゴンの卵を内腹に抱いて寝《ね》ていた時。

そのドラゴンの卵にピキピキッと、ひびが入った。刹那《せつな》、相棒は驚《おどろ》いた。

四肢《しし》を上げて、

「ンン、にゃ、にゃおん、にゃおおぉぉん」

と、慌《あわ》てたような声で鳴く黒豹《ロロ》さんだ。

「ご主人様！　ひびが入りました！」

「閣下、お名前は決めているのですか？」

ヘルメから極当たり前のことを聞かれて、ドキッとした。

そう……生まれた時に考えると後回しにしていた結果がこれだ。

「何も考えてない。これから考える」

頭を抱《かか》える。

「閣下……」

「ご主人様でもそんなことがあるのですね……」

「そんな目で見るな……今考える……」

その間にも、ドラゴンの卵の殻《から》に亀裂《きれつ》が増えている。

黒猫《ロロ》は黒豹から子猫《こねこ》の姿に戻《もど》ると……。

片足の肉球を優しくソウッと卵へ押《お》し当てていた。

さっきは卵を大事そうに懐《ふところ》で温めて寝ていたし、母親の気分なのだろうか。

「閣下、お困りでしたら、名前の候補があります」

「何だ?」

「シリアナ――」

「却下《きやつか》だ」

ヘルメの趣味《しゆみ》には合わせられない。

「ご主人様、ではわたしが」

「おう、何だ？」

ヴィーネなら少し期待できる。様々な知識を持つ彼女《かのじょ》ならば……。

「カーズドロウジュニア」

「却下だ……」

その間にも、ピキピキと、更《さら》に亀裂が入るドラゴンの卵。

「にゃお、にゃぁ」

黒猫《ロロ》が卵へ何かを話しかけている。

「確か、母親の名前はロンバルアだったよな。そこから多少、弄《いじ》って……」

ロンディーヌ、だめだ、ロロと、もろかぶりだ。

「どうしたの？　騒《さわ》いでるけど」

コップを片手にレベッカが顔を出す。ミントの透《す》き通るいい香《かお》りが漂《ただよ》う。

あ、母親のバルを取って、ミントを掛け合わせる。

「決めたぞ、バルミントなんてどうだ？」

「良いですねっ」

「閣下、シ――」

「ヘルメは少し黙《だま》れ～」

俺《おれ》は笑いながら注意した。

「ふふ、はいっ」

ヘルメも、にこにこ顔。口元を蒼《あお》い葉の手で押さえている。

「バルミント？　あ、卵が孵《かえ》るのね。みんな〜、卵にひびが入ったわよぉ」

レベッカが皆《みんな》に向けて大声を出して呼び寄せる。

「記録しておかなきゃ」

「ついに竜《りゅう》が！」

リビングにいたと思われるミスティとユイの声が響く。

「マイロードの御子《みこ》が！」

「ん、シュウヤの赤ちゃん！」

カルードとエヴァの声も響いてきた。何か違う気がするが、皆、部屋に入ってくる。その瞬間《しゅんかん》、パカッと小気味いい音を立て、卵が割れた。

割れた殻を小さい頭にかぶって現れたのは、幼竜。ヒヨコサイズだ……カワイイ。

「素晴《すば》らしい……」

ヘルメは全身から水飛沫《みずしぶき》が発生。喜びをアピールしている。

「可愛い……」

ヴィーネも感動したような声音《こわね》だ。銀仮面を外して銀髪《ぎんぱつ》にかけている。

銀色の虹彩《こうさい》は輝《かがや》いて見えた。そして、頰《ほお》の銀色の蝶々《ちょうちょう》がより輝きを見せる。

「これがドラゴンの子供ね。なんて可愛らしいの……小さい魔導人形《ウォーガノフ》の型にしようかしら……」

ミスティは研究のためか、小さい羊皮紙にメモをしながらスケッチを取る。

小さい竜型魔導人形《ウォーガノフ》が出来上がる日も、そう遠くないのか？

「にゃ……」

「これがマイロードの御子……」

バルミント（仮）は最初に俺の顔を見て……よちよち、トコトコ、と可愛らしく歩きつつ俺の足下に来た。その瞬間、右手に微《かす》かな痛みが走る。親指の印が輝きを示した。

「バルミント」

「きゅっ」

可愛い声を出すんだな、バルミント。

俺は自然と印がある右手を差し伸べてみた。

「きゅっ――」

何とも言えない声で鳴きながら右手の掌の上にひょこっと乗る小さいヒヨコ《バルミント》。

「可愛い、掌より小さい！」

「いいなー、いいなー」

レベッカとユイだ。

掌の上で小さい羽をばたばたと動かしているバルミントへと顔を寄せてくる。

「にゃにゃにゃ、にゃぁ」

黒猫《ロロ》も何回も鳴きながら肩《かた》に乗ってきた。

俺の右腕《みぎうで》の上で綱渡《つなわた》りでもするように、トコトコと歩いた。

掌で動くバルミントに近付いた。バルミントに鼻を近づけ、クンクン、と匂《にお》いを嗅《か》ぐ。

と黒猫《ロロ》は、ペロりとバルミントの小さい頭を優しく舐《な》めた。

「きゅ、きゅ」

バルミントは黒猫《ロロ》に舐められて嬉しそうに鳴いていた。

「名前はバルミントに決定なのね」

「不満か？」

「ううん。わたしミントティーを飲んでたから、少し複雑だなと」

片手にコップを持ったレベッカは苦笑い。

「ん、レベッカ、そんなことない。バルミントはいい響き」

「きゅっ」

エヴァの声に反応したバルミントのヒヨコ竜が鳴く。

「そう？　なら、よかった」

「きゅ」

「にゃぁ」

また黒猫《ロロ》がバルミントの頭から背中を舐めてあげていた。

「ロロ、下に降ろすから」

掌で鳴くバルミントを床《ゆか》に降ろすと、黒猫《ロロ》も降りた。

傍《そば》で、香箱《こうばこ》スタイルで座りながらバルミントの行動を見守っている。

餌《えさ》でもあげるか。やはり竜といったら肉。

アイテムボックスから、適当に肉と野菜を取り出し、磨《す》り潰《つぶ》した小さい肉をバルミントに上げてみた。

「きゅいきゅっ」

バルミントは小さい顎《あご》を広げ小さい歯で、磨り潰した軟らかい肉に噛《か》みついて少しずつ食べていく。

「わぁ、肉を食べてる」

「ご主人様、竜の生態系に詳《くわ》しいのですか？」

「いや、竜なら肉を食うだろうと単純に考えて出してみた。魔力は当然として、他にもミルクとかをあげたほうがいいのかな？」

「にゃおん」

黒豹《ロロ》がゴロニャンコ。寝転《ねころ》がっては、腹を見せる。

腹には可愛らしい乳首《ちくび》があり、おっぱいがあった。

猫の時は小さな乳首でしかなかったが、黒豹だからか、それなりの大きさになっている。

今まで、可愛い乳首さんぐらいしか、考えていなかったが。

実はロロこそ隠れ巨乳の持ち主だったのか！　あ、まさか……。

「……お前はミルクを出せるのか？」

「ン、にゃあ」

その瞬間、ロロの乳房《ちぶさ》の先からミルクが……。

「すげぇ」

「ロロ様がお乳を……わたしも水を……」

「ヘルメ、巨乳から水を出さなくても、俺も水なら乳から、出せるからな？」

「は、はい……」

「きゃぁ、ロロちゃん、凄《すご》い！　母親なのね！」

レベッカが叫《さけ》んで興奮。

「きゅっ――」

バルミントもお乳の匂いを感じとったのか、母たる黒豹《ロロ》の腹へと、自然とトコトコと歩いてロロの乳房へ口をつけて乳を飲んでいた。

「ロロ様が竜の母様に！　何と、微笑ましい光景か！」

ヴィーネは乳を上げている黒豹《ロロ》の姿を見て、尊敬の眼差《まなざ》しを向けながら興奮していた。

すると、カルードが、元軍人としての血が騒いだように視線がギラついた。

「御子たる幼竜は元気ですな。凄《すさ》まじい竜に育つでしょう。将来が楽しみです。成長を遂《と》げたら戦術の幅《はば》が大きく広がりますな……」

「もう、父さん、ここは素直《すなお》に感動するところよ」

「皆、今はロロがミルクをあげているが、バルミントにとってはここにいる皆が、母親であり父親であることを覚えておいてくれ」

バルミントが、すくすくと健康に育ってくれれば嬉しい。

いつか空を一緒《いっしょ》に飛びたいな。が、バルミントのことを考えると……いや、今の瞬間を楽しもう。これからのことはまだ少し先だ。

「わたしが母……」

「ん、分かった。ミルク出るかな？」

……エヴァ。天使の微笑を浮《う》かべて、自らの巨乳を揉《も》んでいる……。少しエロい。

「む、そ、その大きさ、な、なぁらぁ？　一杯《いっぱい》あるでしょうよぉ、ふん」

あぁ……エヴァが自分の胸を触《さわ》るから……。

最近は胸が少し膨《ふく》らんできている（自称《じしょう》）レベッカさんが反応してしまっていた。

「わたしはご主人様専用ですので、可愛いバルミントでも、ミルクはあげません」

「さすがにヴィーネの大きさに負けるけど、わたしもシュウヤにだったら、いいよ」

「ん、ヴィーネにもユイにも、負けない！」

エヴァは魔導車椅子に座りながら背筋を伸《の》ばしつつ宣言。

「閣下へのご奉仕《ほうし》ならわたしが一番です」

なんと素晴らしい女性たちだ。

「さすがはヴィーネ、ユイ、エヴァ、ヘルメだ……」

「なにが、さすがよ。エロい表情を浮かべて偉《えら》そうに！　わたしだって……少しは膨らんできてるんだからね！」

レベッカは瞳《ひとみ》に蒼炎《そうえん》を灯《とも》しつつも泣きそうな表情だ。

「そういじけるなって。そんなことで差別をしないのは分かっているだろう？」

いじけるレベッカに寄り添《そ》う。

「うん……」

「ん、レベッカ。いつもシュウヤに優しくされている」

今度はエヴァが不満気な顔色になってしまった。

まさに、あちらを立てれば、こちらが立たぬ。

「閣下、わたしの出番ですか？」

水飛沫を発生させながら宙に浮かぶ精霊《せいれい》ヘルメ。

皆、その瞬間から、一種の旋律《せんりつ》が奏《かな》でられたかのように、姿勢を正す。

ヘルメに頼《たよ》ってばかりはいられない。ここは俺が締《し》める。

「さぁ、ふざけるのはしまいだ。黒豹《ロロ》のおっぱいタイムは終わり。皆は部屋を出ろ」

「はーい。そんな怖《こわ》い顔をしないの、出ていくわよー」

「ん」

「分かりました」

「中庭で汗《あせ》を流すとして、父さん、模擬戦《もぎせん》ね。〈暗刀血殺師〉としての実力をみせてあげる」

「ほう、言うようになったな。わたしとて、〈暗剣血狂師《あんけんけつきょうし》〉に進化して技《わざ》は毎日の如《ごと》く進化しているのだ。この間のようには、いかん。光魔ルシヴァルの〈従者長〉としての能力の幅を理解するのには、まだ少しばかり時間が掛かるとは思うが」

ユイとカルードの戦闘《せんとう》職業か。

「うん。フローグマン家の血筋の力を活《い》かせるようになったら、能力的に〈筆頭従者長《選ばれし眷属》〉とそう変わらないかもね。元々戦場を生きた父さんだし、凄腕《すごうで》の暗殺者でもあるから、その経験はわたしを超《こ》えている」

二人はヴァンパイア風の表情を浮かべて、剣呑《けんのん》な雰囲気《ふんいき》を醸《かも》し出す。

それぞれの愛用している武器に手をかけて廊下《ろうか》に向かった。

「あ、エヴァ、待って。あとで工房《こうぼう》研究室に来てくれるかしら。この間、話をしていた金属製の義足と車椅子《くるまいす》の件で……相談したいの」

ミスティがエヴァを呼び止めている。

エヴァの足は魔導車椅子から踝の位置に小型の車輪を付けたタイプに変化していた。

「ん、お菓子《かし》も持っていっていい？」

「いいわよ。お菓子のカスを零《こぼ》さないでほしいけれど」

「わたしも暇《ひま》だから覗《のぞ》いていい？　エヴァが持っていないお菓子をあげるから」

「勿論《もちろん》よ。お菓子もお願い。あと、貴方《あなた》の蒼炎を灯す瞳についても少し研究をしたいと思っていたの」

ミスティは羊皮紙が纏《まと》めてあるスケッチブックを開く。そこにはレベッカのことを考察したであろうことが書かれてあった。ページを捲《めく》ると……。

他のメンバーたちのことも色々と記してあるようだ。

彼女は僅《わず》か数日でそこまで分析《ぶんせき》していたのか。

頭が良い……やはり講師を担《にな》うだけの知力がある。

学者肌《がくしゃはだ》だ。そのまま三人で話し合いながら廊下に出ていった。

俺の部屋にはヘルメとバルミントにお乳をあげている黒豹《ロロ》が残る。

「閣下。この間からここに置いてある、この品物が気になったのですが……」

ヘルメはビームガンを蒼い葉の手に持ちながら独特の《ヘルメ立ち》ポーズを決めていた。

「あぁ、それはこの間、中庭で実験していた武器の小型タイプだ。危ないから貸して」

「……はい」

ヘルメは俺が危ないと聞いて驚いたのか、ビームガンの端《はし》をつまむように持ち、恐《おそ》る恐る渡《わた》してくる。受け取り、意味もなくガン・カタのポーズを取った。

「閣下、何かの体操ですか？」

「……いや、気にするな」

ビームガンをアイテムボックスに仕舞《しま》う。

「きゅ」

仕舞っていると、バルミントと黒猫《ロロ》が足下《あしもと》に来ていた。

「バルミント、満腹になったか？　あ、そうだ。お前の寝床《ねどこ》を作ってやろう」

〈破邪霊樹ノ尾《はじゃれいじゅ》〉を発動。木製の犬小屋的な物を作る。

中に、毛布を詰《つ》め込んで柔らかくしてあげた。

「きゅきゅゅぃ――」

幼竜、バルミントは喜びの鳴き声を出す。

早速《さっそく》、ばたばたと小さい翼《つばさ》をはためかせて、小さい家の中へ入っていく。

「閣下、寝室《しんしつ》で飼われるのですか？」

「今だけかな。成長したら中庭で飼うことになるだろう」

「きゅ？」

竜小屋の中から出した小さい頭を一生懸命《いっしょうけんめい》に上向かせてくるバルミントちゃん。

……破壊力《はかいりょく》は中々に高い。

「……可愛《かわい》らしいです。わたしのミルクを……」

ヘルメは母性本能を刺激されたようだ。

長い睫《まつげ》を震《ふる》わせては、竜の小屋の前で膝《ひざ》を折る。

巨乳を突《つ》き出して、乳首から水を少し放出。

黒猫《ロロ》が口を開けて飲んでいるし。

「ヘルメ、ミルクではなくて、それはただの水だから、却下だ」

「は、はい……」

心残りがありそうな表情を浮かべるヘルメちゃん。

「にゃにゃぁん」

黒猫《ロロ》が鳴きながら触手をヘルメに伸ばしていた。

珍《めずら》しく気持ちを伝えている。

「まぁ……ロロ様、ありがとうございます」

「何だって?」

「『ちち』『びみ』『あそぶ』『ちち、ぼぼよん』『ちち』『みず』『みず』『うまい』『ちち』『おっきい』『おっぱい』『くろまてぃ』だそうです」

くろまてぃとか、俺がふざけてよくそんなことを考えていたことが伝わっていたようだ。

「要約すると、ヘルメの乳水は美味で遊べて、乳が大きい」

「はい、きっと気に入ったのでしょう」

……まさか、精霊のお乳水は何か、特殊《とくしゅ》な水なのか？

あっ、水神アクレシス様の力によってヘルメは生まれ出た訳だよな。

あの時の清水と関係があるのかも知れない。これは盲点《もうてん》だった。

「……ヘルメ、こっちに来い」

「はっ」

傍《そば》に来たヘルメの腰《こし》に手を回して、ぎゅっと抱《だ》き寄せ、巨乳へと顔を埋《うず》める。

「あっ、閣下……」

柔らかい双丘《そうきゅう》を頬に感じながら、顔を横に僅かにずらし、話す。

「お乳水を吸わせてもらうぞ」

「はぃ……」

ヘルメの蕾《つぼみ》から乳水を味わってみた。おぉぉ、美味《おい》しい。

あの時の清水に近いじゃないか……。

「あんっ、閣下、歯は立てては駄目《だめ》ですよ」

「すまんすまん。だが、この乳水ならバルミントに飲ませてもいいだろう。ロロにもあげていいぞ」

「にゃああん」

黒猫《ロロ》はクレクレと肉球を見せるように両前足を上下させている。

「はい。前々からロロ様には時々あげていました。では……ロロ様とバルミントちゃん、お口を開けてください」

「にゃ」

「きゅ」

黒猫《ロロ》とバルミントは、常闇《とこやみ》の水精霊ヘルメの言葉に従う。

双丘から発射されるおっぱいダブルミサイル、もとい、おっぱいウォーターはなめらかな曲線を描《えが》いて、黒猫《ロロ》とバルミントの口へ注がれた。

ヘルメも恍惚《こうこつ》とした表情を浮かべていた。

独特のポーズを取りながら、お乳水をあげている。

ヘルメ立ち《ヘルメたち》

ヘルメ的には植物に水をあげているのと大差ないのだろう。しかしながら、面白《おもしろ》い光景であり、エロくはない。むしろ神々《こうごう》しい光景でもある。神々しく見えるのは黝色《ゆうしょく》と蒼色の葉のコントラストが美しい精霊の姿だからだろう。

「さ、もう仕舞いだ。ロロとバルミントの腹がたぷんたぷんに膨れるぞ」

「はい」

黒猫《ロロ》も満足したのか顔を前足で洗っている。バルミントも黒猫《ロロ》の真似《まね》をするように、自らの顔を短い足で擦《こす》ろうとしてコケていた。

「はは、バル、お前はドラゴンだ。ロロの真似はしなくていいんだぞ？」

「きゅ？　きゅっきゅ」

バルミントは何かを言いたげな顔を見せる。

が、そのまま竜の小屋にトコトコと歩いて穴の中に入って丸くなっていた。

そこに廊下から走ってくる音が響《ひび》いてくる。

「ご主人様、お客様です」

メイド長のイザベルだ。

「誰《だれ》？」

「レーヴェ・クゼガイル氏です。中庭にてお待ち頂いております」

猫獣人《アンムル》の八剣神王か。

しかし、メイド長は幼竜の姿に反応を示していない。今はプロに徹《てっ》しているらしい。

「……あいつか、分かった。今向かう」

「閣下、わたしはリビングで瞑想してきます」

「了解《りょうかい》」

ヘルメは足下から水飛沫を発生させつつ部屋から出た。

さて、レーヴェと対決する前に……。

邪神《じゃしん》ヒュリオクスの使徒のパクスが愛用していた武器を試《ため》すとしようか。

アイテムボックスからオレンジの刃《は》を持つ魔槍《まそう》グドルルを取り出した。

アイテムボックスには登録しない。まずは普通《ふつう》に使う。

戦いの途中《とちゅう》で〈投擲〉とか。腕《うで》が伸《の》びきった際に、魔槍グドルルを離《はな》して魔剣《まけん》ビートゥを使うとか。または、魔槍杖《まそうづえ》バルドークをフェイントのように出現させつつ使えば……相手は驚くに違《ちが》いない。新しい酒を古い革袋に盛るように……。

少し奇抜《きばつ》に戦う様子をイメージしつつ部屋にあった絹の服とズボンを着た。

マネキンに載《の》った魔竜王《まりゅうおう》の鎧《よろい》は裂《さ》けたままだ。今度、ザガに修理をお願いしよう。

すると、廊下からメイドたちが部屋に入ってきた。

「ご主人様、いつもの外套《がいとう》はこちらに」

持ってきてくれたらしい。外套も切れた箇所《かしょ》が目立つが、防御力《ぼうぎょりょく》はたしか、仕方ない。

「いつもすまないな」

「いえ、仕事ですので」

メイドたちは慎《つつ》ましい態度で頭を下げていた。

イリアスの外套を、俺が着やすいように背中に回してくれた。

こういうさり気ない、優《やさ》しさはいい。

彼女たちへと『ありがとう』と感謝の気持ちをもって、その外套へと手を通して着た。

戦いやすいように外套を広げる。

「ご主人様、中庭で座《すわ》っている方と戦われるのですね」

「そのつもりだ」

「この間の神王位との戦い、カッコよかったです。がんばってください」

クリチワがそう語る。狐《きつね》が持つような耳をピクピクと動いていた。

可愛いが、プロのメイドさんだ。表情を引き締めて、

「おう」

と返事のみ。可愛い狐が持つような耳の感触《かんしょく》を確かめたいと思ったが、クリチワの仕事の邪魔《じゃま》になってしまう。自重して自らの腕を見た。

アイテムボックスがある以外は防具がない状態だ。

両手首の〈鎖《くさり》の因子〉の絵柄《えがら》が竜のような絵柄に成長を遂げていた。

二《に》の腕には壊《こわ》れた光輪《アーバー》の環《わ》が皮膚《ひふ》にめり込み膨らんでいるから……。

少し気になったが、ファッション的な小道具に見える。
瞑想中のヘルメを横目にリビングを通った。
小さい聖像と燭台《しょくだい》が目立つリビング机を触りつつ玄関《げんかん》の扉《とびら》から外に出る。
テラスの階段を下りて中庭に出た。
階段か――エヴァのためにバリアフリーにしよう。
両手首から〈鎖〉を射出――階段に〈鎖〉で穴を空けた。
一気に削《けず》る――〈血道第三・開門〉。〈血鎖の饗宴〉を発動した。
無数の血鎖の群れが小さい階段を木っ端微塵《こっぱみじん》に吹《ふ》き飛ばす。よっしゃ。
小さい階段を破壊《はかい》した。続いて〈邪王《じゃおう》の樹《き》〉を意識。滑《なめ》らかで上りやすい坂を作る。
樹の坂を玄関に作った。これでいいだろう。血鎖を消失させる。
玄関の新しい出入り口の出来栄《ば》えを見て、満足した。
木工のスキルがあれば、デザイン性の高い坂を作れたのだろうか。
そんなことを考えながら中庭に足を向けた。
中庭の中央に、猫獣人《アンムル》の姿が見えた。
石畳《いしだたみ》で、胡坐《あぐら》の姿勢だった。瞑想《めいそう》中か？　修験者《しゅげんじゃ》って印象だ。
中庭の右の大きな樹が生えた場所では、ユイとカルードが模擬戦中。

互《たが》いに軽装だが切り傷が多い。

ユイは、白い腹と太腿《ふともも》が露出《ろしゅつ》しつつ血が舞《ま》っていた。

カルードは、ズボンが切れて一物さんを覗かせていたが見なかったことにする。

俺は頭部を左右に振《ふ》った。綺麗《きれい》なユイを見てから、強烈《きょうれつ》なお稲荷《いなり》さんの映像を振り払《はら》う。

気を取り直し、猫獣人《アンムル》を見つめる。

レーヴェの前の石畳には、抜《ぬ》き身《み》の四剣と鞘《さや》が揃《そろ》えられて置かれてあった。

その座した姿勢で分かる。一瞬《いっしゅん》で、武の歴史を感じさせる姿勢。

確実に凄腕の武芸者がレーヴェだと理解した。

大小様々な長剣《ちょうけん》には魔力《まりょく》が内包している。

座して、瞼《まぶた》を閉じたままで、隙《すき》がない。明鏡止水。

そんな言葉をレーヴェの座から読み取った。

そのレーヴェの三つの目が、カッと見開いた。

群がる蠅《はえ》を、箸《はし》の先で、掴《つか》みそうな気配だ。そんな空気を壊すように話しかける。

「お待たせしました」

「ついに来た。この時を待っていたぞ。シュウヤ・カガリ殿《どの》」

三つの鋭《するど》い眼光を持つ猫獣人《アンムル》だ。

威風堂々《いふうどうどう》と武士のように背筋を張った姿勢を保っている。それに、ダンディな声だ。

「勝負がしたいとのことでしたね」

「そうですな。野試合となる」

「了解。丁度、今日は暇でして……」

そこで敬語は止《や》めた。

レーヴェは石畳に置いてある抜き身の四剣に対して、尊敬の念を抱いているように、頭を下げた。そして、灰色の毛が目立つ手で、その剣たちを掴むと立ち上がった。

反《そ》った剣身は青白い光を放つ。その魔剣を右の上腕《じょうわん》と左の上腕が持つ。

左の下腕だけが、異常に太い腕だ。

その異常に太い左腕《ひだりうで》の手が握《にぎ》るのは、緑色に光る短剣《たんけん》だ。

右の下腕には、刃がノコギリ状の長剣を握る。

ノコギリ刃の魔剣の柄《つか》から出た革《かわ》の紐が、手と手首を巻いている。

籠手《こて》代わりか、ノコギリ刃の剣を右の下腕に固定しているのか。そのどちらかだろう。

それらの四剣の峰《みね》はそれぞれ違う方向を向いている。

四剣流か。一片《いっぺん》の隙《すき》すら窺《うかが》えない。

その猫獣人《アンムル》の三つの鋭い瞳と立ち姿から……仁王像《におうぞう》を連想させた。

俺は無言のまま、魔槍グドルルを正眼に構えた。猫獣人《アンムル》は俺を凝視《ぎょうし》。

左の上腕が握る魔剣の角度を調整していた。そして、青白い刃を横に寝かせた。

「神王位第三位、四剣のレーヴェ！　いざ参る――」

独特の剣気が籠《こ》もった口上のまま石畳を蹴《け》って前進。

魔剣を振るってきた。青白い刃が横から迫《せま》る。雲を切るかのような薙《な》ぎ払い。

俺は右に回って、その薙ぎを、鼻先の距離《きょり》で避《さ》けてから魔槍グドルルを突き出した。狙《ねら》いはレーヴェの脇腹《わきばら》だ。レーヴェは一つの目で俺の全身を捉《とら》えつつ、

「――鋭い」

と、言いながら二つの目で、しっかりと、俺が放ったオレンジ刃の突きを捉えていた。

右の下腕が握るノコギリ刃の長剣を斜《なな》め下に傾《かたむ》けて、ノコギリ刃で、俺のオレンジ刃の突きを弾《はじ》いた。レーヴェは全身に〈魔闘術〉と似た魔力を纏う。

「ふふ、楽しいですな。さぁ――行きますよ！」

レーヴェは、ここからが本番というように、体の向きを変えるや、前傾《ぜんけい》姿勢で突進《とっしん》。

四つの腕が握る特殊剣《とくしゅけん》による突き技を繰《く》り出してきた――疾《はや》い。

一気に間合いを潰してきた。俺も全身に〈魔闘術〉を纏って対応。

アキレス師匠《ししょう》を超える剣を突く速さに驚きを覚えながらも自然と体が動いた。

体を捻《ひね》りつつ基本の爪先《つまさき》半回転でレーヴェの迅速《じんそく》な突きを避け続けて、両手に握った魔槍グドルルで受けに回った。

再び胸に迫った剣の突きを魔槍グドルルの柄《え》の上部で弾いた。反撃《はんげき》に――月でも宙に描くような機動で振るった魔槍グドルルのオレンジ刃を青白い刃の魔剣で弾くレーヴェ。

剣の〈刺突《しとつ》〉風の突き技を寄越《よこ》す。

俺は魔槍グドルルを盾《たて》代わりに利用して突き技を防いだ。

関羽の青龍《せいりゅう》偃月刀のような魔槍グドルルから火花が散った。

「速く巧《うま》い！」

レーヴェは褒《ほ》めてくるが、続けて、左肩《ひだりかた》が畳《たた》まれたようなモーションから魔剣を振るってきた。その魔剣を後退して避けると、レーヴェは体幹に魔力を集中させて、三つの剣が加速。分裂《ぶんれつ》したように見えた連続とした突き技を繰り出してきた。

俺は薙刀《なぎなた》に近い幅広《はばひろ》のオレンジ刃で刹那《せつな》の間に迫りくるレーヴェの剣の突き技を弾くことに成功。そのまま魔槍グドルルで正眼に構えた。

「素晴らしい槍技《やり》術。槍の神王位と呼ぶべき実力者……」

俺を褒めるレーヴェ。その褒める言葉さえもレーヴェは、フェイクに使う。

巧《たく》みにタイミングを変えて「黄泉《こうせん》返し――」と呟《つぶや》くと両腕《りょううで》を同時に振るう。

反応が遅《おく》れたが、魔槍グドルルのオレンジ刃の幅を活かす。

魔槍グドルルで宙に八の字から十字の絵を描きつつ退いた。

レーヴェの三つの腕が分裂したようにも見える連続とした突き技を、魔槍グドルルのすべてを使い、往《い》なした。

「――素晴らしい槍技術――」

反撃に短く持った魔槍グドルルで、お返しの突きを出した。

しかし、レーヴェは上腕を振るう。

青白い刃の魔剣でオレンジ刃は叩《たた》くように防がれた。

レーヴェは二つの目と額にある一つ目で、フェイントを行ってくる。

視線のフェイクか。確実に強者なレーヴェ。猫《ねこ》の毛が舞う。

素早《すばや》い機動の歩法から右の上腕を振るった。

俺の肩口《かたぐち》を狙う連続した袈裟懸《けさが》けだ。体を捻って避けたが、レーヴェは続けざまに右の下腕を振るってきた。そのノコギリ刃の水平斬《ぎ》りを屈《かが》んで避けた。

低い体勢からお返しに〈刺突〉を繰り出す。

が、レーヴェは左腕が持つ緑色の短剣で〈刺突〉を弾いた。

続けて、魔槍グドルルの突きをレーヴェの胸元《むなもと》に繰り出した。

しかし、またも緑色の短剣で往なされた。

そこから互いに、突き、払い、蹴《け》り、斬りを繰り返す。

レーヴェと俺は、頬と耳にミリ単位の傷が発生した。

互いの切れた髪《かみ》の毛《け》が中空に舞った。

レーヴェの装備するブラックコートは破れて体の一部に切り傷が発生。

そのレーヴェは体に傷が増えても怯《ひる》まなかった。

数十合打ち合ったところで、両上腕が持つ魔剣がブレた。更に、右の下腕が握るノコギリ刃の魔剣がブレた。三連続の変わった薙ぎ突き技を繰り出してくる。

俺は体の軸《じく》を意識したまま風槍流『風軍』の機動から、爪先半回転を実行。

体の柔軟《じゅうなん》さを活かした両手持ちの魔槍グドルルで三連続の薙ぎ突き技を、受けて、払い、反撃——魔槍グドルルを振るった。風を孕《はら》むオレンジ刃で、レーヴェの胴《どう》を抜くイメージだ。

しかし、レーヴェは、極端《きょくたん》に姿勢を低くしながら俺が振るったオレンジ刃を避けた。

同時に、水面蹴りの足払《あしばら》いを繰り出してくる——軽く跳躍《ちょうやく》して、水面蹴りを避けつつ魔槍グドルルを振り上げた。昇拳の機動の石突《いしづき》でレーヴェの顎を狙う。

しかし、レーヴェは仰《の》け反《ぞ》って顎の一撃《いちげき》をあっさりと避けた。

レーヴェは速やかに前傾姿勢へと移行して一段階速度を上げる。

俺の着地際《ぎわ》に合わせたレーヴェは、上段から魔剣を振り下げてきた。

急ぎ、魔槍グドルルを持ち上げて反応。

そのレーヴェが繰り出した必殺的な青白い刃をオレンジ刃で受けた。

――激しい火花が散る。不協和音の金属音が戦う俺たちを祝福する音にも感じたまま――レーヴェが持つ魔剣を力で押《お》し返した。石畳の上にレーヴェが持つ刃を押し付けてやると、石畳が削られて剣の跡《あと》がついた。同時にタイミングを微妙《びみょう》に計る。

力による押し付けからの、力の均衡《きんこう》を崩《くず》す機会を窺《うかが》った。

石畳が削られ立ち込めた塵《ちり》が舞う。――ここだ。と決めたところで塵をかき混ぜるイメージをしつつ体を引いた。両手に持つ魔槍グドルルを下げると同時にオレンジ刃をぐるりと縦回転させる。レーヴェの頭部目掛《めが》けて振り下ろした。

「素晴《すば》らしい風を孕む槍の機動――」

と俺《おれ》を褒めたレーヴェは魔剣を振り上げて反応。

またもや、オレンジ刃と青白い刃が衝突《しょうとつ》。

そこから速度を落とさずに魔槍グドルルを振るった。

下向きの脇《わき》に構えていたノコギリ刃にオレンジ刃は防がれた。

レーヴェは体を横回転させた。右回りから、早歩きで横を歩くや、歩くフェイクから、俺の肋骨《ろっこつ》を狙う、回転斬りを繰り出してきた。

そのレーヴェの回転軌道と合わせるように、俺も回転避け《ルーレット》を実行。

レーヴェの回転斬りを避けた。レーヴェは追撃《ついげき》してこない。

動きを止めていた。右の下腕が握るノコギリ刃に魔力を集中させた。

刹那、前進。そのギザギザ刃で俺の顎を突いてくる——。

スキル？　その突きは速い。

俺は魔槍グドルルのオレンジ刃で、ノコギリ刃を受け流した。

が、予想外な重さで、オレンジ刃が弾かれてしまった。

右腕をノコギリ刃が掠《かす》めて、血が舞った——痛い！

痛みを我慢《がまん》しつつ魔槍グドルルを振るい上げた。石突で、再びレーヴェの顎を狙う。

しかし、レーヴェは後退して、魔槍グドルルの石突を避けた。

レーヴェは距離を取りつつ〈魔闘術《まとうじゅつ》〉とは違う質の魔力を両手に集中させた。

何かの技だろうか。俺は踏《ふ》み込みを実行しつつ魔槍グドルルの太いオレンジ刃の〈刺突〉をレーヴェの胴体《どうたい》に繰り出した。

レーヴェは笑顔《えがお》を見せて、上腕の両腕が握る魔剣の十字ブロックで〈刺突〉を防ぐ。

「ははっ、やりますね――」

そう発言しつつ右の下腕が握るノコギリ刃の魔剣で俺の頭部を狙ってきた。

俺は爪先半回転で後退しつつ、ノコギリ刃を鼻先で避ける。

と、レーヴェの上腕に持つ魔剣の柄から赤い枝が発生したのを確認《かくにん》――。

赤い枝は、生き物のように蠢《うごめ》きつつ、レーヴェの毛深い両腕を覆《おお》った。

刹那、レーヴェの頭部や首など全身の切り傷が回復する。が、隙がある。

回復した能力を使用したせいか、集中力が切れたか？　その瞬間《しゅんかん》を狙った。

腰を捻り腕も捻る。その捻る力が魔槍グドルルに伝搬《でんぱん》した〈刺突〉を打ち出した。

が、〈刺突〉にレーヴェは対応。

上腕の両腕の魔剣と右の下腕のノコギリ刃と、左の下腕が握る短剣をクロスさせつつ〈刺突〉は防がれた。レーヴェの懐《ふところ》は深い。レーヴェはそこで、またもや、距離を取る。

「ふぅ……こんな重い攻撃《こうげき》は久しぶりです」

息を整えながら、俺を褒めてきた。

今の一呼吸で息が上がっていたが、もう回復させている。

独特の呼吸法《スキル》でもあるのだろうか。

「やはり、貴方は強者、一流、神王位クラスなのは間違《まちが》いないですな」

「当たり前だが、お前もな――」

休ませるつもりはない――続けて〈刺突〉。〈魔闘術〉を纏った〈刺突〉――。

〈魔闘術〉を纏わない〈刺突〉を繰り出した。

――微妙に緩急《かんきゆう》をつけた連続スキルの攻撃でレーヴェのタイミングをずらす。

「くっ」

レーヴェは息を吐《は》いて剣の間合いを保とうとする。が遠い間合いだ。

長剣の範囲《はんい》は見切ったところで、槍の間合いから微妙にタイミングを変えた〈刺突〉を繰り出していった。そうして、三合目、レーヴェの防御用《ぼうぎよ》の緑色の短剣を弾くことに成功

――チャンスだ。〈刺突〉を超えたスキル〈闇穿《あんせん》〉を繰り出した。

〈闇穿〉のオレンジ刃の表面に闇《やみ》の靄《もや》が纏う。だが、レーヴェは魔槍の刃を受けず、体がブレた。速度を速めて〈闇穿〉を避けるレーヴェは寝《ね》そべるように体を低く斜めに傾けた体勢のまま短剣を持っていた太い左腕一本で大柄《おおがら》の体を支えて倒立《とうりつ》する。

左腕一本で体を支えたまま前進。

不規則軌道の前進だと？　更に、レーヴェの開脚《かいきやく》した足先から隠《かく》し剣の紫《むらさき》の刃が生えた。

その紫の刃で連続とした蹴り技を繰り出してくる。コサックダンスかよ！

紫電《しでん》の魔の刃が迫る――俺は伸びきった魔槍グドルルを捨てた。

間合いを保とうとした。しかし、レーヴェの足先から出た紫の刃で右足を突かれた。更にレーヴェの他の腕が振るった魔剣の刃で腹と太腿を斬《き》られた。

「ぐっ――」

腹と太腿から血が舞った。

痛みを我慢しつつ右手に魔槍杖バルドークを召喚《しょうかん》。

急ぎ、横に一回転を行いレーヴェの蹴り突き技の紫の刃を避けた。

更に片手で石畳を叩いて側転を実行し、レーヴェの不規則な体勢から迫る連続とした蹴り突き技と上腕の魔剣の斬撃を避けることができた。

だが――「速いですが――」とレーヴェの不規則な体勢からの攻撃は止まらない。

魔槍杖バルドークの柄で、そのレーヴェの足先から出た紫電の刃と腕の魔剣の攻撃を何十合と受け続けて防いだ。すると、レーヴェは動きが鈍《にぶ》った。

普通に二本足で立ち上がって攻撃を止めた。

レーヴェの両足代わりとなって体を支えていた太い左腕は弛緩《しかん》したようにダラリと下がっていた。レーヴェの太い腕を活かした機動は凄かったが、さすがに腕一本の機動には無理があるようだ。しかし、四剣流どころか左腕一本で体を支えて前進しながらの蹴り技に、その足から隠し剣の攻撃とは驚《おどろ》いた。

さて、この慣れ親しんだ魔槍杖バルドークを活かすとしようか。そのレーヴェは、

「どうしました？　紫の死神とて動揺《どうよう》は隠せないようですな。魔力操作が少し鈍っているようにお見受けいたす。そんな柔《やわ》い人ではないと判断しますが？」

　余裕《よゆう》な態度で話してくる。

「……柔いよ」

「甚《はなは》だ疑問ですな。傷はふさがっている。特異なスキル持ちと判断しますが」

「レーヴェも特殊な魔剣を使い回復していた」

「これも技の一つと言えましょうか。ところで、貴方の洗練された〈魔闘術〉の動き、大体、分かってきましたよ」

「お互い様《さま》だ」

　俺は〈魔闘術〉を全開——前傾姿勢で左手に魔剣を召喚。

　魔剣ビートゥの赤黒い反った刃でレーヴェの足を狙う。プランA作戦だ。

　レーヴェは、太い左手を足場に使った不規則軌道剣術《きどうけんじゅつ》で——。

　魔剣ビートゥ《プランA》の刃を受け流そうとしていた。

　俺は、そのタイミングで、あまり使わない。そう、あまり使いたくないスキルを発動する。〈脳脊魔速《切り札》〉を使用した。

八剣神王《はちけんしんおう》第三位とルシヴァルの宗主《そうしゅ》が武術対決中の同時刻……とある歓楽街《かんらくがい》にある古びた屋敷《やしき》の会議室にて、慌《あわ》てふためくやさぐれた男たちがいた。

「おい、屋敷が囲まれたぞ……」

「【月《つき》の残骸《ざんがい》】か。どうしてここが！」

「入り口から音が聞こえなくなった……」

「チッ、もう仲間たちはやられたのか、数は集結しつつあったのに……」

すると、会議室の入り口を塞《ふさ》いでいた大きな絵のある衝立《ついたて》が黒いモノで引き裂かれた。

「――あなたたちが、残党ね」

衝立を引き裂いたのは蜂蜜色《はちみついろ》の髪を持つ女だ。蜂蜜色の髪には赤いヘアピンが留まっている。

その蜂蜜色の髪が揺《ゆ》らいで鼻筋の高い鼻を擦った。彼女《かのじょ》は長細い指で、その髪を退《ど》かすと、微《かす》かに細い顎《あご》を傾けて、ふふっと微笑《ほほえ》む。眼輪筋の妙《みょう》のある動きが、茶色の瞳を、不思議とより魅惑的《みわくてき》に見せていた。その女性は、黒色の革を何枚も特殊な金糸と銀糸で縫《ぬ》い合わせた革鎧《かわよろい》と上服も着ている。

スカートの布の切れ端を揺らすように、蜂蜜色の髪を揺らしつつ――。

バレエで言うデヴェロッペの動きで足が真上に向かう。

スラリと伸びた細い足首。その美しい滑らかな踵《かかと》から黒い閃光《せんこう》が迸《ほとばし》る――。

黒い閃光を活かすように踵落としを実行する蜂蜜髪の女。

踵から出た黒い翼にも見える魔力の刃でまたも大きな絵のある衝立を引き裂いた。

魔との繋《つな》がりを示す蜂蜜髪の彼女は冷たい微笑《びしょう》を浮《う》かべる。更に、スラリと伸びた足で、二つに分かれた絵衝立の残骸を蹴り飛ばした。そこに、甲高《かんだか》い少女の声が響いた。

「――メル～。表の雑魚《ざこ》は全部、血を吸いつくして倒《たお》したー」

「ヴェロニカ、ご苦労様」

口元を血に染めたヴェロニカは頷《うなず》いた。

「あたいは弓を射るだけの簡単な仕事だったよ」

その声は、四角い顔を持つ耳長《エルフ》の女。ヴェロニカの背後のエルフだ。エラが張る顎が特《とく》徴的《ちょうてき》で、はっきりとした美形ではないが、整った顔立ちで気風がいい女性だ。酒場では人気があった。ヴェロニカとメルと同じくエルフも黒色の革鎧を着ている。

手には新品の弓を握っていた。メルはその仲間たちの言葉を聞いて頷いた。

そして、唖然《あぜん》としている男たちを見ては、

「ここはわたしたちが制圧した。あとは貴方たち次第《しだい》よ……もし、抵抗《ていこう》するなら、皆殺《みなごろ》し。下るなら貴方たちが知る情報を洗いざらい話すことを条件に、命だけは奪《うば》わないと約束してあげる。うふ♪」

そう優しくも冷たくもある女独特の口調を聞いた男たちは顔を見合わせる。

会議室の殺気が行き場を失ったように弛緩した。彼《かれ》らは一斉《いっせい》に武器を床《ゆか》に投げ捨てた。

その行為《こうい》を見た【月の残骸】の副長メルは満足そうに微笑を浮かべる。

メルは投降した彼らに近付いていった。


〈脳脊魔速《切り札》〉を使う。速度を増した状態での魔剣ビートゥは牽制《けんせい》。

右手に握った魔槍杖《プランB》こそが本命だ。

〈刺突〉から、間を空けず――〈闇穿〉を連続で撃《う》ち放つ。

「なっ――」

さすがはレーヴェ。驚きながらも三つの目を目まぐるしく動かしてスキルを使った高速二連の矛《ほこ》の攻撃を受けきった。レーヴェは師匠と同じく〈脳脊魔速《切り札》〉に対応してきた。三つの腕と足の剣《けん》で、俺の攻撃を巧みに防ぐ。更に、反撃のノコギリ刃を伸ばしてきた――が、師匠よりは速度が遅《おそ》い。首を捻って迫ったノコギリ刃を避けた。

頬《ほお》をかすめて、傷ができたが――構わず視線でフェイントを送る。

そして、レーヴェの腕を狙った。俺の槍の突きを防ぐために伸びた腕だ。

小手を奪う感覚で腰から捻り出す〈刺突〉を繰り出した。

「げぇ、なんて速さ――」

レーヴェの右の上腕を穿《うが》つことに成功――魔剣ビートゥを離しつつの左手の拳《こぶし》による打撃《だげき》の牽制を繰り出しては、右手を引いた。目眩《めくら》ましを実行。そして、引いた魔槍杖で再び、レーヴェの足を狙った。

「――ぐぁ」

レーヴェの黒コートごと右足をも穿った。

レーヴェの胸と腹を狙って串刺《くしざ》しにすることもできたが――。

レーヴェの首に紅矛の先端《せんたん》を当てる寸前で魔槍杖バルドークを止めた。

寸止めを行う。二十秒が過ぎ去るとスキルが切れた。

「――ぐあぁ、参った、降参です」

レーヴェは苦悶《くもん》の表情を浮かべながら降参を宣言。武器を石畳に落とし、膝を折るような体勢から震わせた腕でポーションを取ると、ポーション瓶《びん》の蓋《ふた》を口で咥《くわ》えて開けて、ポーションの液体を傷口にかけていた。そのレーヴェに、

「……二位や一位はもっと強いのか？」

「槍のほうは分からないですが……剣王二位のフグリハならいい勝負となる自信はあります。ですが、一位のゼン・サイゴウは強いですね。わたしのように奇《き》を衒《てら》った〝切り札〟のようなことはしない。絶剣流、紅の大太刀《おおたち》を扱《あつか》う強者です。わたしの場合は切り札を出させたことがないとも、言えますが……」

上には上がいるんだな。

「傷の具合は大丈夫《だいじょうぶ》か？　俺は回復魔法《まほう》が使える」

「問題ないですな。高級ポーションです。それに……」

レーヴェは戦いの際に魔剣の柄から赤い枝を発生させていた。その赤い枝で毛深い両腕を覆うと、体の傷を一瞬で癒やしていた。改めて凄《すご》い回復力だと分かる。

「その傷を回復する魔剣は便利そうだ」

「シュウヤさんと同じく、これがあるからこそ、わたしは強くなった」

「曰《いわ》くつきの魔剣？　やはり迷宮産《めいきゅう》なのかな？」

　青白い刀身を持つ魔剣に視線を送る。

「いえ、これは迷宮産ではないんですよ。サーマリア伝承に伝わるオズヴァルト＆ヒミカという一対《いっつい》の魔王《まおう》級魔族の名がつく魔剣なんです」

「へぇ、どっかで聞いたような気もする」

「サーマリア伝承シリーズはかなり有名ですからな。どこかで聞いたのでしょう。必ず一対の魔王級魔族の名がつくセット武器。確か八個ほど確認されているとか」

「八個も……」

　俺が呟くと、レーヴェは徐《おもむろ》に立ち上がり、魔剣を含《ふく》む四つの武器を背中の肩口の鞘と腰にある鞘へリズムよく金属音がなるように戻《もど》していた。

　そして、彼は清々《すがすが》しい顔を浮かべて三つ目を俺に向けてくる。

「……シュウヤ殿、お相手、ありがとうございました――」

「こちらこそ――ありがとうございました」

　突然《とつぜん》、礼儀《れいぎ》正《ただ》しく頭を下げてきたので、反射的に敬語モードで返礼をしていた。

　俺が頭を上げると、レーヴェが口を開く。

「シュウヤ殿の槍武術からは偉大《いだい》な歴史を感じました。風槍流を基礎《きそ》としつつも独自なモノへ昇華《しょうか》を果たしたと推測しますが、貴方《あなた》の基礎を作った師匠はどなたなのですか？」

俺の槍から師匠の歴史を見出《みいだ》したか。やはり強者だな、この猫獣人《アンムル》。

そして、あの巻き角の偉大なる顔を思い出した。

心が引き締《し》まる思いだ……敬語で話しておこう。

「……アキレス師匠です。偉大なる槍マスターですね」

「そうですか。聞いたことはないですが、さぞや立派な方なのでしょう」

師匠が冒険者《ぼうけんしゃ》をしていたのは、何百年も前だ知らなくて当然だろう。

「はい。師匠のことは凄く尊敬しています……俺に槍の基礎を教え、様々なことを教えてくれた……この世界で生きることを教えてくれた大恩人です」

本心を話していた……レーヴェは三つの目を潤《うる》ませると頷く。

「素晴らしい。胸を打つ言葉だ。信頼《しんらい》関係が伝わってくるような思いを感じました」

「はは、少し恥《は》ずかしいです」

「はは、わたしも生き別れた師匠の姿を思い出しました。さて、そろそろ帰るとします。シュウヤさん。ご近所の付き合いもありますが、槍の強者のシュウヤさんとは、特別に仲良くしたい思いです。ですので、先ほどの戦闘《せんとう》中のように気軽に話してください」

「分かった。俺のことも気軽にシュウヤと呼んでくれ」

「了解した。シュウヤ、それでは」

と、猫獣人《アンムル》独特の笑顔を浮かべてから、踵《きびす》を返すレーヴェ。

背中に装着された二つの魔剣がカッコいい。レーヴェは大門から外に出た。

「ご主人様、血の匂《にお》いが！」

「お怪我《けが》を！」

ヴィーネとメイドたちが血相を変えて走り寄ってくる。

ユイとカルードは真剣《しんけん》勝負を続けているようだ。俺の戦いを見に来なかった。

「大丈夫だ。レーヴェは強かった。剣術《けんじゅつ》が奇抜すぎて盗《ぬす》めなかったが……」

「ご主人様に手傷を負わせるほどですからね、分かります」

「これをお飲みになりますか？」

メイドのアンナがゴブレットを差し出してくる。

「お、ありがと」

気が利《き》くメイドのアンナに礼を言ってから紅茶を飲む。

そのままリビングに戻ってヴィーネとヘルメに癒《い》やされるように過ごした。

次の日、今日は、皆《みな》とは別行動。

外套も着けない。軽装で神獣《しんじゅう》ロロディーヌに乗って空の旅に出た。

目的地は迷宮都市ペルネーテの東。ハイム川を越《こ》えた先の森林地帯だ。

森林地帯に突入《とつにゅう》してもらって、俺も地面に降りてから、相棒に向けて、

「ロロ、俺の実験を見ているか？　それとも、モンスターの狩《か》りを楽しむか？」

「ンン、にゃおん」

ロロディーヌは喉声《のどごえ》と鳴き声を出しては大きな黒豹《くろひょう》の姿に変身。

森の中へ消えた。ロロらしく、狩りを選ぶか。さて、掌握察《しょうあくさつ》で周囲を確認。

モンスターの魔素の気配と人の気配はポツポツと感じるた。

近寄ってくる魔素はなし。よし、ここでいいだろう。

革の服を脱《ぬ》いで、素《す》っ裸《ぱだか》に。原野に帰り、原住民の裸族《はだか》として俺は生きる。

違う、実験を開始だ。〈血道第一・開門〉で全身から血を放出。

〈血鎖《ちぐさり》の饗宴《きょうえん》〉を発動した。この間と同じ要領のコスチューム。

血鎖の鎧を完成させた。少し血鎖を伸ばそうと意識すると、無数の血鎖が意識した箇所に伸びて地面に血鎖が突《つ》き刺《さ》さる。血鎖の鎧は、この間より進化している。

見た目も変化しているかもな……が、少し前方が見えにくいことがネックか。

さて、地面を進むことが可能か、試すとしよう。無数の血鎖を地面に向けた。土を掘《ほ》り出していった。あっという間に大きな穴ができる。

俺はヘルメットの鍔《つば》を下ろすように血鎖《ちぐさり》で目を覆う。

当然、視界は真っ暗だ。そのまま全身で一つのドリルを形成するようにイメージをしながら、地面に作った大きな穴へと頭部から突っ込んでみた。振動《しんどう》が凄《すさ》まじい――。音も激しい。今の機動はたぶんだが、モグラ的だ。土の中を突き進《すす》んでいるんだから当然か。そのまま〈血鎖の饗宴〉の血鎖の鎧を活《い》かしつつ地中深くへ潜《もぐ》った。圧力にも耐《た》えられる。正確には言えば〈血鎖の饗宴〉で周囲の土を溶《と》かして消している？

ま、どちらにせよ、血鎖の鎧で地中を進めることが可能だと実証された。

よーし、と、体を上昇《じょうしょう》させる。あっという間に、周囲の掘った土を周囲に散らしつつ地上に出ることができた。そこで、血鎖を消す。俺が出てきた地中には大きな穴がある。

潜り始めた場所からは、かなり離《はな》れていた。

実験は成功と言ってもいいだろう。ただし、方向感覚が微妙で難しい。あっ、ディメンションスキャンの簡易地図を使えば地中でも迷うことはないか。

右目のアタッチメントを触《さわ》り、カレウドスコープを起動。

視界に青い高解像度フレームが追加された。よし、これで土の中でも視界は得た。

更にアイテムボックスの表面を触ってディメンションスキャンを起動させた。

腕輪《うでわ》型か腕時計《うでどけい》型のアイテムボックスも凄く頑丈《がんじょう》だと分かる。

高解像度の視界の右上に簡易地図《ディメンションスキャン》のミニマップ的な物が追加された。カーソルを合わせるようにミニマップを意識すると拡大できる。

このまま『海底二万里の旅』だ。おぉぉ～土の世界でも方向が分かる。楽しい――ネモ艦長《かんちょう》が操縦する特殊《とくしゅ》な潜水艦《せんすいかん》にでもなったような気分で、土の世界を上下左右に突き進んだ。モグラ的な機動を楽しんでいった。すると、急に土を掘る音が変わった。どうやらハイム川の中へ出てしまったらしい。

ディメンションスキャンの簡易地図には、複数の赤い点が表示されていた。掌握察の魔素探知でも、魚の魔素と魚のモンスターの魔素の反応を得た。実際の目でハイム川と魚を見るか。俺は血鎖を操作して鍔を解放させた。

ハイム川の水が目に入り、ヒヤッとして視界がオカシクなったが大丈夫だった。やはり川底。ハイム川の中だった。泳ぐとしよう。血鎖を操作――。

スキューバダイビング的に足ひれのフィンを足先に作った。

そのまま水を蹴るように上昇を促《うなが》した。

斜め前方に向かう。陽《ひ》の光がハイム川の中を幾《いく》つも射《さ》していた。幻想的《げんそうてき》な光景だ。その陽のカーテンにも見えた光の中に向けて泳いだ。

魚たちは逃《に》げたが構わず上昇だ。そのままトビウオのように勢い良く水面《みなも》から飛び出た

——全身の血鎖の鎧《よろい》を消失させた。外気！　よーし。ついでだ、このまま素っ裸で泳ごう

——クロール、平泳ぎ、バタフライ、潜水《せんすい》、ハイム川に流れる水と友になった気分で縦横《じゅうおう》無尽《むじん》に泳いでいった。あはは！　楽しい——。超、気持ちいい！

わざわざ、海にいかなくてもここで水泳は楽しめた。

体を横回転させて泳ぐのを止《や》めた……ぷかぷかと川面《かわも》に背中を預けながら漂《ただよ》った。

ブルースカイな空を眺《なが》めた。

これで土に埋《う》まっているはずのパレデスの鏡の回収の目途《めど》は立ったと言える。

レベル五の魔宝地図護衛依頼《いらい》をこなして冒険者ランクをBランクに昇進《しょうしん》させたら、一つ、二つの鏡を回収する旅に出るのもいいかも知れない。

ま、鏡の回収はおいおいだな。土に埋まっている鏡かどうかさえも分からないんだ。鏡は宇宙空間にある場合もあるし、さて、狩りを楽しんでいる相棒の元に帰るか。

——数日後。

ハンニバルに紹介《しょうかい》されたレベル五、四階層の魔宝地図の護衛依頼のために奴隷《どれい》を抜いて、イノセントアームズの一部と一緒《いっしょ》に【魔宝地図発掘《はっくつ》協会】前に来ていた。もう既《すで》に、多数

の冒険者たちが集結している。〈従者長〉カルード率いる高級戦闘奴隷《せんとうどれい》たちには魔石収集を頼《たの》んだ。ミスティは講師の仕事と本格的な引っ越し作業のため、ここにはいない。

「ご主人様、六大トップクランの面々です」

多士済々《たしせいせい》のメンバーが並んでいると分かる。

「この間、助けた草原の鷲団《プレアリーイーグル》から始まり、蛍が槌《エルガスレッジ》、青腕宝団《ブルーアームジュエルズ》、黄色鳥の光《エルシオバード》、有名処《どころ》が勢《せい》揃《ぞろ》いね。メンバーが少ないとこもあるけど」

レベッカが知っていた。

「はい。ですがあまり見かけたことのない屈強《くっきょう》な方々も多いようです」

ヴィーネも指摘《してき》する。

クラン、パーティの名前からして確かに強そうなメンバーばかり。

「ん、あそこの男、シュウヤのことを凝視している」

「本当だ。あ、わたしのことも見てきた。同じ、黒髪《くろかみ》だから？」

エヴァとユイが指摘したのは蛍が槌《エルガスレッジ》とかいうパーティの中心にいた黒髪の男。確かに睨《にら》むように俺を観察しては、俺の連れた美人たちを見つめてきている。

目には魔力《まりょく》を溜《た》め、ん、瞳《ひとみ》の色彩《しきさい》が錦《にしき》色に輝《かがや》き、三つの三角形らしき形へ変化して、回転していた。何かしらの恩寵《おんちょう》を受けた魔眼？

あの黒髪に、背が俺と同じぐらいで、日本的な平たい顔立ち……。

モンスターの牙《きば》が、ところどころに目立つ黒色の革鎧を着ている。

紫色《むらさきいろ》の重そうな両手持ち系の大型ハンマーと見られる物を背中に背負っていた。

目に魔力を留《とど》めつつ体の魔力操作はスムーズ。その〈魔闘術〉はかなりのレベルと判断。

彼の連れているパーティメンバーも同様に優秀《ゆうしゅう》だ。

そして、美人の奴隷たちばかりときたもんだ。が、月の前の灯火《ともしび》という。選ばれし眷属《けんぞく》の〈筆頭従者長《綺麗な彼女》〉たちのが美人さんだ。そのタイミングで、

「Aランクの魔宝地図護衛の依頼を受けて御集《おあつ》まりの皆さん、わたしが依頼主《いらいぬし》のコレクターです。魔宝地図はもう青腕宝団《ブルーアームジユエルズ》のカセム氏に渡《わた》してありますので、皆さん、素早い仕事を頼みますよ。ではカセムさん、宜《よろ》しく」

静かな口調で語る女性が依頼人《いらいにん》の声か。艶然《えんぜん》とした表情も良かった。

「はい。では、青腕宝団《ブルーアームジユエルズ》のリーダーの、カセム・リーラルトだ。今回は六名の少数精鋭《せいえい》で依頼に参加した。よろしく頼む。場所は四階層、樹海エリアの蟷螂鋼獣《マンティスゴルガン》エリアだ。それでは出発する。皆さま方《がた》、用意はいいな？」

青腕宝団《ブルーアームジユエルズ》のリーダー、カセム氏が大きな声で宣言。

「「おう」」

「はいっ」

「黄色鳥の光《エルシオバード》は青腕《ブルーアーム》には負けませんことよ」

「行きましょう」

「いつでもいいぞー青腕《ブルーアーム》！」

全部で五十人は超《こ》える一流処の冒険者たちは口々に気合いの声を出す。

が、俺は美人な依頼人に首ったけな状態。

依頼人は黒曜石を思わせるセミロングな髪。

額には黒水晶《くろずいしょう》のサークレットを付けている。

サークレットの下の額の肌《はだ》には、六芒星《ろくぼうせい》と赤い印を合わせた模様が刻まれている？

夏だというのに涼《すず》し気《げ》な表情。黒い瞳からは深い知性が感じられた。

鼻筋も高く通り薄《うす》く桃色《ももいろ》に輝く肌を持つ。小さいルージュ色の唇《くちびる》がセクシーだ。

ハンニバルが話していたように、美人な大人の女性。傍《そば》に控《ひか》えている女性の召《め》し使《つか》いも
綺麗な角持ちの女性。アキレス師匠と同じ種族だと思われる。

あ、何気にゴルディーバの種族は山脈地帯を下りてから、初か？

ヘカトレイル、ホルカーバムにはいなかった。

「……では、進みましょう。我々、青腕宝団《ブルーアームジュエルズ》が先導します」

カセム氏が号令をかけると、青色の装備を着ている集団が後に続いた。

その数は六人。前に迷宮の出入り口付近で見かけた人数より数が少ない。

今回の依頼が大人数だからかな。他の冒険者たちも青色装備を身に着けている集団の背後から付いていった。俺たちも続いて迷宮の入り口へ向かった。

「人数が多いし、楽ができそうだ」

歩きながらヘルメや皆に話しかけた。

「閣下、ここは閣下のご威光《いこう》を広めるチャンスかと思われます。強引《ごういん》に力でねじ伏《ふ》せ、彼らの尻《しり》をびびらせてあげましょう」

思わず吹《ふ》いた。ヘルメが至って真面目《まじめ》な顔で語っているのも面白《おもしろ》い。

「ご主人様、精霊様《せいれい》に賛成致《いた》します」

「精霊様、お尻が好きなのね……」

「ん、精霊様、時々分からないことをいう」

「だから、わたしたちのお尻にもこの間……」

「「……」」

ユイの言葉に皆、顔を朱色《しゆいろ》に染めて黙《だま》った。恥ずかしいプレイを思い出したか。

常闇《とこやみ》の水精霊ヘルメは、にこやかな表情を浮かべつつ、

「どうしたのですか？　閣下を支える選ばれし眷属の〈筆頭従者長〉ともあろう方々が、そのように元気のない態度ではいけませんよ」

そう語る。長い睫毛《まつげ》と切れ長の瞳は、やはり美しい。

「ヘルメ、彼女たちは大丈夫だ。行くぞ」

「はい」

沢山《たくさん》の冒険者たちと共に水晶の塊《かたまり》を触って四階層へと飛ぶ。

誰《だれ》も取り残されることなく何回か水晶の塊を触りつつワープを繰《く》り返した。

全員が四階層の水晶の塊に到着《とうちゃく》。後ろには通路がない。

一見、鬱蒼《うっそう》とした木々が茂《しげ》る森林地帯のようではあるが、樹は内部から光を発して明るい。そして、迷宮として幅《はば》の広い樹が形成する通路が前方に続いている。

三階層の一部にも似たような樹が形成する通路があったが、ここのほうが広いし、木々の色合いと形が違《ちが》う。冒険者の集団は幅広の通路を進む。

先頭の集団がモンスターと戦いを始めた。戦っているモンスターは蟷螂鋼獣《マンティスゴルガン》だ。二刀を持つ青腕宝団《ブルーアームジユエルズ》のリーダーが見えた。

二刀を持つリーダーは、剣魂《けんこん》を込めた叫《さけ》びを発して蟷螂鋼獣《マンティスゴルガン》の頸部《けいぶ》と装甲《そうこう》を備えた鎌腕《かまうで》ごとバターでも斬るように真っ二つ。あのリーダーが扱う魔刀は魔剣《まけん》かな。凄まじい切れして進んでいる。

味だ。青腕宝団《ブルーアームジュエルズ》のメンバーたちは、ゴミを掃除《そうじ》するかのように蟷螂鋼獣《マンティスゴルガン》を簡単になぎ倒

「ん」

「依頼を受けたが、この分だと、俺たちは回収できそうもないな」

エヴァが揺れる地面に苦戦しつつ頷いて返事をしてきた。

「エヴァ、地面が安定するまで、ロロの上に乗って移動するか？」

「にゃお」

肩《かた》で休んでいた黒猫《ロロ》は俺の言葉を聞くや、床の上に着地。

黒豹の形のまま姿を大きくさせた。

その神獣ロロディーヌは斜《なな》め下の首から出した触手《しょくしゅ》を使い、エヴァが乗る魔導車椅子《まどうくるまいす》ご

と、背中の上に運んであげていた。

「ロロちゃん、シュウヤもありがとう」

「にゃ」

エヴァは天使の微笑を浮かべてから、体を屈《かが》めて相棒の背中の黒毛を撫《な》でてあげていた。

そのエヴァを乗せた神獣ロロディーヌが現れると、冒険者からどよめきが起こっていた。

「わぁ、エヴァ、特等席ね」

「ん、ロロちゃん、偉《えら》い」

ユイは神獣ロロディーヌの大きい喉の辺りを撫でまくり。

背中に乗っているエヴァと会話していた。

「こんにちは、この間、助けて頂きましてありがとうございました」

どよめいている冒険者の中から、挨拶《あいさつ》してきた女性がいた。背が高い弓持ちの女性。背後には数人の見たことのある冒険者たちを伴《ともな》っている。名は六大トップクランの草原《プレアリー》の鷲《イーグル》団を率いていたドリーさんだ。

「……はい、ご無沙汰《ぶさた》です。苦しんでいた方は？」

「後ろにいますよ」

ドリーさんが指を差すと、戦士の方は笑顔を向けてきて頭を下げてきた。

「よかった、元気そうで」

「ええ本当に。……ところで、今しがた、大きくなった黒い獣は凄いですね」

「はい。自慢《じまん》の相棒ですから」

「獣使い、超獣《ちょうじゅう》魔使い、あるいは特殊な魔調教師、調教師《テイマー》のスキルをお持ちなのですか？」

「いえいえ、スキルじゃないんですよ。愛という言葉を――」

尻からズゴッとした音が響《ひび》く。調子に乗って変なことを話そうとした時、いきなりのツツコミが来た。いてぇえ、酷《ひど》いっ、レベッカにお尻を蹴《け》られた。

蒼《あお》い炎《ほのお》が灯る足蹴《あしげ》りで、しかも、鎧なしの革服《かわふく》だ。かなりの衝撃《しょうげき》が尻にきたよ。

「――ごめんなさい、ドリーさん。ここからはリーダーに代わって、わたしが話すわ」

レベッカは強引に前にでて、俺《おれ》に下がるように腕をふりふりする。

「え、ええ、はい」

ドリーさんは若干《じゃっかん》、引いたような顔を浮かべていた。まったく親父《おやじ》にも蹴られたことないのに……ま、いいや、ドリーさんとレベッカは笑顔で交流をしながら先を歩く。

精霊ヘルメは俺が突っ込みを受けても怒《おこ》らなかった。

「閣下のお尻……」

精霊のはずの彼女は、ボソッと、呟《つぶや》き、変な笑顔を浮かべてヤヴァイことを想像している……ヴィーネを見ると『当然です』と言う印象の顔色を寄越《よこ》す。

ヴィーネも俺が美人を口説いていたと思ったのか。少しショック。

そんなフザケタ調子で、進んでいると、前方から魔素の群れを感じ取る。

蟷螂鋼獣《マンティスゴルガン》。

毒矢頭巾《ヴィゾーム》。

酸骨剣士《クラッシュソードマン》。

などの複数のモンスターが幅広の通路を埋めるように、わらわらと湧《わ》いてきた。

前方は激戦となっている。当然、俺たちにも数十匹《びき》の蟷螂鋼獣《マンティスゴルガン》と酸骨剣士《クラッシュソードマン》が襲《おそ》い掛《か》かってきた。ユイが最初に対処。

暗殺剣の使い手らしい黒い疾風《しっぷう》ともいえる疾走《しっそう》から居合いの所作で加速しつつ魔刀《まとう》を抜《ぬ》いた。白刃《しらは》がキラリと光る一太刀《ひとたち》での薙《な》ぎ払《はら》いを実行。

大きい蟷螂鋼獣《マンティスゴルガン》を両断していた。その刀を用いた立ち居振《ふ》る舞《ま》いが美しいのは当然だが、ユイの黒装束は真新しい黒色と朱色と銀色のコントラストが綺麗な革系のコスチューム。

余計に白い太腿《ふともも》が美しく映《は》えた。

相変わらず、素晴《すば》らしい白桃《はくとう》のようなムチムチさのある太腿だ。

「ユイ、負けません」

俺の視線がユイに釘付《くぎづ》けだったことを知ったヴィーネも気合いが入る。

ヴィーネは、緑の光を放つ蛇剣《じゃけん》を抜きつつユイの近くの酸骨剣士《クラッシュソードマン》の骨の腕の手首を蹴り上げた。剣を落下させるや横回転。ダークエルフらしい青白い色の残像を出すような加速から反対の方向にいた酸骨剣士《クラッシュソードマン》を袈裟《けさ》斬《ぎ》りに斬り伏せる。そこから返す蛇剣の剣腹で手首が折れていた酸骨剣士《クラッシュソードマン》の胸元《むなもと》を薙いで倒した。ユイが三体目の酸骨剣士《クラッシュソードマン》を斬り伏せたところで、ヴィーネはユイのフォローに回る。ふらついている酸骨剣士《クラッシュソードマン》へ回し蹴《げ》りをぶち当て

倒す。近接もそつなくこなすヴィーネは凄い。すると、

「塵《ちり》ども、平伏《へいふく》しなさい――」

ヘルメが空中に浮かびながら叫び声《ごえ》を上げる。

全身から水飛沫《みずしぶき》を発生させつつ氷雨《ひさめ》のような無数の氷礫《ひょうれき》を繰り出す。

雨霰《あめあられ》と氷礫が酸骨剣士《クラッシュソードマン》を襲う――酸骨剣士《クラッシュソードマン》たちは体が削《けず》られ、抉《えぐ》られ、地面に縫われた。

酸骨剣士《クラッシュソードマン》は本当に平伏したように見える。

残りの酸骨剣士《クラッシュソードマン》のほうには、レベッカが蒼炎《そうえん》を纏《まと》った正拳突《せいけんづ》きを繰り出して、酸骨剣士《クラッシュソードマン》の頭蓋骨《ずがいこつ》を粉砕《ふんさい》していた。

まさに蒼炎拳《そうえんけん》の継承者《けいしょうしゃ》。頭蓋骨が粉砕された酸骨剣士《クラッシュソードマン》は骨の胴体《どうたい》が吹き飛ぶ。レベッカの武術は素人《しろうと》だが、凄い威力《いりょく》だ。

本格的に武術を習ったらかなりの強者になるかも知れない。

近くにいたドリーさんは微笑む。そして、〝草原の鷲《わし》〟という名のクランを代表するように巧《たく》みな弓の技術を披露《ひろう》。連続的に射出した鋼鉄の矢と炎の矢が酸骨剣士《クラッシュソードマン》を次々と捕《と》らえた。酸骨剣士《クラッシュソードマン》は爆発《ばくはつ》するように散る。

的確な弓矢でレベッカをフォローするドリーさんは凄い。

エヴァはロロディーヌに乗りながら魔法を詠唱《えいしょう》。

複数の《土槍》《アースジャベリン》を一度に蟷螂鋼獣《マンティスゴルガン》へと向けて放つ。蟷螂鋼獣《マンティスゴルガン》の足止めか。

エヴァを乗せたままの相棒は、エヴァの邪魔《じゃま》をしないように、触手を展開。

エヴァを守ることを優先して、退く戦いを見せる。俺は強襲《きょうしゅう》前衛のユイを越えて前進した。土槍《アースジャベリン》で足止めを受けた蟷螂鋼獣《マンティスゴルガン》は無視。右で冒険者に対して攻撃《こうげき》中の蟷螂鋼獣《マンティスゴルガン》から対処だ。

走りながら〈鎖《くさり》〉を伸《の》ばした。太い鎌腕で冒険者の首を狙《ねら》う蟷螂鋼獣《マンティスゴルガン》の頭を〈鎖〉で貫《つらぬ》いて絡《から》ませるや〈鎖〉を下に引きながら前方に跳躍《ちょうやく》。

蟷螂鋼獣《マンティスゴルガン》を引きずるように、その頭を〈鎖〉で引き千切った。

次は左だ。動きを止めた蟷螂鋼獣《マンティスゴルガン》を狙う。

前傾《ぜんけい》姿勢で突貫《とっかん》――蟷螂鋼獣《マンティスゴルガン》との間合いを詰《つ》めた。槍《やり》の間合いから膂力《りょりょく》を魔《ま》槍杖《そうづえ》バルドークに加えた〈刺突《しとつ》〉を繰り出した。

蟷螂鋼獣《マンティスゴルガン》の腹に紅矛の穂先《ほさき》が突き刺さる。鉄のような硬《かた》い物体を突き破《やぶ》った感触《かんしょく》を柄《え》から得ながら魔槍杖バルドークを引いた。

蟷螂鋼獣《マンティスゴルガン》の、どてっ腹に大きな風穴が空いた。

更《さら》に、ちょい駆《か》けつつ跳躍――宙空で全身の筋肉を意識。体を捻《ひね》りつつ、その捻った力を解放させるユイの〈舞斬〉的に魔槍杖バルドークを振《ふ》り回す〈豪閃〉を発動した。

宙空からの紅斧刃《べにおのば》を活かす薙ぎ払いが、蟷螂鋼獣《マンティスゴルガン》の胴体を両断した。そのまま斜めに振り下ろされた紅斧刃が床と衝突《しょうとつ》。床が燃えた。

更に蟷螂鋼獣《マンティスゴルガン》の斬《き》った断面から鋼《はがね》が溶解《ようかい》したような真っ赤に燃え爛《ただ》れた肉片《にくへん》が落ちた。蟷螂鋼獣《マンティスゴルガン》を仕留めた。

が、まだまだ湧きに湧くモンスター。湧く量が異常だ。もしかして……脳裏《のうり》にある言葉が過《よぎ》った時。

「シュウヤ、暴走湧《スタンピード》きかも。わたしの運の無さがここで発動してしまうなんて」

明るいレベッカが、普段《ふだん》あまり見せない青ざめた表情を浮かべて話していた。

「お前のせいではないさ。たまたまだ。そして、楽しもうぜ。ほら、あそこで紫《むらさき》の槌《つち》を振るって活躍《かつやく》している蛍《エルガスレッジ》が槌を率いる黒髪も楽しそうな表情を浮かべているじゃないか」

毒矢頭巾《ヴィゾーム》と思われる帽子《ぼうし》をかぶった弓持ちのモンスターを偽《にせ》〈鎖〉槍で突き倒しつつ、気落ちしているレベッカを元気づけた。

「でも……」

「何度も言わせるな。お前のせいじゃない――」

笑顔《えがお》で話しながら群がる酸骨剣士《クラッシュソードマン》たちに向けて――。

魔槍杖バルドークの竜魔石《りゅうませき》から〈隠し剣《氷の爪》〉を発動。如意棒《にょいぼう》の如《ごと》く伸びた〈隠し剣《氷の爪》〉が酸骨剣士《クラッシュソードマン》を複数貫いて倒した。

「うん」

「シュウヤの言う通りよ、レベッカ――」

「――そうです。ご主人様とわたしたちが傍にいます！」

ヴィーネとユイが互《たが》いに背中を預けながら、そう発言。

二人は同時に前に出るや対峙《たいじ》中の蟷螂鋼獣《マンティスゴルガン》に斬りかかる。

脚《あし》をヴィーネの蛇剣の腹が削り、頭部をユイが切断すると同時に胴体をヴィーネが返す蛇剣の刃《は》で斬り上げて蟷螂鋼獣《マンティスゴルガン》を倒していた。

近接同士の意思が通った連携《れんけい》の剣舞《けんぶ》だ。

レベッカは中衛のポジションを選択《せんたく》。両手から蒼炎弾《そうえんだん》を繰り出して、前衛の役割をこなすヴィーネとユイのフォローに回った。後方のエヴァは《土槍《アースジャベリン》》を放つ。ヘルメは《氷槍《アイシクル・ランサー》》を繰り出した。酸骨剣士《クラッシュソードマン》と毒矢頭巾《ヴィゾーム》は《土槍《アースジャベリン》》と《氷槍《アイシクル・ランサー》》を喰《く》らって倒れた。黒豹ロロディーヌも躍動《やくどう》――俺たちが逃《のが》した小柄《こがら》な毒矢頭巾《ヴィゾーム》たちの頭部を触手骨剣で貫いて倒していた。俺は《氷弾《フリーズブレット》》を連射しつつ皆のフォローに回る。

レベッカに向かう蟷螂鋼獣《マンティスゴルガン》を視認《しにん》。

素早《すばや》く魔槍杖バルドークを〈投擲《とうてき》〉――まさにジャベリンと叫ぶように、直線状の紅色と紫色の軌跡《きせき》を生んだ魔槍杖バルドークは蟷螂鋼獣《マンティスゴルガン》の頭部に突き刺さった。その魔槍杖バルドークを〈鎖〉で回収。

「――シュウヤ、ありがと！」

「おう」

その後もレベッカに語った言葉が嘘《うそ》ではないことを、笑顔と行動で示した。

湧きまくる蟷螂鋼獣《マンティスゴルガン》を倒し続けた。酸骨剣士《クラッシュソードマン》などの複数のモンスターを倒しに倒す。

積み重なった死体で通路と壁《かべ》が見えなくなった直後、モンスターの出現が止まった。樹板の凹凸《おうとつ》には、モンスターの夥《おびただ》しい量の血液が溜まっている。

鉄分の臭《くさ》みとアンモニア臭《しゅう》に肉の焦《こ》げる臭《にお》いが鼻を突いた。

数時間の連続戦闘だから当然か。ところが、魔素が不自然に湧いた樹の壁、そこから魔《ま》腕《うで》のような触手が出現した。が、皆一流の冒険者たちだ。凄まじい連続攻撃が樹の壁と魔腕に決まる。壁の一部は抉《えぐ》れて消えた。

そこから数十分、モンスターの反応はパタリと消えた。本当に終わったようだ。

これが暴走湧き《スタンピード》か。凄まじい湧き方。

ここの通路の造りが特殊なことも関係があるのかも知れない。

樹の壁には、モンスターが通ったような跡《あと》が残っている。しかし、いい経験となった。

血の補給にもなった。ヘルメも血を大量にストック完了《かんりょう》。

他の冒険者たちも全員が無傷。傷を受けた冒険者は一人もいなかった。

「皆、本当に大丈夫だった！」

「ンン――」

相棒は尻尾《しっぽ》でレベッカを撫でてから前方の盛り上がった樹の丘《おか》を駆けた。

「ん、わたしたちはイノセントアームズだから大丈夫」

「そうだな」

「うん」

「ふふ」

「にゃごぉぉぉぉぉ～」

丘の天辺《てっぺん》に移動していた大きな黒豹ロロディーヌは頭部を上向けて、遠吠《とおぼ》えを、いや、勝利の雄叫《おたけ》びを発していた。

あとがき

こんにちは、『槍猫』14巻を買ってくれた読者様、ありがとうございます。

劇中、シュウヤが戦うことになる邪神の眷属パクス。そのパクスは人族と魔族のハーフでした。過去にはかなり優秀な冒険者であり、悲しい逸話もあります。そのパクスをあのような触手体に変えてしまったのが、邪神ヒュリオクス。（今巻でシュウヤが倒した邪神シテアトップの一部ではないです。邪神は邪神同士で対立しているため）……その邪神ヒュリオクスの蟲は、シルフィリア、フー、クナにも影響を与えていた。なお、そういった蟲を扱う邪神ヒュリオクスの眷属以外にも、邪神たちの眷属は、ペルネーテに多くいます。シュウヤが持つ十天邪像が鍵ですね。なお、ここで世界観を少し補足しますと、迷宮都市ペルネーテは、地表に横たわる黒き環《ザララープ》の上に存在します。黒き環《ザララープ》の先には様々な世界があるのですが、その無数に存在する世界の中から邪界ヘルローネが、なぜか選ばれて、迷宮都市ペルネーテと繋がっているのが現状です。（1巻でロロの前身の神獣ローゼスの言葉にあった通り、黒き環《ザララープ》の一つがペルネーテの地表と融合している）

その邪界ヘルローネは、ペルネーテがある惑星セラと隣接する、魔界セブドラと神界セウロスなどを含めた、他の次元世界勢力との相性はかなり悪い設定です。（魔界セブドラ側の勢力でもある『コレクター』と、神界セウロス側のアーバーグードローブ・ブーなど）どちらの勢力も実態は様々であり、ペルネーテ以外の土地で争っていることもあります。ですから、吸血神ルグドナの十二人いる〈筆頭従者長《選ばれし眷属》〉たち（十二支族たちの始祖の直系《オリジナルズ》）や神王位の方々も、極々一部でしかないのです。その他、宇宙のナ・パーム統合軍惑星同盟と銀河帝国など、宇宙世界を含めた槍猫世界は、まだまだ濃密に拡がっていく予定ですので、今後にご期待ください。

それでは、〆の挨拶を。編集様、市丸先生、関係者各位、今回もお世話になりました。感謝しています。そして、槍猫世界を支えてくれている読者の皆様にも強い感謝を！　今後も引き続き、書籍も漫画の原作もＷｅｂもがんばります！

２０２１年　３月　健康

HJ NOVELS
HJN21-14

槍使いと、黒猫。 14

2021年4月19日　初版発行

著者——健康

発行者—松下大介

発行所—株式会社ホビージャパン

〒151-0053
東京都渋谷区代々木2-15-8
電話　03(5304)7604（編集）
　　　03(5304)9112（営業）

印刷所——大日本印刷株式会社

装丁——木村デザイン・ラボ／株式会社エストール

乱丁・落丁（本のページの順序の間違いや抜け落ち）は購入された店舗名を明記して当社出版営業課までお送りください。送料は当社負担でお取り替えいたします。但し、古書店で購入したものについてはお取り替えできません。

定価はカバーに明記してあります。

Printed in Japan

ISBN978-4-7986-2485-3　C0076

ファンレター、作品のご感想お待ちしております

〒151−0053　東京都渋谷区代々木2−15−8
(株)ホビージャパン HJノベルス編集部 気付
健康 先生／市丸きすけ 先生

アンケートは Web上にて 受け付けております （PC ／スマホ）

https://questant.jp/q/hjnovels

- 一部対応していない端末があります。
- サイトへのアクセスにかかる通信費はご負担ください。
- 中学生以下の方は、保護者の了承を得てからご回答ください。
- ご回答頂けた方の中から抽選で毎月10名様に、HJノベルスオリジナルグッズをお贈りいたします。